紅樓夢校注

卷2

第一六回至第三〇回

U0065764

曹雪芹
高鶚

紅樓夢

編者序

人人出版公司推出《人人文庫》系列，第一套就是中國古典長篇章回小說《紅樓夢》。書內提及的書名，還有《情僧錄》、《風月寶鑒》、《金陵十二釵》，乾隆四十九年甲辰（一七八四年）夢覺主人序本題為《紅樓夢》（甲辰夢序抄本）。一七九一年在第一次活字印刷後（程甲本），《紅樓夢》便取代《石頭記》而成為通行的書名。本書前八十回以庚辰本為底本，後四十回以程甲本為底本。

《紅樓夢》原本共一百二十回，但後四十回失傳。紅學家周汝昌先生則認為《紅樓夢》原著共一〇八回，現存八十回，後二十八回迷失。現今學界普遍認為通行本前八十回為曹雪芹所作，後四十回不知為何人所作。但民間普遍認為為高鶚所作，另有一說為高鶚、程偉元二人合作著續。

關於作者曹雪芹，從其生卒年、字號到祖籍為何，已爭論數十年。曹雪芹姓曹名霑，字夢阮，號芹溪居士。但有的研究者認為他的字是「芹圃」，號雪芹。關於他的生卒年，一般認為約在一七一五年（康熙五十四年乙未）到一七六三年（乾隆二十八年癸未除夕）之間。

關於曹雪芹的籍貫，也有兩種說法，主要以祖籍遼陽，後遷瀋陽，上祖曹振彥原是明代駐守遼東的下級軍官，後隨清兵入關，歸入多爾袞屬下的滿洲正白旗，當了佐領。此後，曹振彥之媳，即曹璽之妻孫氏當了康熙的保母。曹璽曾任江寧織造，病故後由其子曹寅任蘇州織造、江寧織造、兩淮巡鹽御使等職，康熙並命纂刻《全唐詩》、《佩文韻府》等書於揚州。曹寅病故後，康熙特命其胞弟曹荃之子曹頫過繼給曹寅，並繼任織造之職，直至雍正五年，曹頫被抄家敗落，曹家在江南祖孫三代共歷六十餘年。

曹雪芹出生於南京，六歲時曹家抄沒後才全家遷回北京。據紅學家的考證，他後來落魄住到西郊，晚年窮困，《紅樓夢》前八十回在他去世前已傳抄行世，書的後半部分應已完成，不知何故未能問世，始終是個謎。

《紅樓夢》描寫宮廷與官場的黑暗，貴族與世家的腐朽，也讓讀者看見當時的科舉制度、婚姻制度。《紅樓夢》人物形象獨特鮮明，故事情節結構也有別於以往小說單線發展的傳統，創造出一個宏大完整的篇幅。《紅樓夢》的語言藝術成就，更攀向我國古典小說的高峰。

書中有關典章制度名物典故及難解之語詞，我們將盡力作成注釋。段落排法也有別於一般，期使讀者能輕鬆閱讀，輕鬆品味。

【目次】

紅樓夢

第一六回至第三〇回

卷 2

◎第一六回◎

賈元春才選鳳藻宮
秦鯨卿夭逝黃泉路

…話說寶玉見收拾了外書房，約定與秦鐘讀夜書。偏那秦鐘秉賦最弱，因在郊外受了些風霜，又與智能兒偷期綣繾，未免失於調養，回來時便咳嗽傷風，懶進飲食，大有不勝之態，遂不敢出門，只在家中養息。寶玉便掃了興頭，只得付於無可奈何，且自靜候大愈時再約。

…那鳳姐兒已是得了雲光的回信，俱已妥協。老尼達知張家，果然那守備忍氣吞聲的收了前聘之物。

誰知那張財主雖如此愛勢貪財，卻養了一個知義多情的女兒，聞得父母退了親事，她便一條麻繩悄悄的自縊了。那守備之子聞得金哥自縊，他也是個極多情的，遂也投河而死。只落得張、李兩家沒趣，真是人財兩空。這裡鳳姐卻坐享了三千兩，王夫人等連一點消息也不知道。自此鳳姐膽識愈壯，以後有了這樣的事，便恣意的作為起來，也不消多記。

※……※……※

……一日正是賈政的生辰，寧榮二處人丁都齊集慶賀，鬧熱非常。忽有門吏忙忙進來，至席前報說：「有六宮都太監夏老爺來降旨。」唬得賈赦、賈政等一干人不知是何消息，忙止了戲文，撤去酒席，擺了香案，啟中門跪接。早見六宮都太監[1]夏守忠乘馬而至，前後左右又有許多內監跟從。那夏守忠也並不曾負詔捧敕，至檐前下馬，滿面笑容，走至廳上，南面而立，口內說：「特旨：立刻宣賈政入朝，

1. 六宮都太監——六宮，皇后與妃嬪所居之處。**都太監**，太監的總管，作者虛擬的官名。

在臨敬殿陛見[2]。」說畢，也不及吃茶，便乘馬去了。賈赦等不知是何兆頭，只得急忙更衣入朝。

賈母等合家人等心中皆惶惶不定，不住的使人飛馬來往報信。有兩個時辰工夫，忽見賴大等三四個管家喘吁吁跑進儀門報喜，又說「奉老爺命，速請老太太帶領太太等進朝謝恩」等語。

那時賈母正心神不定，在大堂廊下佇立，那邢夫人、王夫人、尤氏、李紈、鳳姐、迎春姊妹以及薛姨媽等皆在一處。聽如此信至，賈母便喚進賴大來細問端的。

賴大稟道：「小的們只在臨敬門外伺候，裡頭的信息一概不能得知。後來還是夏太監出來道喜，說咱們家大小姐晉封為鳳藻宮尚書[3]，加封賢德妃。後來老爺出來亦如此吩咐小的。如今老爺又往東宮去了，速請老太太領著太太們去謝恩。」

2.陛見—臣下謁見皇帝。陛，宮殿的臺階。

3.鳳藻宮尚書—鳳藻宮，作者虛擬的宮名。尚書，官名，三國時魏國曾設女尚書之職，清代無此例。

……賈母等聽了方心神安定，不免又都洋洋喜氣盈腮。於是都按品大妝起來。

賈母帶領邢夫人、王夫人、尤氏，一共四乘大轎入朝。賈赦、賈珍亦換了朝服，帶領賈蓉、賈薔奉侍賈母大轎前往。於是寧榮兩處上下裡外，莫不欣然踴躍，個個面上皆有得意之狀，言笑鼎沸不絕。

……誰知近日水月庵的智能私逃進城，找至秦鐘家下看視秦鐘，不意被秦業知覺，將智能逐出，將秦鐘打了一頓，自己氣得老病發作，三五日光景嗚呼死了。秦鐘本自怯弱，又值帶病未癒受了笞杖，今見老父氣死，此時悔痛無及，更又添了許多症候。

因此寶玉心中悵然如有所失。雖聞得元春晉封之事，亦未解得愁悶。賈母等如何謝恩，如何回家，親朋如何來慶賀，寧榮兩處近日如何熱鬧，眾人如何得意，獨他一個皆視有如無，毫不曾介意。因此眾人嘲他越發呆了。

且喜賈璉與黛玉回來，先遣人來報信，明日就可到家，寶玉聽了，方略有些喜意。細問原由，方知賈雨村亦進京陛見，皆由王子騰累上保本[4]，此來後補京缺，與賈璉是同宗弟兄，又與黛玉有師從之誼，故同路作伴而來。

林如海已葬入祖坟了，諸事停妥，賈璉方進京的。本該出月到家，因聞得元春喜信，遂晝夜兼程而進，一路俱各平安。寶玉只問得黛玉「平安」二字，餘者也就不在意了。

……好容易盼至明日午錯，果報：「璉二爺和林姑娘進府了。」見面時彼此悲喜交接，未免又大哭一陣，後又致喜慶之詞。

寶玉心中品度黛玉，越發出落得超逸了。

黛玉又帶了許多書籍來，忙著打掃臥室，安插器具。又將些紙

4. 保本——古代官吏向皇帝保薦人才的奏本。

筆等物分送寶釵、迎春、寶玉等人。寶玉又將北靜王所贈鶺鴒香串珍重取出來，轉贈黛玉。黛玉說：「什麼臭男人拿過的！我不要它。」遂擲而不取。寶玉只得收回，暫且無話。

……且說賈璉自回家參見過眾人，回至房中。正值鳳姐近日多事之時，無片刻閒暇之工，見賈璉遠路歸來，少不得撥冗接待，房內無外人，便笑道：「國舅老爺大喜！國舅老爺一路風塵辛苦。小的聽見昨日的頭起報馬[5]來報，說今日大駕歸府，略預備了一杯水酒撣塵，不知賜光謬領否？」

賈璉笑道：「豈敢豈敢，多承多承。」一面平兒與眾丫鬟參拜畢，獻茶。

……賈璉遂問別後家中的事，又謝鳳姐操持勞碌。

鳳姐道：「我那裡照管得這些事！見識又淺，口角又笨，心腸

5. 報馬——報告消息的人。

又直率，人家給個棒槌，我就認作針。臉又軟，擱不住人給兩句好話，心裡就慈悲了。況且又沒經歷過大事，膽子又小，太太略有些不自在，就嚇得我連覺也睡不著了。

「我苦辭了幾回，太太又不容辭，倒反說我圖受用，不肯習學了。殊不知我是捻著一把汗兒呢。一句也不敢多說，一步也不敢多走。

「你是知道的，咱們家所有的這些管家奶奶們，哪一位是好纏的？錯一點兒她們就笑話打趣，偏一點兒她們就指桑說槐的報怨。『坐山觀虎鬥』，『借刀殺人』，『引風吹火』，『站乾岸兒』，『推倒油瓶不扶』，都是全掛子的武藝。況且我年紀輕，頭等不壓眾，怨不得不放我在眼裡。

「更可笑那府裡忽然蓉兒媳婦死了，珍大哥又再三再四的在太太跟前跪著討情，只要請我幫他幾日；我是再四推辭，太太斷不依，只得從命。依舊被我鬧了個馬仰人翻，更不成個體統，至今珍大哥哥還抱怨後悔呢。你這一來了，明兒你見了他，好歹描補描補[6]，就說我年紀小，原沒見過世面，誰叫大爺錯委她的。」

……正說著，只聽外間有人說話，鳳姐便問：「是誰？」平兒進來回道：「姨太太打發了香菱妹子來問我一句話，我已經說了，打發她回去了。」賈璉笑道：「正是呢，方才我見姨媽去，不防和一個年輕的小媳婦子撞了個對面，生得好齊整模樣。我疑惑咱家並無此人，說話時因問姨媽，誰知就是上京來買的那小丫頭，名叫香菱的，竟與薛大傻子作了房裡人，開了臉[7]，越發出挑得標緻了。那薛大傻子真玷辱了她。」鳳姐道：「嗳！往蘇杭走了一趟回來，也該見些世面了，還是這麼眼饞肚飽的。你要愛她，不值什麼，我去拿平兒換了她

6. **描補**——這裡指說話有不周到之處，事後加以解釋彌補。

7. **開臉**——舊俗女子出嫁時用線絞淨臉上的汗毛，修齊鬢角，叫作「開臉」。

來如何？

「那薛老大也是『吃著碗裡看著鍋裡』，這一年來的光景，他為要香菱不能到手，和姨媽打了多少饑荒[8]。也因姨媽看著香菱模樣兒好還是末則，其為人行事，卻又比別的女孩子不同，溫柔安靜，差不多的主子姑娘也跟她不上呢。故此擺酒請客的費事，明堂正道的與他作了妾。過了沒半月，也看得馬棚風[9]一般了，我倒心裡可惜了的。」

語未了，二門上小廝傳報：「老爺在大書房等二爺呢。」賈璉聽了，忙忙整衣出去。

……這裡鳳姐乃問平兒：「方才姨媽有什麼事，巴巴的打發了香菱來？」

平兒笑道：「哪裡來的香菱，是我借她暫撒個謊。奶奶說說，旺兒嫂子越發連個承算也沒了。」

8. 打饑荒──指為達某種目的而糾纏不休。

9. 馬棚風──喻習以為常，不當一回事。

說著，又走至鳳姐身邊，悄悄說道：「奶奶的那利錢銀子，遲不送來，早不送來，這會子二爺在家，她卻送這個來了。幸虧我在堂屋裡撞見，不然時走了來回奶奶，二爺倘或問奶奶是什麼利錢，奶奶自然不肯瞞二爺的，少不得照實告訴二爺。

「我們二爺那脾氣，油鍋裡的錢還要找出來花呢，聽見奶奶有了這個梯己，他還不放心的花了呢。所以我趕著接了過來，叫我說了她兩句，誰知奶奶偏聽見了問，我就撒謊說香菱來了。」

鳳姐聽了笑道：「我說呢，姨媽知道妳二爺來了，忽喇巴[10]的反打發個房裡人來了？原來妳這蹄子弔鬼。」

……說話時，賈璉已進來，鳳姐便命擺上酒饌來，夫妻對坐。鳳姐雖善飲，卻不敢任性，只陪著賈璉。

10. 忽喇巴——忽然。

一時賈璉的乳母趙嬤嬤走來。賈璉鳳姐忙讓她一同吃酒，令其上炕去，趙嬤嬤執意不肯。平兒等早已炕沿下設下一杌[11]，又有一小腳踏，趙嬤嬤在腳踏上坐了。

賈璉向桌上揀兩盤肴饌與她放在杌上自吃。鳳姐又道：「媽媽很嚼不動那個，倒沒的矼了她的牙[12]。」因向平兒道：「早起我說那一碗火腿燉肘子很爛，正好給媽媽吃，妳怎麼不拿了去趕著叫她們熱來？」又道：「媽媽，妳嘗一嘗妳兒子帶來的惠泉酒。」

趙嬤嬤道：「我喝呢，奶奶也喝一鍾，怕什麼？只不要過多了就是了。我這會子跑了來，倒也不為酒飯，倒有一件正經事，奶奶好歹記在心裡，疼顧我些罷。我們這爺，只是嘴裡說得好，到了跟前就忘了我們。

「幸虧我從小兒奶了你這麼大。我也老了，有的是那兩個兒子，你就另眼照看他們些，別人也不敢呲牙兒[13]的。我還再

11. 杌——小凳子。

12. 矼（音杠）牙——牙齒嚼到硬東西而感到難受。

13. 呲牙兒——掀唇露齒。引申為譏誚別人。

四的求了你幾遍，你答應得倒好，到如今還是燥屎[14]。這如今又從天上跑出這樣一件大喜事來，哪裡用不著人？所以倒是來求奶奶是正經，靠著我們爺，只怕我還餓死了呢。」

14. 燥屎—歇後語「燥屎—乾擱著」。此指對受托之事漫不經心。

……鳳姐笑道：「媽媽妳放心，兩個奶哥哥都交給我。妳從小兒奶的兒子，妳還有什麼不知他那脾氣的？拿著皮肉倒往那不相干的外人身上貼。可是現放著奶哥哥，哪一個不比人強？妳疼顧照看他們，誰敢說個『不』字兒？沒的白便宜了外人。——我這話也說錯了，我們看著是『外人』，妳卻看著『內人』一樣呢。」說得滿屋裡人都笑了。

趙嬤嬤也笑個不住，又念佛道：「可是屋子裡跑出青天來了？若說『內人』『外人』這些混帳事，我們爺是沒有，不過是臉軟心慈，擱不住人求兩句罷了。」

鳳姐笑道：「可不是呢，有『內人』的他才慈軟呢，他在咱們娘兒們跟前才是剛硬呢！」

趙嬤嬤笑道：「奶奶說的太盡情了，我也樂了，再吃一杯好酒。從此我們奶奶做了主，我就沒的愁了。」

……賈璉此時沒好意思，只是訕笑吃酒，說『胡說』二字，——「快盛飯來，吃碗子還要往珍大爺那邊去商議事呢。」

鳳姐道：「可是別誤了正事。才剛老爺叫你作什麼？」

賈璉道：「就為省親。」

鳳姐忙問道：「省親[15]的事竟准了不成？」

賈璉笑道：「雖不十分准，也有八分准了。」

鳳姐笑道：「可見當今的隆恩。歷來聽書、看戲，古時從來未有的。」

趙嬤嬤又接口道：「可是呢，我也老糊塗了。我聽見上上下下吵嚷了這些日子，什麼省親不省親，我也不理論它去；如今

15. 省親——探望父母等長輩尊親。

又說省親，到底是怎麼個原故？」

賈璉道：「如今當今貼體萬人之心，世上至大莫如『孝』字，想來父母兒女之性，皆是一理，不是貴賤上分別的。當今自為日夜侍奉太上皇、皇太后，尚不能略盡孝意，因見宮裡嬪妃才人等皆是入宮多年，以致拋離父母音容，豈有不思想之理？在兒女思想父母，是分所應當。想父母在家，若只管思念兒女，竟不能一見，倘因此成疾致病，甚至死亡，皆由朕躬[16]禁錮，不能使其遂天倫之願，亦大傷天和之事。「故啟奏太上皇、皇太后，每月逢二六日期，准其椒房[17]眷屬入宮請候看視。於是太上皇、皇太后大喜，深贊當今至孝純仁，體天格物。因此二位老聖人又下旨意，說椒房眷屬入宮，未免有國體儀制，母女尚不能愜懷。竟大開方便之恩，特降諭諸椒房貴戚，除二六日入宮之恩外，凡有重宇別院之家，可以駐蹕關防[18]之處，不妨啟請內廷鑾輿[19]入其私第，

16. **朕躬**——皇帝自稱。

17. **椒房**——漢代后妃住的宮室用花椒和泥塗壁，取其溫暖有香氣；又因花椒結實多，有希求多子之意。

18. **駐蹕關防**——蹕，帝王出行戒嚴清道。駐蹕，指帝王后妃在宮外的停留駐紮。關防，防衛的意思。

19. **鑾輿**——皇帝、后妃所乘的宮車。鑾，車上的鑾鈴。

庶可略盡骨肉私情、天倫中之至性。「此旨一下，誰不踴躍感戴？現今周貴人[20]的父親已在家裡動了工了，修蓋省親別院呢。又有吳貴妃的父親吳天祐家，也往城外踏看地方去了。這豈不有八九分了？」

趙嬤嬤道：「阿彌陀佛！原來如此。這樣說，咱們家也要預備接咱們大小姐了。」

賈璉道：「這何用說呢！不然，這會子忙的是什麼？」

鳳姐笑道：「若果如此，我可也見個大世面了。可恨我小幾歲年紀，若早生二三十年，如今這些老人家也不薄我沒見世面了。說起當年太祖皇帝仿舜巡[21]的故事，比一部書還熱鬧，我偏沒造化趕上。」

趙嬤嬤道：「噯喲喲，那可是千載希逢的！那時候我才記事兒，咱們賈府正在姑蘇揚州一帶監造海舫，修理海塘，只預

20. 貴人——妃嬪稱號的一種。

21. 舜巡——古代天子巡行四方，謂之「巡狩」。相傳帝舜曾南巡至蒼梧之野，故此稱皇帝的巡行為「舜巡」。

備接駕一次，把銀子都花的淌海水似的！說起來……」

鳳姐忙接道：「我們王府也預備過一次。那時我爺爺單管各國進貢朝賀的事，凡有的外國人來，都是我們家養活。粵、閩、滇、浙所有的洋船貨物都是我們家的。」

……趙嬤嬤道：「那是誰不知道的？如今還有個口號兒呢，說『東海少了白玉床，龍王來請江南王』，這說的就是奶奶府上了。還有如今現在江南的甄家，嗳喲喲，好勢派！獨他家接駕四次，若不是我們親眼看見，告訴誰誰也不信的。別講銀子成了土泥，憑是世上所有的，沒有不是堆山塞海的，『罪過可惜』四個字竟顧不得了。」

鳳姐道：「常聽見我們太爺們也這樣說，豈有不信的。只納罕他家怎麼就這麼富貴呢？」

趙嬤嬤道：「告訴奶奶一句話，也不過是拿著皇帝家的銀子往皇帝身上使罷了！誰家有那些錢買這個虛熱鬧去？」

……正說得熱鬧，王夫人又打發人來瞧鳳姐吃了飯不曾。鳳姐便知有事等她，忙忙的吃了半碗飯，漱口要走。又有二門上小廝們回：「東府裡蓉、薔二位哥兒來了。」

賈璉才漱了口，平兒捧著盆盥手，見他二人來了，便問：「什麼話？快說。」

鳳姐且止步稍候，聽他二人回些什麼。

賈蓉先回說：「我父親打發我來回叔叔：老爺們已經議定了，從東邊一帶，借著東府裡的花園起，轉至北邊，一共丈量準了，三里半大，可以蓋造省親別院了。已經傳人畫圖樣去了，明日就得。叔叔才回家，未免勞乏，不用過我們那邊去，有話明日一早再請過去面議。」

賈璉笑著忙說：「多謝大爺費心體諒，我就從命不過去了。正經是這個主意才省事，蓋得也容易；若採置別處地方去，那更費事，且倒不成體統。你回去說這樣很好，若老爺們再要改時，全仗大爺諫阻，萬不可另尋地方。明日一早，我給大爺請安去，再議細話。」賈蓉忙應幾個「是」。

…賈薔又近前回說：「下姑蘇聘請教習，採買女孩子，置辦樂器行頭[22]等事，大爺派了姪兒，帶領著來管家兩個兒子，還有單聘仁、卜固修兩個清客相公，一同前往，所以命我來見叔叔。」

賈璉聽了，將賈薔打量了打量，笑道：「你能在這一行麼？這個事雖不算甚大，裡頭大有藏掖[23]的。」

賈薔笑道：「只好學習著辦罷了。」

…賈蓉在身旁燈影下悄拉鳳姐的衣襟，鳳姐會意，因笑道：

22. 行頭——演戲所用的服裝道具等。

23. 藏掖——這裡指營私舞弊的機會。

「你也太操心了，難道大爺比咱們還不會用人？偏你又怕他不在行了。誰都是在行的？孩子們已長得這麼大了，『沒吃過豬肉，也看見過豬跑』。大爺派他去，原不過是個坐纛旗兒[24]，難道認真的叫他去講價錢會經紀[25]去呢！依我說就很好。」

賈璉道：「自然是這樣。並不是我駁回，少不得替他籌算籌算。」因問：「這一項銀子動那一處的？」

賈薔道：「才也議到這裡。賴爺爺說，不用從京裡帶下去，江南甄家還收著我們五萬銀子。明日寫一封書信會票[26]我們帶去，先支三萬，下剩二萬存著，等置辦花燭彩燈並各色簾櫳帳幔的使費。」

賈璉點頭道：「這個主意好。」

……鳳姐忙向賈薔道：「既這樣，我有兩個在行妥當人，你就帶

24. 坐纛（音到）旗兒——纛，古代軍中大旗。坐纛旗兒即主帥。這裡借指主事的人。

25. 經紀——買賣。這裡指為買賣雙方撮合交易從中賺佣金的人。

26. 會票——明清時代商人發行的一種信用貨幣。

他們去辦，這個便宜了你呢。」

賈薔忙陪笑說：「正要和嬸嬸討兩個人呢，這可巧了。」因問名字。鳳姐便問趙嬤嬤。彼時趙嬤嬤已聽呆了話，平兒忙笑推她，她才醒悟過來，忙說：「一個叫趙天樑，一個叫趙天棟。」

鳳姐道：「可別忘了，我可幹我的去了。」說著便出去了。賈蓉忙趕出來，又悄悄向鳳姐道：「嬸子要什麼東西，吩咐我開個帳給薔兄弟帶了去，叫他按帳置辦了來。」

鳳姐笑道：「別放你娘的屁！我的東西還沒處撂呢，希罕你們鬼鬼祟祟的？」說著一逕去了。

……這裡賈薔也悄問賈璉：「要什麼東西？順便置來孝敬叔叔。」

賈璉笑道：「你別興頭[27]。才學著辦事，倒先學會了這把戲。我短了什麼，少不得寫信去告訴你，且不要論到這裡。」說

27. 興頭——得意。

畢，打發他二人去了。

接著回事的人來，不止三四次，賈璉害乏，便傳與二門上，一應不許傳報，俱等明日料理。鳳姐至三更時分方下來安歇，一宿無話。

……次早賈璉起來，見過賈赦、賈政，便往寧府中來，合同老管事人等，並幾位世交門下清客相公，審察兩府地方，繕畫省親殿宇，一面察度辦理人丁。

自此後，各行匠役齊集，金銀銅錫以及土木磚瓦之物，搬運移送不歇。先令匠人拆寧府會芳園牆垣樓閣，直接入榮府東大院中。榮府東邊所有下人一帶群房盡已拆去。當日寧、榮二宅，雖有一小巷界斷不通，然這小巷亦係私地，並非官道，故可以連屬。會芳園本是從北角牆下引來一股活水，今亦無煩再引。其山石樹木雖不敷用，賈赦住的乃是榮府舊園，其中竹樹山石以及亭榭欄杆等物，皆可挪就前來。如此兩處又甚近，湊來一處，省得許多財力，縱亦不敷，所添亦有限。全虧一個老明公[28]號山子野者，一一籌畫起造。

……賈政不慣於俗務，只憑賈赦、賈珍、賈璉、賴大、來升、林之孝、吳新登、詹光、程日興等幾人安插擺布。凡堆山鑿池，起樓豎閣，種竹栽花，一應點景之事，又有山子野制度[29]。下朝閒暇，不過各處看望看望，最要緊處和賈赦等商議商議便罷了。

賈赦只在家高臥，有芥豆之事，賈珍等或自去回明，或寫略節；或有話說，便傳呼賈璉、賴大等來領命。賈蓉單管打造金銀器皿。賈薔已起身往姑蘇去了。賈珍、賴大等又點人丁，開冊籍，監工等事，一筆不能寫到，不過是喧闐熱鬧非常而已。暫且無話。

28. 明公——本用以稱呼有學識地位的人，後泛作對人的尊稱，如同「先生」。

29. 制度——這裡作規劃調度之意。

……※……※……※……

且說寶玉近因家中有這等大事，賈政不來問他的書，心中是件暢事；無奈秦鐘之病一日似重一日，也著實懸心，不能樂業。

這日一早起來，才梳洗完畢，意欲回了賈母去望候秦鐘，忽見茗煙在二門照壁前探頭縮腦。寶玉忙出來問他作什麼。茗煙道：「秦相公不中用了！」

寶玉聽說，嚇了一跳，忙問道：「我昨兒才瞧了他來了，還明明白白的，怎麼就不中用了？」

茗煙道：「我也不知道，才剛是他家的老頭子特來告訴我的。」

寶玉聽了，忙轉身回明賈母。賈母吩咐：「好生派妥當人跟去，到那裡盡一盡同窗之情就回來，不許多耽擱了。」

寶玉聽了，忙忙的更衣出來，車猶未備，急得滿廳亂轉。一時催促的車到，忙上了車，李貴、茗煙等跟隨。來至秦鐘門首，悄無一人，遂蜂擁至內室，唬得秦鐘的兩個遠房嬸母並幾個弟兄都藏之不迭。

……此時秦鐘已發過兩三次昏了，移床易簀[30]多時矣。寶玉一見，便不禁失聲。李貴忙勸道：「不可，不可，秦相公是弱症，未免炕上挺扛的骨頭不受用，所以暫且挪下來鬆散些。哥兒如此，豈不反添了他的病？」寶玉聽了，方忍住近前，見秦鐘面如白蠟，合目呼吸於枕上。寶玉叫道：「鯨兄！寶玉來了。」連叫兩三聲，秦鐘不睬。寶玉又道：「寶玉來了！」

……那秦鐘早已魂魄離身，只剩得一口悠悠餘氣在胸，正見許多鬼判持牌提索來捉他。那秦鐘魂魄哪裡肯就去，又記念著家

30. 易簀—更換竹席。孔子弟子曾參恪守禮制，病危時一定要人換掉大夫才能寢用的華美竹席。後稱人之將死為「易簀」。

中無人掌管家務，又記掛著父親還有留積下的三四千兩銀子，又記掛著智能尚無下落，因此百般求告鬼判。

無奈這些鬼判都不肯徇私，反叱吒秦鐘道：「虧你還是讀過書的人，豈不知俗語說的：『閻王叫你三更死，誰敢留人到五更。』我們陰間上下都是鐵面無私的，不比你們陽間瞻情顧意，有許多的關礙處。」

……正鬧著，那秦鐘的魂魄忽聽見「寶玉來了」四字，便忙又央求道：「列位神差，略發慈悲，讓我回去，和這一個好朋友說一句話就來的。」

眾鬼道：「又是什麼好朋友？」

秦鐘道：「不瞞列位，就是榮國公的孫子，小名寶玉的。」

都判官聽了，先就唬慌起來，忙喝罵鬼使道：「我說你們放了他去走走罷，你們斷不依我的話，如今只等他請出個運旺時盛的人來才罷。」

眾鬼見都判如此，也都忙了手腳，一面又抱怨道：「你老人家先是那等雷霆電雹，原來見不得『寶玉』二字。依我們愚見，他是陽間，我們是陰間，怕他們也無益於我們。」

都判道：「放屁！俗語說得好，『天下官管天下事』，自古人鬼之道卻是一般，陰陽並無二理。別管他陰也罷，陽也罷，還是把他放回沒有錯了的。」

……眾鬼聽說，只得將秦魂放回。哼了一聲，微開雙目，見寶玉在側，乃勉強嘆道：「怎麼不肯早來？再遲一步也不能見了。」寶玉忙攜手垂淚道：「有什麼話，留下兩句。」秦鐘道：「並無別話，以前你我見識自為高過世人，我今日才知自誤了。以後還該立志功名，以榮耀顯達為是。」說畢，便長嘆一聲，蕭然長逝了。

◎第一七、一八回◎

大觀園試才題對額
榮國府歸省慶元宵

…話說秦鐘既死，寶玉痛哭不已，李貴等好容易勸解半日方住，歸時猶是淒惻哀痛。賈母幫了幾十兩銀子，外又另備奠儀，寶玉去弔紙[1]。七日後，便送殯掩埋了，別無述記。只有寶玉日日思慕感悼，然亦無可如何了。

※　※　※

…又不知歷幾何時，這日賈珍等來回賈政：「園內工程俱已告竣，大老爺已瞧過了，只等老爺瞧了，或有不妥之處，再行改造，好題匾額對聯的。」

賈政聽了，沉思一回，說道：「這匾額對聯倒是一件難事。論理該請貴妃賜題才是，然貴妃若不親睹其景，大約亦必不肯妄擬；若直待貴妃遊幸[2]過再請題，偌大景致，若干亭榭，無一字標題，也覺寥落無趣，任有花柳山水，也斷不能生色。」

眾清客在旁笑答道：「老世翁所見極是。如今我們有個愚見：各處匾額對聯斷不可少，亦斷不可定名。如今且按其景致，或兩字、三字、四字，虛合其意，擬了出來，暫且做燈匾聯懸了。待貴妃遊幸時，再請定名，豈不兩全？」

賈政聽了，笑道：「所見不差。我們今日且看看去，只管題了，若妥當便用；不妥當時，將雨村請來，令他再擬。」

眾清客笑道：「老爺今日一擬定佳，何必又待雨村。」

賈政笑道：「你們不知，我自幼於花鳥山水題詠上就平平；如今上了年紀，且案牘勞煩，於這怡情悅性文章上更生疏了。縱擬了出來，不免迂腐古板，反不能使花柳園亭生色。似不妥協，反沒意思。」

1. 弔紙——在死者靈前燒紙弔祭。

2. 遊幸——舊稱帝王、皇后的行動所至為「幸」，例如到某地稱為「幸某地」，遊賞稱「遊幸」。

眾清客笑道：「這也無妨。我們大家看了公擬，各舉其長，優則存之，劣則刪之，未為不可。」

賈政道：「此論極是。且喜今日天氣和暖，大家去逛逛。」說著起身，引眾人前往。

……賈珍先去園中知會眾人。可巧近日寶玉因思念秦鐘，憂戚不盡，賈母常命人帶他到新園中來戲耍。此時亦才進來，忽見賈珍走來，向他笑道：「你還不出去？老爺就來了。」寶玉聽了，帶著奶娘、小廝們，一溜煙就出園來。方轉過彎，頂頭賈政引著眾清客來了，躲之不及，只得一邊站了。賈政近因聞得塾掌稱贊寶玉專能對對聯，雖不喜讀書，偏倒有些歪才情似的，今日偶然撞見這機會，便命他跟來。寶玉只得隨往，尚不知何意。

3. 秉正——擺正姿勢之意。

……賈政剛至園門前，只見賈珍帶領許多執事人來，一旁侍立。

賈政道：「你且把園門都關上，我們先瞧了外面再進去。」

賈珍聽說，命人將門關了。

賈政先秉正[3]看門。只見正門五間，上面桶瓦泥鰍脊[4]，那門欄窗槅，皆是細雕新鮮花樣，並無朱粉塗飾；一色水磨群牆[5]，下面白石臺磯，鑿成西番草花樣[6]。左右一望，皆雪白粉牆，下面虎皮石，隨勢砌去，果然不落富麗俗套，自是喜歡。遂命開門，只見迎面一帶翠嶂擋在前面。

眾清客都道：「好山，好山！」

賈政道：「非此一山，一進來園中所有之景悉入目中，則有何趣？」

眾人道：「極是。非胸中大有丘壑[7]，焉想及此。」說著，往前一望，見白石崚嶒[8]，或如鬼怪，或如猛獸，縱橫拱立；上面苔蘚成斑，藤蘿掩映，其中微露羊腸小徑。

4.桶瓦泥鰍脊——古建築術語稱「桶瓦硬山捲棚式」。**桶瓦**，半圓筒形的瓦。**泥鰍脊**，屋面兩坡桶瓦瓦壠過脊時呈捲棚式，狀如泥鰍。

5.水磨群牆——用水磨磚砌成的一帶圍牆。**水磨磚**，加水精磨而成的磚，光滑精緻。

6.西番草花樣——一種連續不斷的西番草圖案。西番草即西番蓮，夏季開花，也叫纏枝蓮。

7.胸中大有丘壑——喻人胸有才識。

8.崚嶒（音層）——形容山勢高峻。

賈政道：「我們就從此小徑遊去，回來由那一邊出去，方可遍覽。」

……說畢，命賈珍在前引導，自己扶了寶玉，逶迤進入山口。抬頭忽見山上有鏡面白石一塊，正是迎面留題處。

賈政回頭笑道：「諸公請看，此處題以何名方妙？」

眾人聽說，也有說該題「疊翠」二字，也有說該提「錦嶂」的，又有說「賽香爐[9]」的，又有說「小終南」的，種種名色，不止幾十個。

原來眾客心中早知賈政要試寶玉的功業進益如何，只將些俗套來敷衍。寶玉亦料定此意。

賈政聽了，便回頭命寶玉擬來。

寶玉道：「嘗聞古人有云：『編新不如述舊，刻古終勝雕今。』況此處並非主山正景，原無可題之處，不過是探景一進步

9. **香爐**——指廬山香爐峰，其形圓聳，氣靄若煙。峰下有瀑布，著稱於世。

耳。莫若直書『曲徑通幽處』這句舊詩在上，倒還大方氣派。」

眾人聽了，都贊道：「是極！二世兄天分高，才情遠，不似我們讀腐了書的。」

賈政笑道：「不可謬獎。他年小，不過以一知充十用，取笑罷了。再俟選擬。」

……說著，進入石洞來。只見佳木蘢蔥，奇花閃灼，一帶清流，從花木深處曲折瀉於石隙之中。再進數步，漸向北邊，平坦寬豁，兩邊飛樓插空，雕甍[10]繡檻，皆隱於山坳樹杪之間。俯而視之，則清溪瀉雪，石磴穿雲，白石為欄，環抱池沿，石橋三港[11]，獸面銜吐[12]，橋上有亭。

賈政與諸人上了亭子，倚欄坐了，因問：「諸公以何題此？」

諸人都道：「當日歐陽公《醉翁亭記》[13]有云：『有亭翼然』，

10. **甍**（音蒙）——屋脊。

11. **港**——指橋下石洞。

12. **獸面銜吐**——古時大宅門上銅環，多鑄獸頭銜之，稱為獸環。

13. **醉翁亭記**——宋代歐陽修的一篇遊記。**醉翁**，歐陽修自號。

就名『翼然』。」

賈政笑道：「『翼然』雖佳，但此亭壓水而成，還須偏於水題方稱。依我拙裁，歐陽公之『瀉出於兩峰之間』，竟用他這一個『瀉』字。」

有一客道：「是極，是極！竟是『瀉玉』二字妙。」

賈政拈髯尋思，因抬頭見寶玉侍側，便笑命他也擬一個來。

寶玉聽說，連忙回道：「老爺方才所議已是。但是如今追究了去，似乎當日歐陽公題釀泉用一『瀉』字則妥，今日此泉若亦用『瀉』字，則覺不甚妥。況此處雖云省親駐蹕別墅，亦當入於應制[14]之例，用此等字眼，亦覺粗陋不雅。求再擬較此蘊藉[15]含蓄者。」

賈政笑道：「諸公聽此論若何？方才眾人編新，你又說不如述古，如今我們述古，你又說粗陋不妥。你且說你的來我聽。」

14. 應制——指奉帝王詔命而作的詩文，多為歌功頌德之作。

15. 蘊藉——含蓄不露。

寶玉道：「有用『瀉玉』二字，則莫若『沁芳』二字，豈不新雅？」

賈政拈髯點頭不語。眾人都忙迎合，贊寶玉才情不凡。

賈政道：「匾上二字容易。再作一副七言對聯來。」

寶玉聽說，立於亭上，四顧一望，便機上心來，乃念道：

繞堤柳借三篙翠，隔岸花分一脈香。

賈政聽了，點頭微笑。眾人先稱贊不已。

……於是出亭過池，一山一石，一花一木，莫不著意觀覽。忽抬頭看見前面一帶粉垣，裡面數楹修舍，有千百竿翠竹遮映。

眾人都道：「好個所在！」

於是大家進入，只見入門便是曲折遊廊，階下石子漫成甬路[16]。上面小小三間房舍，一明兩暗，裡面都是合著地步[17]打就

16. **甬路**——庭院中間的通道，多用磚石鋪砌而成。

17. **合著地步**——指根據房間大小方位等具體情況來配製家具。

的床几椅案。從裡間房內又得一小門，出去則是後院，有大株梨花兼著芭蕉。又有兩間小小退步[18]。後院牆下；忽開一隙，得泉一派，開溝僅尺許，灌入牆內，繞階緣屋至前院，盤旋竹下而出。

賈政笑道：「這一處倒還罷了。若能月夜坐此窗下讀書，不枉虛生一世。」說畢，看著寶玉，唬得寶玉忙垂了頭。

……眾客忙用話開釋，又說道：「此處的匾該題四個字。」

賈政笑問：「哪四字？」

一個道是「淇水遺風」。賈政道：「俗。」

又一個是「睢園雅跡」。賈政道：「也俗。」

賈珍笑道：「還是寶兄弟擬一個來。」

賈政道：「他未曾作，先要議論人家的好歹，可見就是個輕薄人。」

18. 退步——指套間一類可作退居之所的附屬建築。

眾客道：「議論得極是，其奈他何？」

賈政忙道：「休如此縱了他。」

因命他道：「今日任你狂為亂道，先設議論來，然後方許你作。方才眾人說的，可有使得的？」

寶玉見問，便道：「都似不妥。」

賈政冷笑道：「怎麼不妥？」

寶玉道：「這是第一處行幸之處，必須頌聖方可。若用四字的匾，又有古人現成的，何必再作。」

賈政道：「難道『淇水』『睢園』不是古人的？」

寶玉道：「這太板腐了。莫若『有鳳來儀[19]』四字。」眾人都哄然叫妙。

賈政點頭道：「畜生，畜生，可謂『管窺蠡測[20]』矣！」因命：「再題一聯來。」

寶玉便念道：

19. 有鳳來儀——意思是簫韶的樂曲演奏了九章，鳳凰都鳴叫著配合樂聲起舞。鳳凰是后妃的象徵，用在此處正合「頌聖」的要求。

20. 管窺蠡測——意思是從管子裡看天，用瓢量海水。蠡，瓠瓢。

寶鼎茶閑煙尚綠，幽窗棋罷指猶涼。

賈政搖頭說道：「也未見長。」說畢，引眾人出來。

……方欲走時，忽又想起一事來，因問賈珍道：「這些院落房宇並几案桌椅都算有了，還有那些帳幔簾子並陳設的玩器古董，可也都是一處一處合式配就的麼？」

賈珍回道：「那陳設的東西早已添了許多，自然臨期合式陳設。帳幔簾子，昨日聽見璉兄弟說，還不全。那原是一起工程之時就畫了各處的圖樣，量准尺寸，就打發人辦去的。想必昨日得了一半。」

賈政聽了，便知此事不是賈珍的首尾[21]，便命人去喚賈璉。

……一時，賈璉趕來，賈政問他共有幾種，現今得了幾種，尚欠

21. 首尾——事情的始末。這裡是經辦的意思。

幾種。

賈璉見問，忙向靴筒取靴掖[22]內裝的一個紙折略節來，看了一看，回道：「妝蟒繡堆[23]、刻絲彈墨，並各色綢綾大小幔子一百二十架，昨日得了八十架，下欠四十架。簾子二百掛，昨日俱得了。外有猩猩氈簾二百掛，金絲藤紅漆竹簾二百掛，墨漆竹簾二百掛，五彩線絡盤花簾二百掛，每樣得了一半，也不過秋天都全了。椅搭、桌圍、床裙、桌套，每分一千二百件，也有了。」

……一面說，一面走，倏爾[24]青山斜阻。轉過山懷中，隱隱露出一帶黃泥築就矮牆，牆頭皆用稻莖掩護。有幾百株杏花，如噴火蒸霞一般。裡面數楹茅屋。外面卻是桑、榆、槿、柘，各色樹稚新條，隨其曲折，編就兩溜青籬。籬外山坡之下，有一土井，旁有桔槔轆轤[25]之屬。下面分畦列畝，佳蔬菜花，

22. 靴掖—塞掖在靴筒內的小夾子，用皮革或綢緞製成，可裝名帖、錢票等物。

23. 妝蟒繡堆—妝蟒指妝緞和蟒緞，織有普通圖案的叫妝緞，織有蟒形花紋的叫蟒緞。繡堆指用繡花和堆花製作的花繡織品。

24. 倏爾—忽然間。

25. 桔槔（音高）轆轤—桔槔，用槓桿的井上汲水工具。轆轤，用滑輪的井上汲水工具。

漫然無際。

賈政笑道：「倒是此處有些道理。固然係人力穿鑿，此時一見，未免勾引起我歸農之意。我們且進去歇息歇息。」說畢，方欲進籬門去，忽見路旁有一石碣，亦為留題之備。

眾人笑道：「更妙，更妙！此處若懸匾待題，則田舍家風一洗盡矣。立此一碣，又覺生色許多，非范石湖田家之詠[26]不足以盡其妙。」

賈政道：「諸公請題。」

眾人道：「方才世兄有云，『編新不如述舊』，此處古人已道盡矣，莫若直書『杏花村[27]』妙極。」

賈政聽了，笑向賈珍道：「正虧提醒了我。此處都妙極，只是還少一個酒幌[28]。明日竟作一個，不必華麗，就依外面村莊的式樣作來，用竹竿挑在樹梢。」

賈珍答應了，又回道：「此處竟還不可養別的雀鳥，只是買些

26. 范石湖田家之詠——范石湖即宋代詩人范成大，自號石湖居士。他晚年所作的《四時田園雜興》描寫田家生活，為人們傳誦。

27. 杏花村——出自唐代杜牧〈清明〉詩：「借問酒家何處有，牧童遙指杏花村。」

28. 酒幌——酒旗，即酒家的招牌，以竹竿挑布帘，掛在門首。

鵝、鴨、雞類，才都相稱了。」
賈政與眾人都道：「更妙。」
賈政又向眾人道：「『杏花村』固佳，只是犯了正名[29]，直待請名方可。」
眾客都道：「是呀！如今虛的，便是什麼字樣好？」
……大家想著，寶玉卻等不得了，也不等賈政的命，便說道：「舊詩有云：『紅杏梢頭掛酒旗』。如今莫若『杏帘在望』四字。」
眾人都道：「好個『在望』！又暗合『杏花村』意。」
寶玉冷笑道：「村名若用『杏花』二字，則俗陋不堪了。又有古人詩云：『柴門臨水稻花香』，何不就用『稻香村』的妙？」
眾人聽了，亦發哄聲拍手道：「妙！」
賈政一聲斷喝：「無知的業障！你能知道幾個古人，能記得幾

29. 犯了正名——這裡指園中景物題名不應直用前人已有的「杏花村」之名，否則即與之相犯。

首熟詩，也敢在老先生前賣弄！你方才那些胡說的，不過是試你的清濁，取笑而已，你就認真了！」

說著，引人步入茆堂[30]，裡面紙窗木榻，富貴氣象一洗皆盡。賈政心中自是喜歡，卻瞅寶玉道：「此處如何？」眾人見問，都忙悄悄的推寶玉，教他說好。

寶玉不聽人言，便應聲道：「不及『有鳳來儀』多矣。」

賈政聽了道：「無知的蠢物！你只知朱樓畫棟、惡賴[31]富麗為佳，哪裡知道這清幽氣象。終是不讀書之過！」

寶玉忙答道：「老爺教訓得固是，但古人常云『天然』二字，不知何意？」

眾人見寶玉牛心[32]，都怪他呆痴不改。今見問『天然』二字，眾人忙道：「別的都明白，如何連『天然』不知？『天然』者，天之自然而有，非人力之所成也。」

寶玉道：「卻又來！此處置一田莊，分明見得人力穿鑿扭捏而

30. 茆堂——即茅堂。

31. 惡賴——鄙劣庸俗。

32. 牛心——死心眼。

成。遠無鄰村，近不負郭，背山山無脈，臨水水無源，高無隱寺之塔，下無通市之橋，峭然孤出，似非大觀。爭似先處有自然之理，得自然之氣，雖種竹引泉，亦不傷於穿鑿。古人云『天然圖畫』四字，正畏非其地而強為地，非其山而強為山，雖百般精而終不相宜……」

未及說完，賈政氣得喝命：「叉出去！」剛出去，又喝命：「回來！」命再題一聯：「若不通，一併打嘴！」寶玉只得念道：

新漲綠添浣葛處，好雲香護採芹人。

賈政聽了，搖頭說：「更不好。」

一面引人出來，轉過山坡，穿花度柳，撫石依泉，過了荼蘼架，再入木香棚，越牡丹亭，度芍藥圃，入薔薇院，出芭蕉塢，盤旋曲折。忽聞水聲潺湲，瀉出石洞，上則蘿薜倒垂，下則落花浮蕩。

眾人都道：「好景，好景！」

賈政道：「諸公題以何名？」

眾人道：「再不必擬了，恰恰乎是『武陵源』三個字。」

賈政笑道：「又落實了，而且陳舊。」

眾人笑道：「不然就用『秦人舊舍』四字也罷了。」

寶玉道：「這越發過露了。『秦人舊舍』說避亂之意，如何使得！莫若『蓼汀花漵』[33]四字。」賈政聽了，更批胡說。

……於是要進港洞時，又想起有船無船。

賈珍道：「採蓮船共四隻，座船一隻，如今尚未造成。」

賈政笑道：「可惜不得入了。」

賈珍道：「從山上盤道亦可以進去。」說畢，在前導引，大家攀

33. 蓼汀花漵——汀，水邊平沙。漵，水邊。

藤撫樹過去。

只見水上落花愈多，其水愈清，溶溶蕩蕩，曲折縈迂。池邊兩行垂柳，雜著桃杏，遮天蔽日，真無一些塵土。忽見桃柳中又露出一個條折帶朱欄板橋來，度過橋去，諸路可通，便見一所清涼瓦舍，一色水磨磚牆，清瓦花堵。那大主山所分之脈，皆穿牆而過。

賈政道：「此處這所房子，無味得很。」

因而步入門時，忽迎面突出插天的大玲瓏山石來，四面群繞各式石塊，竟把裡面所有房屋悉皆遮住，而且一株花木也無。只見許多異草：或有牽藤的，或有引蔓的，或垂山巔，或穿石隙，甚至垂檐繞柱，縈砌盤階，或如翠帶飄颻，或如金繩盤屈，或實若丹砂，或花如金桂，味芬氣馥，非花香之可比。

賈政不禁笑道：「有趣！只是不大認識。」

有的說：「是薜荔藤蘿。」

賈政道：「薜荔藤蘿不得如此異香。」

寶玉道：「果然不是。這些之中也有藤蘿薜荔；那香的是杜若蘅蕪，那一種大約是茝蘭，這一種大約是清葛，那一種是金簦草，這一種是玉蕗藤，紅的自然是紫芸，綠的定是青芷。想來《離騷》、《文選》[34]等書上所有的那些異草，也有叫作什麼藿納薑蕁的，也有叫作什麼綸組紫絳的，還有石帆、水松、扶留等樣，又有叫什麼綠荑的，還有什麼丹椒、蘼蕪、風連。如今年深歲改，人不能識，故皆象形奪名，漸漸的喚差了也是有的。」

未及說完，賈政喝道：「誰問你來！」唬得寶玉倒退，不敢再說。

……賈政因見兩邊俱是超手遊廊，便順著遊廊步入。只見上面五

34.《離騷》、《文選》——《離騷》，戰國時代楚國詩人屈原的代表作，其中寫了許多香草。《文選》，即《昭明文選》，南朝梁太子蕭統選編，為現存最早一部詩文選集。

間清廈連著捲棚[35]，四面出廊，綠窗油壁，更比前幾處清雅不同。

賈政嘆道：「此軒中煮茶操琴，亦不必再焚名香矣！此造已出意外，諸公必有佳作新題以顏其額[36]，方不負此。」

眾人笑道：「再莫若『蘭風蕙露』貼切了。」

賈政道：「也只好用這四字。其聯若何？」

一人道：「我倒想了一對，大家批削改正。」念道是：

麝蘭芳靄斜陽院，杜若香飄明月洲。

眾人道：「妙則妙矣，只是『斜陽』二字不妥。」

那人道：「古人詩云『蘼蕪滿院泣斜暉』。」

眾人道：「頹喪，頹喪！」

又一人道：「我也有一聯，諸公評閱評閱。」因念道：

三徑香風飄玉蕙，一庭明月照金蘭。

35. 捲棚——指屋面兩坡的連接處不用正脊壓蓋，呈一個弧形的轉折。

36. 以顏其額——在匾額上題字。顏用作動詞，指題字其上。

賈政拈髯沉吟，意欲也題一聯。忽抬頭見寶玉在旁不敢則聲，因喝道：「怎麼你應說話時又不說了？還要等人請教你不成！」

寶玉聽說，便回道：「此處並沒有什麼『蘭麝』、『明月』、『洲渚』之類，若要這樣著迹說起來，就題二百聯也不能完。」

賈政道：「誰按著你的頭，叫你必定說這些字樣呢？」

寶玉道：「如此說，匾上則莫若『蘅芷清芬』四字。對聯則是：

吟成荳蔻才猶艷，

賈政笑道：「這是套的『書成蕉葉文猶綠』，不足為奇。」

眾客道：「李太白『鳳凰臺』之作，全套『黃鶴樓』，只要套得妙。如今細評起來，方才這一聯，竟比『書成蕉葉』猶覺幽嫻活潑。視『書成』之句，竟似套此而來。」

賈政笑說：「豈有此理！」

……說著，大家出來。行不多遠，則見崇閣巍峨，層樓高起，面面琳宮[37]合抱，迢迢複道[38]縈紆；青松拂檐，玉欄繞砌，金輝獸面，彩煥螭頭[39]。

賈政道：「這是正殿了，只是太富麗了些。」

眾人都道：「要如此方是。雖然貴妃崇節尚儉，天性惡繁悅樸，然今日之尊，禮儀如此，不為過也。」

一面說，一面走，只見正面現出一座玉石牌坊來，上面龍蟠螭護，玲瓏鑿就。

賈政道：「此處書以何文？」

眾人道：「必是『蓬萊仙境』方妙。」賈政搖頭不語。

寶玉見了這個所在，心中忽有所動，尋思起來，倒像那裡曾見過的一般，卻一時想不起那年月日的事了。賈政又命他作題，寶玉只顧細思前景，全無心於此了。

眾人不知其意，只當他受了這半日的折磨，精神耗散，才盡詞

37. 琳宮——神仙所居之所。這裡是說宮室瑰麗猶如仙境。

38. 複道——樓閣之間架空連接的通道。

39. 螭頭——指古代建築中一種螭頭形的屋頂裝飾。

窮了；再要考難逼迫，著了急，或生出事來，倒不便。遂忙都勸賈政：「罷，罷，明日再題罷了。」

賈政心中也怕賈母不放心，遂冷笑道：「你這畜生，也竟有不能之時了。也罷，限你一日，明日若再不能，我定不饒。這是要緊一處，更要好生作來！」

……說著，引人出來，再一觀望，原來自進門起，所行至此，才遊了十之五六。又值人來回，有雨村處遣人來回話。

賈政笑道：「此數處不能遊了。雖如此，到底從那一邊出去，縱不能細觀，也可稍覽。」說著，引客行來，至一大橋前，見水如晶簾一般奔入。原來這橋便是通外河之閘，引泉而入者。

賈政因問：「此閘何名？」

寶玉道：「此乃沁芳泉之正源，就名『沁芳閘』。」

賈政道：「胡說！偏不用『沁芳』二字。」

……於是一路行來，或清堂，或茅舍；或堆石為垣，或編花為牖；或山下得幽尼佛寺，或林中藏女道丹房；或長廊曲洞，或方廈圓亭，賈政皆不及進去。

因說半日腿酸，未嘗歇息。忽又見前面又露出一所院落來，賈政笑道：「到此可要進去歇息歇息了。」

說著，一徑引人繞著碧桃花，穿過一層竹籬花障編就的月洞門，俄見粉牆環護，綠柳周垂。賈政與眾人進去，一入門，兩邊俱是遊廊相接。院中點襯幾塊山石，一邊種著數本芭蕉，那一邊乃是一棵西府海棠[40]，其勢若傘，絲垂翠縷，葩吐丹砂。

眾人贊道：「好花，好花！從來也見過許多海棠，哪裡有這樣妙的。」

40.西府海棠——名貴的海棠品種，其中名「紫綿」者尤為上品。

賈政道：「這叫作『女兒棠』，乃是外國之種。俗傳係出『女兒國』中，云彼國此種最盛，亦荒唐不經之說罷了。」眾人笑道：「然雖不經，如何此名傳久了？」寶玉道：「大約騷人詠士，以此花之色紅暈若施脂，輕弱似扶病，大近乎閨閣風度，所以以『女兒』命名。想因被世間俗惡聽了，他便以野史纂入為證，以俗傳俗，以訛傳訛，都認真了。」眾人都搖身贊妙。

……一面說話，一面都在廊外抱廈下打就的榻上坐了。賈政因問：「想幾個什麼新鮮字來題此？」一客道：「『蕉鶴』二字最妙。」又一個道：「『崇光泛彩』[41]方妙。」賈政與眾人都道：「好個『崇光泛彩』！」寶玉也道：「妙極！」又嘆：「只是可惜了。」

41. 崇光泛彩——借蘇軾〈海棠〉詩中「東風渺渺泛崇光」之句，寫月光籠罩下的海棠。但「有棠無蕉」，故寶玉不滿意。

眾人問：「如何可惜？」

寶玉道：「此處蕉、棠兩植，其意暗蓄『紅』『綠』二字在內。若只說蕉，則棠無著落；若只說棠，蕉亦無著落。固有蕉無棠不可，有棠無蕉更不可。」

賈政道：「依你如何？」

寶玉道：「依我，題『紅香綠玉』四字，方兩全其妙。」

賈政搖頭道：「不好，不好！」

……說著，引人進入房內。只見這幾間房內收拾得與別處不同，竟分不出間隔來的。原來四面皆是雕空玲瓏木板，或「流雲百蝠」[42]，或「歲寒三友」[43]，或山水人物，或翎毛花卉，或集錦，或博古，或卍福卍壽[44]，各種花樣，皆是名手雕鏤，五彩銷金嵌寶的。

一槅一槅，或有貯書處，或有設鼎處，或安置筆硯處，或供花

42. 流雲百蝠——雲朵、蝙蝠組成的圖案，取吉祥多福之意。

43. 歲寒三友——松竹經冬不凋，梅花遇寒盛放，故有「歲寒三友」之稱。

44. 卍福卍壽——即「萬福萬壽」。**卍**，義同「萬」，是印度的一種吉祥圖案。

設瓶、安放盆景處。其槅各式各樣，或天圓地方，或葵花蕉葉，或連環半璧。真是花團錦簇，剔透玲瓏。

倏爾五色紗糊就，竟係小窗；倏爾彩綾輕覆，竟係幽戶。且滿牆滿壁，皆係隨依古董玩器之形摳成的槽子。諸如琴、劍、懸瓶、桌屏之類，雖懸於壁，卻都是與壁相平的。

眾人都贊：「好精緻想頭！難為怎麼想來！」

……原來賈政等走了進來，未進兩層，便都迷了舊路，左瞧也有門可通，右瞧又有窗暫隔，及到了跟前，又被一架書擋住。回頭再走，又有窗紗明透，門徑可行；及至門前，忽見迎面也進來了一群人，都與自己形相一樣，卻是一架玻璃大鏡相照。及轉過鏡去，越發見門子多了。

賈珍笑道：「老爺隨我來。從這門出去，便是後院；從後院出去，倒比先近了。」一說著，又轉了兩層紗櫥錦槅，果得一門出去，院中滿架薔薇芬馥。轉過花障，則見青溪前阻。

眾人詫異：「這股水又是從何而來？」

賈珍遙指道：「原從那閘起流至那洞口，從東北山坳裡引到那村莊裡，又開一道岔口，引到西南上，共總流到這裡，仍舊合在一處，從那牆下出去。」

眾人聽了，都道：「神妙之極！」說著，忽見大山阻路。眾人都道：「迷了路了。」

賈珍笑道：「隨我來。」仍在前導引，眾人隨他直由山腳邊忽一轉，便是平坦寬闊大路，豁然大門前現。

眾人都道：「有趣，有趣，真搜神奪巧之至！」於是大家出來。

……※……※……※……

……那寶玉一心只記掛著裡邊，又不見賈政吩咐，少不得跟到書房。

賈政忽想起他來，方喝道：「你還不去？難道還逛不足！也不想逛了這半日，老太太必懸掛著。快進去，疼你也白疼了。」

寶玉聽說，方退了出來。至院外，就有跟賈政的幾個小廝上來攔腰抱住，都說：「今兒虧了我們，老爺才喜歡，老太太打發人出來問了幾遍，都虧我們回說喜歡，若不然，老太太叫你進去，就不得展才了。人人都說，你那些詩比眾人都強。今兒得了這樣的彩頭。該賞我們了。」

寶玉笑道：「每人一吊錢。」

眾人道：「誰沒見那一吊錢！把這荷包賞了罷。」說著，一個上來解荷包，那一個就解扇囊，不容分說，將寶玉所佩之物盡行解去。又道：「好生送上去罷。」一個抱了起來，幾個圍繞，送至賈母二門前。那時，賈母已命人看了幾次，眾奶娘丫鬟跟上來，見過賈母，知不曾難為著他，心中自是喜歡。

……少時，襲人倒了茶來，見身邊佩物一件無存，因笑道：「帶的東西又是那起沒臉的東西解了去了？」

林黛玉聽說，走來瞧瞧，果然一件無存，因向寶玉道：「我給的那個荷包也給他們了？你明兒再想我的東西，可不能夠了！」說畢，賭氣回房，將前日寶玉所煩她做的那個香袋兒——才做了一半——賭氣拿過來就鉸。寶玉見她生氣，便知不妥，忙趕過來，早剪破了。

寶玉已見過這香囊，雖尚未完，卻十分精巧，費了許多工夫。今見無故剪了，卻也可氣。因忙把衣領解了，從裡面紅襖襟上將黛玉所給的那荷包解了下來，遞與黛玉瞧道：「妳瞧瞧，這是什麼！我那一回把妳的東西給人了？」

黛玉見他如此珍重，帶在裡面，可知是怕人拿去之意，因此又自悔莽撞，未見皂白，就剪了香袋。因此又愧又氣，低頭一言不發。

寶玉道：「妳也不用剪，我知道妳是懶待給我東西。我連這荷包奉還，何如？」說著，擲向她懷中便走。黛玉見如此，越發氣起來，聲咽氣堵，又汪汪的滾下淚來，拿起荷包來又剪。

寶玉見她如此，忙回身搶住，笑道：「好妹妹，饒了它罷！」

黛玉將剪子一摔，拭淚說道：「你不用同我好一陣歹一陣的，要惱，就撂開手。這當了什麼！」說著，賭氣上床，面向裡倒下拭淚。禁不住寶玉上來「妹妹」長「妹妹」短賠不是。

……前面賈母一片聲找寶玉。眾奶娘丫鬟們忙回說：「在林姑娘房裡呢。」

賈母聽說道：「好，好，好！讓他姊妹們一處頑頑罷。才他老子拘了他這半天，讓他開心一會子罷，只別叫他們拌嘴，不許扭了[45]他。」眾人答應著。

黛玉被寶玉纏不過，只得起來道：「你的意思不叫我安生，我就離了你。」說著往外就走。

寶玉笑道：「妳到哪裡，我跟到那裡。」一面仍拿起荷包來帶上。

黛玉伸手搶道：「你說不要了，這會子又帶上，我也替你怪臊的！」說著，「嗤」的一聲又笑了。

寶玉道：「好妹妹，明兒另替我作個香袋兒罷！」

黛玉道：「那也只瞧我高興罷了。」一面說，一面二人出房，到王夫人上房中去了。可巧寶釵亦在那裡。

……此時，王夫人那邊熱鬧非常。原來賈薔已從姑蘇採買了十二個女孩子，並聘了教習，以及行頭等物來了。那時，薛姨媽

45. 扭了——原作「牛了」。

另遷於東北上一所幽靜房舍居住，將梨香院早已騰挪出來，另行修理了，就令教習在此教演女戲。又另派家中舊有曾演學過歌唱的女人們——如今皆已皤然老嫗了——著她們帶領管理。就令賈薔總理其日用出入銀錢等事，以及諸凡大小所需之物料、帳目。

又有林之孝家的來回：「採訪聘買得十個小尼姑、小道姑都有了，連新做的二十分道袍也有了。外有一個帶髮修行的，本是蘇州人氏，祖上也是讀書仕宦之家。因生了這位姑娘自小多病，買了許多替身兒皆不中用，到底這位姑娘親自入了空門，方才好了。

「所以帶髮修行，今年才十八歲，法名妙玉。如今父母俱已亡故，身邊只有兩個老嬤嬤、一個小丫頭服侍。文墨也極通，經文也不用學了，模樣兒又極好。

「因聽見長安都中有觀音遺跡並貝葉遺文[46]，去歲隨了師父上

46.貝葉遺文——古代寫在貝葉上的佛經。**貝葉**，貝多樹的葉子，古時印度僧人多用以寫佛教經文。

來，現在西門外牟尼院住著。她師父極精演先天神數，於去冬圓寂了。妙玉本欲扶靈回鄉的，她師父臨寂遺言，說她衣食起居不宜回鄉，在此靜居，後來自然有妳的結果。所以她竟未回鄉。」

王夫人不等回完，便說：「既這樣，我們何不接了她來？」

林之孝家的回道：「請她，她說『侯門公府，必以貴勢壓人，我再不去的。』」

王夫人笑道：「她既是官宦小姐，自然驕傲些，就下個帖子請她何妨。」

林之孝家的答應了出去，命書啟相公寫請帖去請妙玉。次日遣人備車轎去接等後話，暫且擱過，此時不能表白。

……當下又有人回，工程上等著糊東西的紗綾，請鳳姐去開樓揀紗綾；又有人來回，請鳳姐開庫收金銀器皿。連王夫人並上房丫鬟等眾，皆一時不得閒的。

寶釵便說：「咱們別在這裡礙手礙腳，找探丫頭去。」說著，同寶玉、黛玉往迎春等房中來閒頑，無話。

……王夫人等日日忙亂，直到十月將盡，幸皆全備：各處監管都交清帳目；各處古董文玩，皆已陳設齊備；採辦鳥雀的，自仙鶴、孔雀以及鹿、兔、雞、鵝等類，悉已買全，交於園中各處像景飼養；賈薔那邊也演出二十齣雜戲來；小尼姑、道姑也都學會了念幾卷經咒。

賈政方略心意寬暢，又請賈母等進園，色色斟酌，點綴妥當，再無一些遺漏不當之處了。於是賈政方擇日題本[47]。本上之日，奉朱批准奏：次年正月十五上元之日，恩准賈妃省親。

賈府領了此恩旨，益發晝夜不閒，年也不曾好生過得。

47.題本——明清時，各衙門用正式文書向皇帝奏事叫題本，非正式的叫奏本。

……展眼元宵在邇，自正月初八日，就有太監出來先看方向：何處更衣，何處燕坐[48]，何處受禮，何處開宴，何處退息。又有巡察地方總理關防太監等，帶了許多小太監出來，各處關防，擋圍幙；指示賈宅人員何處退，何處跪，何處進膳，何處啟事，種種儀注不一。外面又有工部官員並五城兵備道打掃街道，攆逐閒人。賈赦等督率匠人紮花燈煙火之類，至十四日，俱已停妥。這一夜，上下通不曾睡。

……至十五日五鼓，自賈母等有爵者，皆按品服大妝。園內各處，帳舞蟠龍，簾飛彩鳳；金銀煥彩，珠寶爭輝；鼎焚百合之香，瓶插長春之蕊；靜悄無人咳嗽。賈赦等在西街門外，賈母等在榮府大門外。街頭巷口，俱係圍幙擋嚴。正等得不耐煩，忽一太監騎大馬而來，賈母忙接入，問其消息。

48. 燕坐——閒坐。燕，安閒。

太監道：「早多著呢！未初刻用過晚膳，未正二刻還到寶靈宮拜佛，酉初刻進大明宮領宴看燈方請旨，只怕戌初才起身呢。」

鳳姐聽了道：「既這麼著，老太太、太太且請回房，等是時候再來也不遲。」於是賈母等暫且自便，園中悉賴鳳姐照理。

又命執事人帶領太監們去吃酒飯。

一時傳人一擔一擔的挑進蠟燭來，各處點燈。方點完時，忽聽外邊馬跑之聲。一時，又十來個太監都喘吁吁跑來拍手兒。

這些太監會意，都知道是「來了來了」，各按方向站住。

賈赦領合族子姪在西街門外，賈母領合族女眷在大門外迎接。半日靜悄悄的。忽見一對紅衣太監騎馬緩緩的走來，至西街門下了馬，將馬趕出圍幙之外，便垂手面西站住。半日又是一對，亦是如此。少時便來了十來對，方聞得隱隱細樂之聲。一對對龍旌鳳翣，雉羽夔頭[49]，又有銷金提爐焚著御

49. 龍旌鳳翣，雉羽夔頭——帝后用的儀仗用物。翣（音霎），用野雞或孔雀羽毛編成的大掌扇。夔（音葵），古代傳說中的靈物。

香。然後一把曲柄七鳳黃金傘過來，便是冠袍帶履。又有值事太監捧著香珠、繡帕、漱盂、拂塵等類。一隊隊過完，後面方是八個太監抬著一頂金頂金黃繡鳳版輿，緩緩行來。賈母等連忙路旁跪下。早飛跑過幾個太監來，扶起賈母、邢夫人、王夫人來。那版輿抬進大門，入儀門往東去，到一所院落門前，有執拂太監跪請下輿更衣。於是抬輿入門，太監等散去，只有昭容、彩嬪等引領元春下輿。只見院內各色花燈爛灼，皆係紗綾紮成，精緻非常。上面有一匾燈，寫著「體仁沐德」四字。元春入室，更衣畢，復出，上輿進園。只見園中香煙繚繞，花彩繽紛，處處燈光相映，時時細樂聲喧；說不盡這太平氣象，富貴風流。

⋯⋯此時自己回想當初在大荒山中、青埂峰下，那等淒涼寂寞；若不虧癩憎、跛道二人攜來到此，又安能得見這般世面。本欲作一篇《燈月賦》、《省親頌》，以誌今日之事，但又恐入了別書的俗套。按此時之景，即作一賦一贊，也不能形容得盡其妙；即不作賦贊，其豪華富麗，觀者諸公亦可想而知矣。所以倒是省了這工夫紙墨，且說正經的為是。

……且說賈妃在轎內看此園內外如此豪華，因默默嘆息奢華過費。忽又見執拂太監跪請登舟，賈妃乃下輿。

只見清流一帶，勢如游龍；兩邊石欄上，皆係水晶玻璃各色風燈，點得如銀花雪浪；上面柳杏諸樹雖無花葉，然皆用通草[50]、綢、綾、紙、絹依勢作成，粘於枝上的，每一株懸燈數盞；更兼池中荷、荇、鳧、鷺之屬，亦皆係螺、蚌、羽毛之類作就的。諸燈上下爭輝，真係玻璃世界、珠寶乾坤。船上亦係各種精緻盆景諸燈，珠簾繡幙，桂楫蘭橈[51]，自不必說。已而入一石港，港上一面匾燈，明現著「蓼汀花溆」四

50. **通草**——即通脫木。莖含大量白髓，取之可製通草花或其他飾品，也可入藥。

51. **桂楫蘭橈**——指華美的船隻。桂、蘭都是香木，楫、橈是船槳。

字。按此四字並「有鳳來儀」等處，皆係上回賈政偶然一試寶玉之課藝才情耳，何今日認真用此匾聯？況賈政世代詩書，來往諸客屏侍座陪者，悉皆才技之流，豈無一名手題撰，竟用小兒一戲之辭苟且搪塞？真似暴發新榮之家，濫使銀錢，一味抹油塗朱，畢則大書「前門綠柳垂金鎖，後戶青山列錦屏」之類，則以為大雅可觀，豈《石頭記》中通部所表之寧榮賈府所為哉！據此論之，竟大相矛盾了。

諸公不知，待蠢物將原委說明，大家方知。

……當日這賈妃未入宮時，自幼亦係賈母教養。後來添了寶玉，賈妃乃長姊，寶玉為弱弟，賈妃之心上念母年將邁，始得此弟，是以憐愛寶玉，與諸弟不同。且同隨祖母，刻未暫離。那寶玉未入學堂之先，三四歲時，已得賈妃手引口傳，教授了幾本書、數千字在腹內了。

其名分雖係姊弟，其情狀有如母子。自入宮後，時時帶信出來與父母說：「千萬好生扶養，不嚴不能成器，過嚴恐生不虞，且致父母之憂。」眷念切愛之心，刻未能忘。

前日，賈政聞塾師背後贊寶玉偏才盡有，賈政未信，適巧遇園已落成，令其題撰，聊一試其情思之清濁。其所擬之匾聯雖非妙句，在幼童為之，亦或可取。即另使名公大筆為之，固不費難，然想來倒不如這本家風味有趣。更使賈妃見之，知係其愛弟所為，亦或不負其素日切望之意。因有這段原委，故此竟用了寶玉所題之聯額。那日雖未曾題完，後來亦曾補擬。

……閒文少述，且說賈妃看了四字，笑道：「『花漵』二字便妥，何必『蓼汀』？」侍座太監聽了，忙下小舟登岸，飛傳與賈政。賈政聽了，即忙移換。

一時，舟臨內岸，復棄舟上輿，便見琳宮綽約，桂殿巍峨。石牌坊上明顯「天仙寶境」四大字，賈妃忙命換「省親別墅」四字。於是進入行宮。但見庭燎[52]燒空，香屑布地，火樹琪花[53]，金窗玉檻。說不盡簾捲蝦鬚，毯鋪魚獺[54]，鼎飄麝腦之香，屏列雉尾之扇。真是：

金門玉戶神仙府，桂殿蘭宮妃子家。

……賈妃乃問：「此殿何無匾額？」隨侍太監跪啟曰：「此係正殿，外臣未敢擅擬。」賈妃點頭不語。

禮儀太監跪請升座受禮，兩陛樂起。禮儀太監二人引賈赦、賈政等於月臺[55]下排班，殿上昭容傳諭曰：「免。」太監引賈赦等退出。又有太監引榮國太君及女眷等自東階升月臺上排

52.庭燎——古代貴族庭院中用以照明的大燭，用松竹等捆紮成束，灌以油脂。

53.火樹琪花——形容燈火之盛。琪，美玉。

54.簾捲蝦鬚，毯鋪魚獺——**蝦鬚簾**，用細竹編成的簾子。**魚獺毯**，用水獺皮做的毯子。

55.月臺——古代建築正殿前的露天平臺，三面有臺階可上。

班，昭容再諭曰：「免。」於是引退。

……茶已三獻，賈妃降座，樂止。退入側殿更衣，方備省親車駕出園。至賈母正室，欲行家禮，賈母等俱跪止不迭。賈妃滿眼垂淚，方彼此上前廝見。一手攙賈母，一手攙王夫人，三個人滿心裡皆有許多話，只是俱說不出，只管嗚咽對泣。邢夫人、李紈、王熙鳳、迎、探、惜三姊妹等，俱在旁圍繞，垂淚無言。

半日，賈妃方忍悲強笑，安慰賈母、王夫人道：「當日既送我到那不得見人的去處，好容易今日回家娘兒們一會，不說說笑笑，反倒哭起來。一會子我去了，又不知多早晚才來！」說到這句，不禁又哽咽起來。

邢夫人等忙上來解勸。賈母等讓賈妃歸座，又逐次一一見過，又不免哭泣一番。然後東西兩府掌家執事人丁在廳外行禮，及兩府掌家執事媳婦領丫鬟等行禮畢。賈妃因問：「薛姨媽、寶釵、黛玉因何不見？」王夫人啟曰：「外眷無職，未敢擅入。」賈妃聽了，忙命快請。一時，薛姨媽等進來，欲行國禮，亦命免過，上前各敍闊別寒溫。又有賈妃原帶進宮去的丫鬟抱琴等上來叩見，賈母等連忙扶起，命人別室款待。執事太監及彩嬪、昭容各侍從人等，寧國府及賈赦那宅兩處自有人款待，只留三四個小太監答應。母女姊妹深敍些離別情景，及家務私情。

……又有賈政至簾外問安，賈妃垂簾行參等事。又隔簾含淚謂其父曰：「田舍之家，雖齏鹽布帛[56]，終能聚天倫之樂；今雖富貴已極，骨肉各方，然終無意趣！」賈政亦含淚啟道：「臣，草莽寒門，鳩群鴉屬之中，豈意得徵鳳鸞之瑞[57]。今貴人上錫天恩，下昭祖德，此皆山川日月之

56. 齏鹽布帛——形容生活清苦。

齏（音基），切碎的醃菜。齏鹽，泛指粗茶淡飯。布帛，此處泛指普通衣服。

57. 徵鳳鸞之瑞——意謂出現了能呈祥瑞的鸞鳳。鳳鸞，喻指元春。

精奇、祖宗之遠德鍾於一人，幸及政夫婦。

「且今上啟天地生物之大德，垂古今未有之曠恩，雖肝腦塗地，臣子豈能得報於萬一！惟朝乾夕惕[58]，忠於厥[59]職外，願我君萬壽千秋，乃天下蒼生之同幸也。貴妃切勿以政夫婦殘年為念，懣憤金懷[60]，更祈自加珍愛。惟業業兢兢，勤慎恭肅以侍上，庶不負上體貼眷愛如此之隆恩也。」

賈妃亦囑「只以國事為重，暇時保養，切勿記念」等語。

賈政又啟：「園中所有亭臺軒館，皆係寶玉所題；如果有一二稍可寓目者，請別賜名為幸。」

元妃聽了寶玉能題，便含笑說：「果進益了。」賈政退出。

賈妃見寶、林二人亦發比別姊妹不同，真是姣花軟玉一般。因問：「寶玉為何不進見？」

賈母乃啟：「無諭，外男不敢擅入。」元妃命快引進來。小太監出去引寶玉進來，先行國禮畢，元妃命他進前，攜手攔於懷

58.朝乾夕惕——從早到晚兢兢業業，不敢稍有懈怠。

59.厥——其。

60.懣憤金懷——心裡煩悶的意思。金，表示尊重的修飾詞。

內，又撫其頭頸笑道：「比先竟長了好些……」一語未終，淚如雨下。

……尤氏、鳳姐等上來啟道：「筵宴齊備，請貴妃遊幸。」元妃等起身，命寶玉導引，遂同諸人步至園門前。早見燈光火樹之中，諸般羅列非常。進園來先從「有鳳來儀」、「紅香綠玉」、「杏帘在望」、「蘅芷清芬」等處，登樓步閣，涉水緣山，百般眺覽徘徊。一處處鋪陳不一，一椿椿點綴新奇。賈妃極加獎贊，又勸：「以後不可太奢，此皆過分之極。」已而，至正殿，諭免禮歸座，大開筵宴。賈母等在下相陪，尤氏、李紈、鳳姐等親捧羹把盞。

……元妃乃命傳筆硯伺候，親搦[61]湘管，擇其幾處最喜者賜名。按其書云：

61. 搦——握、持，拿著。

「顧恩思義」匾額

天地啟宏慈，赤子蒼頭[62]同感戴；

古今垂曠典[63]，九州萬國被恩榮。此一匾一聯書於正殿

「大觀園」園之名

「有鳳來儀」賜名曰「瀟湘館」

「紅香綠玉」改作「怡紅快綠」即名曰「怡紅院」

「蘅芷清芬」賜名曰「蘅蕪苑」

「杏帘在望」賜名曰「浣葛山莊」

正樓曰「大觀樓」。東面飛樓曰「綴錦閣」，西面斜樓曰「含芳閣」、更有「蓼風軒」、「藕香榭」、「紫菱洲」、「荇葉渚」等名，又有四字的匾額十數個，諸如「梨花春雨」、「桐剪秋風」、「荻蘆夜雪」等名，此時悉難全記。又命舊有匾聯俱不必摘去。於是先題一絕云：

62. 赤子蒼頭——泛指老百姓。蒼頭，原指年老的奴僕，這裡指老年人。

63. 曠典——空前的恩典。

銜山抱水建來精，多少工夫築始成！
天上人間諸景備，芳園應錫[64]大觀名。

寫畢，向諸姊妹笑道：「我素乏捷才，且不長於吟詠，妹輩素所深知。今夜聊以塞責，不負斯景而已。異日少暇，必補撰《大觀園記》並《省親頌》等文，以記今日之事。妹輩亦各題一匾一詩，隨才之長短，亦暫吟成，不可因我微才所縛。且喜寶玉竟知題詠，是我意外之想。此中『瀟湘館』、『蘅蕪苑』二處，我所極愛，次之『怡紅院』、『浣葛山莊』，此四大處，必得別有章句題詠方妙。前所題之聯雖佳，如今再各賦五言律一首，使我當面試過，方不負我自幼教授之苦心。」寶玉只得答應了，下來自去構思。

……迎、探、惜三人之中，要算探春又出於姊妹之上，然自忖亦

64. 錫——賜也。

難與薛、林爭衡，只得勉強隨眾塞責而已。李紈也勉強湊成一律。賈妃先挨次看姊妹們的。寫道是：

【曠性怡情】匾額　◎迎春

園成景備特精奇，奉命羞題額曠怡。
誰信世間有此境，游來寧不暢神思？

【萬象爭輝】匾額　◎探春

名園築出勢巍巍，奉命何慚學淺微。
精妙一時言不出，果然萬物生光輝。

【文章造化】匾額　◎惜春

山水橫拖[65]千里外，樓臺高起五雲中。
園修日月光輝裡，景奪文章造化功。

65. 橫拖——延伸。

【文采風流】匾額　◎李紈

秀水明山抱復回，風流文采勝蓬萊。
綠裁歌扇迷芳草，紅襯湘裙舞落梅。
珠玉自應傳盛世，神仙何幸下瑤臺。
名園一自邀遊賞，未許凡人到此來。

【凝暉鍾瑞】匾額　◎薛寶釵

芳園築向帝城西，華日祥雲籠罩奇。
高柳喜遷鶯出谷，修篁時待鳳來儀。
文風已著宸游[66]夕，孝化[67]應隆歸省時。
睿藻[68]仙才盈彩筆，自慚何敢再為辭。

【世外仙源】匾額　◎林黛玉

名園築何處？仙境別紅塵。

66. 宸游——皇帝后妃出外巡遊。

67. 孝化——孝道的教化作用。

68. 睿藻——稱頌帝王所作詩文的用語，此指元春題詠。

借得山川秀，添來景物新。
香融金谷酒[69]，花媚玉堂人[70]。
何幸邀恩寵，宮車過往頻。

賈妃看畢，稱賞一番，又笑道：「終是薛林二妹之作與眾不同，非愚姊妹可同列者。」原來林黛玉安心今夜大展奇才，將眾人壓倒，不想賈妃只命一匾一詠，倒不好違諭多作，只胡亂作一首五言律應景罷了。

…彼時寶玉尚未作完，只剛作了「瀟湘館」與「蘅蕪苑」二首，正作「怡紅院」一首，起草內有「綠玉春猶捲」一句。寶釵轉眼瞥見，便趁眾人不理論[71]，急忙回身悄推他道：「她因不喜『紅香綠玉』四字，改了『怡紅快綠』；你這會子偏用『綠玉』二字，豈不是有意和她爭馳了？況且蕉葉之說也頗

69. 金谷酒——晉代石崇有金谷園，常與賓客遊於其間，命各賦詩，不能者罰酒三斗。這裡借指大觀園開筵賦詩。

70. 玉堂人——指元春。玉堂，嬪妃所居之所。

71. 理論——理會。

多，再想一個字改了罷。」

寶玉見寶釵如此說，便拭汗道：「我這會子總想不起什麼典故出處來。」

寶釵笑道：「你只把『綠玉』的『玉』字改作『蠟』字就是了。」

寶玉道：「『綠蠟』可有出處？」

寶釵見問，悄悄的咂嘴點頭笑道：「虧你今夜不過如此，將來金殿對策[72]，你大約連『趙錢孫李』都忘了呢！唐錢珝[73]詠芭蕉詩頭一句：『冷燭無煙綠蠟乾』，你都忘了不成？」

寶玉聽了，不覺洞開心臆，笑道：「該死，該死！現成眼前之物偏倒想不起來了，真可謂『一字師』[74]了。從此後我只叫妳師父，再不叫姐姐了。」

寶釵亦悄悄的笑道：「還不快作上去，只管姐姐妹妹的。誰是你姐姐？那上頭穿黃袍的才是你姐姐，你又認我這姐姐來了。」一面說笑，因說笑又怕他耽延工夫，遂抽身走開了。

72.金殿對策——金殿，即金鑾殿，皇帝受朝見的殿堂。**對策**，清代科舉制度，會試後還要參加由皇帝主持的殿試，殿試的題目為策問。

73.錢珝詠芭蕉詩——唐代詩人錢珝〈未展芭蕉〉詩：「冷燭無煙綠蠟乾，芳心猶捲怯春寒。」

74.一字師——唐代詩僧齊己〈早梅〉詩：「前村深雪裡，昨夜開數枝。」鄭谷看了以後，改「數枝」為「一枝」，齊己欽服下拜。時人乃稱鄭谷為「一字師」。

寶玉只得續成，共有了三首。

……此時，林黛玉未得展其抱負，自是不快。因見寶玉獨作四律，大費神思，何不代他作兩首，也省他些精神不到之處。想著，便也走至寶玉案旁，悄問：「可都有了？」

寶玉道：「才有了三首，只少『杏帘在望』一首了。」

黛玉道：「既如此，你只抄錄前三首罷。趕你寫完那三首，我也替你作出這首來了。」說畢，低頭一想，早已吟成一律，便寫在紙條上，搓成個團子，擲在他跟前。

寶玉打開一看，只覺此首比自己所作的三首高過十倍，真是喜出望外，遂忙恭楷呈上。賈妃看道：

【有鳳來儀】 臣 ◎寶玉 謹題

秀玉[75]初成實，堪宜待鳳凰。

竿竿青欲滴，个个綠生涼。

75.秀玉——喻竹。竹子別稱綠玉。

76.蘅芷——杜衡、白芷，都是香草。

77.冷翠——草上露珠，清冷碧翠。

迸砌妨階水，穿簾礙鼎香。
莫搖清碎影，好夢晝初長。

◆蘅芷[76]清芬

蘅蕪滿淨苑，蘿薜助芬芳。
軟襯三春草，柔拖一縷香。
輕煙迷曲徑，冷翠[77]滴回廊。
誰謂池塘曲，謝家幽夢長[78]。

◆怡紅快綠

深庭長日靜，兩兩出嬋娟。
綠蠟春猶捲，紅妝夜未眠[79]。
憑欄垂絳袖，倚石護青煙[80]。
對立東風裡，主人應解憐[81]。

78.謝家幽夢長——南朝詩人謝靈運〈登池上樓〉有「池塘生春草」之句，相傳為夢中所得。此聯意謂：誰說只有謝家才有觸發靈感獲得佳句的好夢呢？

79.「**綠蠟**」一聯——上句說春天蕉葉捲而未舒，猶如翠燭；下句寫海棠入夜猶開，像少女未眠。

80.「**憑欄**」一聯——上句說檻外海棠，紅花如美人憑欄時垂下的大紅衫袖；下句說石旁芭蕉，綠葉像迴護的青煙。

81.解憐——懂得愛惜。

82. 菱荇——菱角、荇菜。

◆杏帘在望

杏帘招客飲，在望有山莊。
菱荇[82]鵝兒水，桑榆燕子樑。
一畦春韭綠，十里稻花香。
盛世無飢餒，何須耕織忙！

賈妃看畢，喜之不盡，說：「果然進益了！」又指「杏帘」一首為前三首之冠，遂將「浣葛山莊」改為「稻香村」。又命探春另以彩箋謄錄出方才一共十數首詩，出令太監傳與外廂。賈政等看了，都稱頌不已。賈政又進《歸省頌》。元春又命以瓊酥金膾等物，賜與寶玉並賈蘭。此時賈蘭極幼，未達諸事，只不過隨母依叔行禮，故無別傳。賈環從年內染病未痊，自有閒處調養，故亦無傳。

……那時，賈薔帶領十二個女戲，在樓下正等得不耐煩，只見一太監飛跑來說：「作完了詩，快拿戲目來！」賈薔急將錦冊呈上，並十二個花名單子。少時，太監出來，只點了四齣戲：

第一齣，《豪宴》；第二齣，《乞巧》；

第三齣，《仙緣》；第四齣，《離魂》[83]。

賈薔忙張羅扮演起來。一個個歌欺裂石之音[84]，舞有天魔之態。雖是妝演的形容，卻作盡悲歡情狀。

剛演完了，一太監執一金盤糕點之屬進來，問：「誰是齡官？」賈薔便知是賜齡官之物，喜得忙接了，命齡官叩頭。

太監又道：「貴妃有諭，說『齡官極好，再作兩齣戲，不拘哪兩齣就是了。』」

賈薔忙答應了，因命齡官作《遊園》、《驚夢》二齣。齡官自為此二齣原非本角之戲，執意不作，定要作《相約》《相罵》[85]

83.《豪宴》等劇目——「豪宴」是清初李玉《一捧雪》傳奇中的一齣。「乞巧」是清初洪昇《長生殿》傳奇中的一齣。「仙緣」是明代湯顯祖《邯鄲記》中〈合仙〉的一齣。這些戲目有暗示賈府和主要人物結局的用意。

84.歌欺裂石之音——欺，超過。裂石之音，比喻聲音的激越。

85.《相約》、《相罵》——明代月榭主人《釵釧記》傳奇中的兩齣。

二齣。賈薔扭她不過，只得依她作了。賈妃甚喜，命不可難為了這女孩子，好生教習，額外賞了兩匹宮緞、兩個荷包並金銀錁子、食物之類。

然後撤筵，將未到之處復又遊玩。忽見山環佛寺，忙另盥手進去焚香拜佛，又題一匾云：「苦海慈航[86]」。又額外加恩與一般幽尼女道。

……少時，太監跪啟：「賜物俱齊，請驗等例。」乃呈上略節。

賈妃從頭看了，俱甚妥協，即命照此遵行。

太監聽了，下來一一發放。原來賈母的是金、玉如意各一柄，沉香拐拄一根，伽楠念珠一串，「富貴長春」宮緞四匹，「福壽綿長」宮綢四匹，紫金「筆錠如意」[87]錁十錠，「吉慶有魚」[88]銀錁十錠。邢夫人、王夫人二分，只減了如意、拐、珠四樣。賈敬、賈赦、賈政等，每份御製新書二部，寶墨二匣，

86. 苦海慈航——佛教認為現實世界如同苦海，勸人出家就像用船救人渡苦海。

87. 筆錠如意——金錠子上的字樣，「筆錠」諧音「必定」。

88. 吉慶有魚——銀錠上的字樣，以「魚」諧音「餘」。

金、銀爵[89]各二只，表禮按前。寶釵、黛玉諸姊妹等，每人新書一部，寶硯一方，新樣格式金銀錁二對。寶玉亦同此。賈蘭則是金銀項圈二個，金銀錁二對。尤氏、李紈、鳳姐等，皆金銀錁四錠，表禮四端。外表禮二十四端，清錢一百串，是賜與賈母、王夫人及諸姊妹房中奶娘、眾丫鬟的。賈珍、賈璉、賈環、賈蓉等，皆是表禮一分，金錁一雙。其餘彩緞百端，金銀千兩，御酒華筵，是賜東西兩府凡園中管理工程、陳設、答應[90]及司戲、掌燈諸人的。外有清錢五百串，是賜廚役、優伶、百戲、雜行人丁的。

……眾人謝恩已畢，執事太監啟道：「時已丑正三刻，請駕回鑾。」

賈妃聽了，不由的滿眼又滾下淚來。卻又勉強堆笑，拉住賈母、王夫人的手，緊緊的不忍釋放，再四叮嚀：「不須掛念，

89. 爵——古代的三腳酒器。

90. 答應——伺候。

好生自養。如今天恩浩蕩，一月許進內省視一次，見面是盡有的，何必傷慘。倘明歲天恩仍許歸省，萬不可如此奢華靡費了！」

賈母等已哭的哽噎難言了。賈妃雖不忍別，怎奈皇家規範，違錯不得，只得忍心上輿去了。這裡諸人好容易將賈母、王夫人安慰解勸，攙扶出園去了。

要知端的，且看下回。

◎第一九回◎

情切切良宵花解語[1]
意綿綿靜日玉生香

話說賈妃回宮，次日見駕謝恩，並回奏歸省之事，龍顏甚悅。又發內帑彩緞、金銀等物，以賜賈政及各椒房等員，不必細說。

※……※……※

且說榮寧二府中，因連日用盡心力，真是人人力倦，各各神疲，及將園中一應陳設動用之物，收拾了兩三天方完。第一個鳳姐事多任重，別人或可偷安躲靜，獨她是不能脫得的；二則本性要強，不肯落人褒貶，只扎掙著與無事的人一樣。

……第一個寶玉是極無事最閒暇的。偏這日一早，襲人的母親又親來回過賈母，接襲人家去吃年茶，晚間才得回來。因此，寶玉只和眾丫頭們擲骰子、趕圍棋作戲。正在房內頑得沒興頭，忽見丫頭們來回說：「東府珍大爺來請過去看戲、放花燈。」寶玉聽了，便命換衣裳。才要去時，忽又有賈妃賜出糖蒸酥酪來，寶玉想上次襲人喜吃此物，便命留與襲人了。自己回過賈母，過去看戲。

……誰想賈珍這邊唱的是《丁郎認父》、《黃伯央大擺陰魂陣》，更有「孫行者大鬧天宮」、「姜子牙斬將封神」等類的戲文。倏爾神鬼亂出，忽又妖魔畢露，甚至於揚幡過會，號佛[2]行香，鑼鼓喊叫之聲遠聞巷外。滿街之人個個都贊：「好熱鬧戲，別人家斷不能有的！」寶玉見繁華熱鬧到如此不堪的田地，只略坐了一坐，便走開各處閒耍。

1. **花解語**——從「解語花」一詞來。解語花即善解人意的、會說話的花。出自唐玄宗讚美楊貴妃之詞。後常用以比喻美人。

2. **號佛**——口宣佛號，即大聲念佛。

…先是進內去和尤氏和丫鬟、姬妾說笑了一回，便出二門來。尤氏等仍料他出來看戲，遂也不曾照管。賈珍、賈璉、薛蟠等只顧猜枚行令，百般作樂，也不理論，縱一時不見他在座，只道在裡邊去了，故也不問。至於跟寶玉的小廝們，那年紀大些的，知寶玉這一來了，必是晚間才散，因此得空也有去會賭的，也有往親友家去吃年茶的，更有或嫖或飲的，都私散了，待晚間再來；那小些的，都鑽進戲房裡瞧熱鬧去了。

…寶玉見一個人沒有，因想：這裡素日有個小書房，內曾掛著一軸美人，極畫得得神。今日這般熱鬧，想那裡自然無人，那美人也自然是寂寞的，須得我去望慰她一回。想著，便往書房裡來。剛到窗前，聞得房內有呻吟之韵。寶玉倒唬了一跳：敢是美人活了不成？乃乍著膽子，舔破窗紙，向內一看，那軸美人卻不曾活，卻是茗煙按著一個女孩子，也幹那警幻所訓之事。寶玉禁不住大叫：「了不得！」一腳踹進門去，將那兩個唬開了，抖衣而顫。

……茗煙見是寶玉，忙跪求不迭。寶玉道：「青天白日，這是怎麼說！珍大爺知道，你是死是活？」一面看那丫頭，雖不標緻，倒還白淨，些微亦有動人之處，羞的臉紅耳赤，低頭無言。

寶玉跺腳道：「還不快跑！」一語提醒了那丫頭，飛也似去了。寶玉又趕出去，叫道：「妳別怕，我是不告訴人的！」急的茗煙在後叫：「祖宗，這是分明告訴人了！」

寶玉因問：「那丫頭十幾歲了？」

茗煙道：「大不過十六七歲了。」

寶玉道：「連她的歲屬也不問問，別的自然越發不知了。可見她白認得你了。可憐，可憐！」又問：「名字叫什麼？」

茗煙笑道：「若說出名字來話長，真真新鮮奇文，竟是寫不出來的。據她說，她母親養她的時節做了個夢，夢見得了一匹錦，上面是五色富貴不斷頭卍字的花樣，所以她的名字叫作卍兒。」

寶玉聽了笑道：「真也新奇，想必她將來有些造化。」說著，沉思一會。

……茗煙因問：「二爺為何不看這樣的好戲？」

寶玉道：「看了半日，怪煩的，出來逛逛就遇見你們了。這會子作什麼呢？」

茗煙嘻嘻笑道：「這會子沒人知道，我悄悄的引二爺往城外逛逛去，一會子再往這裡來，他們就不知道了。」

寶玉道：「不好，仔細花子[3]拐了去。或是他們知道了，又鬧大了，不如往熟近些的地方去，還可就來。」

茗煙道：「熟近地方，誰家可去？這卻難了。」

寶玉笑道：「依我的主意，咱們竟找你花大姐姐去，瞧她在家作什麼呢。」

茗煙笑道：「好，好！倒忘了她家。」

又道：「若他們知道了，說我引著二爺胡走，要打我呢？」

寶玉道：「有我呢。」

茗煙聽說，拉了馬，二人從後門就走了。

……幸而襲人家不遠，不過半里路程，展眼已到門前。茗煙先進去叫襲人之兄花自芳。彼時，襲人之母接了襲人與幾個外甥女兒、幾個姪女兒來家，正吃果茶。

聽見外面有人叫「花大哥」，花自芳忙出去看時，見是他主僕

3. 花子——即叫花子，這裡指誆騙小孩子的拐子。

兩個，唬得驚疑不止。連忙抱下寶玉來，在院內嚷道：「寶二爺來了！」

別人聽見還可，襲人聽了，也不知為何，忙跑出來迎著寶玉，一把拉著問：「你怎麼來了？」

寶玉笑道：「我怪悶的，來瞧瞧妳作什麼呢。」

襲人聽了，才放下心來。嗐了一聲，笑道：「你也忒胡鬧了，可作什麼來呢！」一面又問茗煙：「還有誰跟來？」

茗煙笑道：「別人都不知，就只我們兩個。」

襲人聽了，復又驚慌，說道：「這還了得！倘或碰見了人，或是遇見了老爺，街上人擠車碰，馬轎紛紛的，若有個閃失，也是玩得的！你們的膽子比斗還大。都是茗煙調唆的，回去我定告訴嬤嬤們打你。」

茗煙撅了嘴道：「二爺罵著打著，叫我引了來，這會子推到我身上。我說別來罷，——不然我們還去罷。」

花自芳忙勸：「罷了，已是來了，也不用多說了。只是茅檐草舍，又窄又髒，爺怎麼坐呢？」

……襲人之母也早迎了出來。襲人拉了寶玉進去。寶玉見房中三五個女孩兒，見他進來，都低了頭，羞慚慚的。花自芳母子兩個百般怕寶玉冷，又讓他上炕，又忙另擺果桌，又忙倒好茶。

襲人笑道：「你們不用白忙，我自然知道。果子也不用擺，也不敢亂給東西吃。」一面說，一面將自己的坐褥拿了鋪在一個炕上，寶玉坐了；用自己的腳爐墊了腳；向荷包內取出兩個梅花香餅兒[4]來，又將自己的手爐掀開焚上，仍蓋好，放與寶玉懷內；然後將自己的茶杯斟了茶，送與寶玉。

彼時，她母兄已是忙另齊齊整整擺上一桌子果品來。襲人見總無可吃之物，因笑道：「既來了，沒有空去之理，好歹嘗一

4. **梅花香餅兒**——用香料粉末做成的梅花狀小餅，可以佩帶或焚燒。

點兒，也是來我家一趟。」說著，便拈了幾個松子穰，吹去細皮，用手帕托著送與寶玉。

……寶玉看見襲人兩眼微紅，粉光融滑，因悄問襲人：「好好的哭什麼？」

襲人笑道：「何嘗哭，才迷了眼揉的。」因此便遮掩過了。當下寶玉穿著大紅金蟒狐腋箭袖，外罩石青貂裘排穗掛。襲人道：「你特為往這裡來又換新服，她們就不問你往哪裡去的？」

寶玉笑道：「珍大爺那裡去看戲換的。」

襲人點頭。又道：「坐一坐就回去罷，這個地方不是你來的。」

寶玉笑道：「妳就家去才好呢，我還替妳留著好東西呢。」

襲人悄笑道：「悄悄的，叫他們聽著什麼意思。」一面又伸手從寶玉項上將通靈玉摘了下來，向她姊妹們笑道：「妳們見識見識。時常說起來都當希罕，恨不能一見，今兒可盡力瞧了。再瞧什麼希罕物兒，也不過是這麼個東西。」說畢，遞與她們傳看了一遍，仍與寶玉掛好。

又命她哥哥去，或僱一乘小轎，或僱一輛小車，送寶玉回去。花自芳道：「有我送去，騎馬也不妨了。」

襲人道：「不為不妨，為的是碰見人。」

……花自芳忙去僱了一頂小轎來，眾人也不好相留，只得送寶玉出去。襲人又抓果子與茗煙，又把些錢與他買花炮放，教他「不可告訴人，連你也有不是。」一直送寶玉至門前，看著上轎，放下轎簾。花、茗二人牽馬跟隨。

來至寧府街，茗煙命住轎，向花自芳道：「須等我同二爺還到東府裡混一混，才好過去的，不然人家就疑惑了。」花自芳聽說有理，忙將寶玉抱出轎來，送上馬去。寶玉笑說：「倒難為你了。」於是仍進後門來。俱不在話下。

※……※……※

……卻說寶玉自出了門，他房中這些丫鬟們都越性恣意的頑笑，也有趕圍棋的，也有擲骰抹牌的，嗑了一地瓜子皮。偏奶母李嬤嬤拄拐進來請安，瞧瞧寶玉，見寶玉不在家，丫鬟們只顧頑鬧，十分看不過。因嘆道：「只從我出去了，不大進來，妳們越發沒個樣兒了，別的媽媽們越不敢說妳們了。那寶玉是個丈八的燈臺——照見人家，照不見自家的。只知嫌人家髒，這是他的屋子，由著妳們糟蹋，越不成體統了。」

這些丫頭們明知寶玉不講究這些，二則李嬤嬤已是告老解事出去的了，如今管她們不著，因此只顧頑，並不理她。那李嬤嬤還只管問「寶玉如今一頓吃多少飯」、「什麼時辰睡覺」等語。丫頭們總胡亂答應。有的說：「好一個討厭的老貨！」

……李嬤嬤又問道：「這蓋碗裡是酥酪[5]，怎不送與我去？我就吃了罷。」說畢，拿匙就吃。

一個丫頭道：「快別動！那是說了給襲人留著的，回來又惹氣了。你老人家自己承認，別帶累我們受氣。」

李嬤嬤聽了，又氣又愧，便說道：「我不信他這樣壞了。別說我吃了一碗牛奶，就是再比這個值錢的，也是應該的。難道待襲人比我還重？難道他不想想怎麼長大了？我的血變的奶，吃得長這麼大，如今我吃他一碗牛奶，他就生氣了？我偏吃了，看怎麼樣！你們看襲人不知怎樣，那是我手裡調理出來的毛丫頭，什麼阿物兒[6]！」一面說，一面賭氣將酥酪吃盡。

又一丫頭笑道：「她們不會說話，怨不得妳老人家生氣。寶玉

5. **酥酪**——以牛羊乳精製成的食品。

6. **阿物兒**——如同說「東西」、「傢伙」，是輕蔑的口氣。

還時常送東西孝敬妳老去，豈有為這個不自在的。」

李嬤嬤道：「妳們也不必妝狐媚子[7]哄我，打量上次為茶攆茜雪的事我不知道呢。明兒有了不是，我再來領！」說著，賭氣去了。

……少時，寶玉回來，命人去接襲人。

只見晴雯躺在床上不動，寶玉因問：「敢是病了？再不然輸了？」

秋紋道：「她倒是贏的。誰知李老太太來了，混輸了，她氣的睡去了。」

寶玉笑道：「妳別和她一般見識，由她去就是了。」說著，襲人已來，彼此相見。襲人又問寶玉何處吃飯，多早晚回來，又代母妹問諸同伴姊妹好。

一時換衣卸妝。寶玉命取酥酪來，丫鬟們回說：「李奶奶吃

7. **妝狐媚子**——像狐狸精似的討好獻媚。

了。」

寶玉才要說話，襲人便忙笑道：「原來是留的這個，多謝費心。前兒我吃的時候好吃，吃過了好肚子疼，疼得吐了才好。她吃了倒好，擱在這裡倒白糟蹋了。我只想風乾栗子吃，你替我剝栗子，我去鋪床。」

寶玉聽了信以為真，方把酥酪丟開，取栗子來，自向燈前檢剝。一面見眾人不在房裡，乃笑問襲人道：「今兒那個穿紅的是妳什麼人？」襲人道：「那是我兩姨妹子。」寶玉聽了，讚嘆了兩聲。

襲人道：「嘆什麼？我知道你心裡的緣故，想是說她那哪裡配穿紅的。」

寶玉笑道：「不是，不是。那樣的不配穿紅的，誰還敢穿！我因為見她實在好得很，怎麼也得她在咱們家就好了。」

襲人冷笑道：「我一個人是奴才命罷了，難道連我的親戚都是奴才命不成？定還要揀實在好的丫頭才往你家來！」

寶玉聽了，忙笑道：「妳又多心了。我說往咱們家來，必定是奴才不成？說親戚就使不得？」

襲人道：「那也般配不上。」

……寶玉便不肯再說，只是剝栗子。襲人笑道：「怎麼不言語了？想是我才冒撞沖犯了你，明兒賭氣花幾兩銀子買她們進來就是了。」

寶玉笑道：「妳說的話，怎麼叫我答言呢？我不過是贊她好，正配生在這深堂大院裡，沒的我們這種濁物倒生在這裡。」

襲人道：「她雖沒這造化，倒也是嬌生慣養的呢，我姨爹、姨娘的寶貝。如今十七歲，各樣的嫁妝都齊備了，明年就出嫁。」

寶玉聽了「出嫁」二字，不禁又嗐了兩聲。正不自在，又聽襲人嘆道：「只從我來這幾年，姊妹們都不得在一處。如今我要回去了，她們又都去了。」

……寶玉聽這話內有文章，不覺吃一驚，忙丟下栗子，問道：「怎麼，妳如今要回去了？」

襲人道：「我今兒聽見我媽和哥哥商議，教我再耐煩一年，明年他們上來，就贖我出去的呢。」

寶玉聽了這話，越發怔了，因問：「為什麼要贖妳？」

襲人道：「這話奇了！我又比不得是你這裡的家生子兒[8]，一家子都在別處，獨我一個人在這裡，怎麼是個了局？」

寶玉道：「我不叫妳去也難。」

襲人道：「從來沒這道理。便是朝廷宮裡，也有個定例，或幾年一選，幾年一入，也沒有個長遠留下人的理，別說你了！」

8. **家生子兒**——指家奴的子女。按清代法律，家奴子女世代為奴。

…寶玉想一想，果然有理。又道：「老太太不放妳也難。」

襲人道：「為什麼不放？我果然是個最難得的，或者感動了老太太、老太太必不放我出去的，設或多給我們家幾兩銀子，留下我，然或有之；其實我也不過是個最平常的人，比我強的有而且多。

「自我從小兒來了，跟著老太太，先服侍了史大姑娘幾年，如今又服侍了你幾年。如今我們家來贖，正是該叫去的，只怕連身價也不要，就開恩叫我去呢。

「若說為服侍得你好，不叫我去，斷然沒有的事。那服侍得好是分內應當的，不是什麼奇功。我去了，仍舊有好的來了，不是沒了我就成不得的。」

寶玉聽了這些話，竟是有去的理，無留的理，心內越發急了，因又道：「雖然如此說，我只一心留下妳，不怕老太太不和妳母親說。多多給妳母親些銀子，她也不好意思接妳了。」

襲人道：「我媽自然不敢強。且慢說和她好說，又多給銀子；就便不好和她說，一個錢也不給，安心要強留下我，她也不敢不依。但只是咱們家從沒幹過這倚勢仗貴霸道的事。這比不得別的東西，因為你喜歡，加十倍利弄了來給你，那賣的人不得吃虧，可以行得。

「如今無故憑空留下我，於你又無益，反叫我們骨肉分離，這件事老太太、太太斷不肯行的。」

寶玉聽了，思忖半晌，乃說道：「依妳說，妳是去定了？」

襲人道：「去定了。」

寶玉聽了，自思道：「誰知這樣一個人，這樣薄情無義。」乃嘆道：「早知道都是要去的，我就不該弄了來！臨了剩我一個孤鬼。」說著，便賭氣上床睡去了。

……原來，襲人在家聽見她母兄要贖她回去，她就說至死也不回去的。又說：「當日原是你們沒飯吃，就剩我還值幾兩銀子，若不叫你們賣，沒有個看著老子娘餓死的理。如今幸而賣到這個地方，吃穿和主子一樣，也不朝打暮罵。

「況且如今爹雖沒了，你們卻又整理得家成業就，復了元氣。若果然還艱難，把我贖出來再多掏澄幾個錢也還罷了，其實又不難了。這會子又贖我作什麼？權當我死了，再不必起贖我的念頭！」因此哭鬧了一陣。

……她母兄見她這般堅執，自然必不出來的了。況且原是賣倒的死契[9]，明仗著賈宅是慈善寬厚之家，不過求一求，只怕連身價銀一併賞了還是有的事呢。二則，賈府中從不曾作踐下人，只有恩多威少的。且凡老少房中所有親侍的女孩子們，更比待家下眾人不同，平常寒薄人家的小姐，也不能那樣尊重的。因此，他母子兩個

9.賣倒的死契——舊時買賣人口的字據，載明永遠不能贖取者叫「死契」。

也就死心不贖了。次後，忽然寶玉去了，他二人又是那般景況，他母子二人心下更明白了，越發石頭落了地，而且是意外之想，彼此放心，再無贖念了。

……如今且說襲人自幼見寶玉性格異常，其淘氣憨頑自是出於眾小兒之外，更有幾件千奇百怪口不能言的毛病兒。近來仗著祖母溺愛，父母亦不能十分嚴緊拘管，更覺放蕩弛縱，任性恣情，最不喜務正。每欲勸時，料不能聽，今日可巧有贖身之論，故先用騙詞，以探其情，以壓其氣，然後好下箴規。今見他默默睡去了，知其情有不忍，氣已餒墮。自己原不想栗子吃的，只因怕為酥酪又生事故，亦如茜雪之茶等事，是以假以栗子為由，混過寶玉不提就完了。於是命小丫頭們將栗子拿去吃了，自己來推寶玉。

只見寶玉淚痕滿面，襲人便笑道：「這有什麼傷心的？你果然留我，我自然不出去了。」

寶玉見這話有文章，便說道：「妳倒說說，我還要怎麼留妳？我自己也難說了。」

襲人笑道：「咱們素日好處，再不用說。但今日你安心留我，不在這上頭。我另說出兩三件事來，你果然依了我，就是你真心留我了，刀擱在脖子上，我也是不出去的了。」

…寶玉忙笑道：「妳說，哪幾件？我都依妳。好姐姐，好親姐姐！別說兩三件，就是兩三百件我也依。只求妳們同看著我，守著我，等我有一日化成了飛灰，——飛灰還不好，灰還有形有跡，還有知識。——等我化成一股輕煙，風一吹便散了的時候，妳們也管不得我，我也顧不得妳們了。那時憑我去，我也憑妳們愛哪裡去就去了。」

話未說完，急得襲人忙握他的嘴，說：「好好的，正為勸你這些，倒更說得狠了。」

寶玉忙說道：「再不說這話了。」

襲人道：「這是頭一件要改的。」

寶玉道：「改了，再要說，妳就擰嘴。還有什麼？」

……襲人道：「第二件，你真喜讀書也罷，假喜也罷，只是在老爺跟前或在別人跟前，你別只管批駁誚謗，只作出個喜讀書的樣子來，也教老爺少生些氣，在人前也好說嘴。他心裡想著：我家代代讀書，只從有了你，不承望你不但不喜讀書，已經他心裡又氣又愧了。

「而且背前背後亂說那些混話，凡讀書上進的人，你就起個名字叫作『祿蠹』[10]；又說只除『明明德』外無書，都是前人

10. 祿蠹——用以諷刺那些熱衷功名利祿的人。祿，官吏的俸祿。蠹，蛀蟲。

自己不能解聖人之書，便另出己意，混編纂出來的。這些話，怎麼怨得老爺不氣，不時時打你！叫別人怎麼想你？」

寶玉笑道：「再不說了，那原是小時不知天高地厚，信口胡說，如今再不敢說了。還有什麼？」

……襲人道：「再不可毀僧謗道，調脂弄粉。還有更要緊的一件，再不許吃人嘴上擦的胭脂了，與那愛紅的毛病兒。」

寶玉道：「都改，都改。再有什麼？快說。」

襲人笑道：「再也沒有了。只是百事檢點些，不任意任情的就是了。你若果都依了，便拿八人轎抬我，也抬不出我去了。」

寶玉笑道：「妳在這裡長遠了，不怕沒八人轎你坐。」

襲人冷笑道：「這我可不希罕的。有那個福氣，沒有那個道理。縱坐了，也沒甚趣。」

……二人正說著，只見秋紋走進來，說：「快三更了，該睡了。方才老太太打發嬤嬤來問，我答應睡了。」寶玉命取表來看時，果然針已指到亥正。方從新盥漱，寬衣安歇，不在話下。

……至次日清晨，襲人起來，便覺身體發重，頭疼目脹，四肢火熱。先時還扎掙得住，次後捱不住，只要睡著，因而和衣躺在炕上。

寶玉忙回了賈母，傳醫診視，說道：「不過偶感風寒，吃一兩劑藥疏散疏散就好了。」開方去後，令人取藥來煎好。剛服下去，命她蓋上被渥汗。寶玉自去黛玉房中來看視。

……※……※……※……

……彼時，黛玉自在床上歇午，丫鬟們皆出去自便，滿屋內靜悄悄的。寶玉揭起繡線軟簾，進入裡間。只見黛玉睡在那裡，忙走上來推她道：「好妹妹，才吃了飯，又睡覺！」將黛玉喚醒。

黛玉見是寶玉，因說道：「你且出去逛逛。我前兒鬧了一夜，今兒還沒有歇過來，渾身酸疼。」

寶玉道：「酸疼事小，睡出來的病大。我替妳解悶兒，混過睏去就好了。」

黛玉只合著眼，說道：「我不睏，只略歇歇兒。你且別處去鬧會子再來。」

寶玉推她道：「我往哪去呢？見了別人就怪膩的。」

黛玉聽了，「嗤」的一聲笑道：「你既要在這裡，那邊去老老實實的坐著，咱們說話兒。」

寶玉道：「我也歪著。」

黛玉道：「你就歪著。」

寶玉道：「沒有枕頭，咱們在一個枕頭上罷。」

黛玉道：「放屁！外頭不是枕頭？拿一個來枕著。」

寶玉出至外間，看了一看，回來笑道：「那個我不要，也不知是哪個髒婆子的。」

黛玉聽了，睜開眼，起身笑道：「真真你就是我命中的『天魔星』！請枕這一個。」說著，將自己枕的推與寶玉，又起身將自己的再拿了一個來，自己枕了，二人對面倒下。

……黛玉因看見寶玉左邊腮上有鈕扣大小的一塊血漬，便欠身湊近前來，以手撫之細看。又道：「這又是誰的指甲刮破了？」

寶玉側身，一面躲，一面笑道：「不是刮的，只怕是才剛替她們淘漉胭脂膏子，蹭上了一點兒。」說著，便找手帕子要揩拭。黛玉便用自己的帕子替他揩拭了，口內說道：「你又幹這些事了。幹也罷了，必定還要帶出幌子來。便是舅舅看不見，別人看見了，又當奇事新鮮話兒去學舌討好兒，吹到舅舅耳朵裡，又該大家不乾淨惹氣。」

……寶玉總未聽見這些話，只聞得一股幽香，卻是從黛玉袖中發出，聞之令人醉魂酥骨。寶玉一把便將黛玉的袖子拉住，要瞧瞧籠著何物。

黛玉笑道：「冬寒十月，誰帶什麼香呢！」

寶玉笑道：「既然如此，這香是哪裡來的？」

黛玉道：「連我也不知道。想必是櫃子裡頭的香氣，衣服上熏染的也未可知。」

寶玉搖頭道：「未必。這香的氣味奇怪，不是那些香餅子、香毬子、香袋子的香。」

黛玉冷笑道：「難道我也有什麼『羅漢』『真人』給我些香不成？便是得了奇香，也沒有親哥哥、親兄弟弄了花兒、朵兒、霜兒、雪兒替我炮製。我有的是那些俗香罷了。」

……寶玉笑道：「凡我說一句，妳就拉上這麼些，不給妳個利害，也不知道，從今兒可不饒妳了。」說著翻身起來，將兩隻手呵了兩口，便伸手向黛玉膈肢窩內兩肋下亂撓。

黛玉素性觸癢不禁，寶玉兩手伸來亂撓，便笑得喘不過氣來，口裡說：「寶玉！你再鬧，我就惱了。」

寶玉方住了手，笑問道：「妳還說這些不說了？」

黛玉笑道：「再不敢了。」一面理鬢，笑道：「我有奇香，你有『暖香』沒有？」

……寶玉見問，一時解不來，因問：「什麼『暖香』？」

黛玉點頭嘆笑道：「蠢才，蠢才！你有玉，人家就有金來配你；人家有『冷香』，你就沒有『暖香』去配？」

寶玉方聽出來。寶玉笑道：「方才求饒，如今更說狠了。」說著，又去伸手。

黛玉忙笑道：「好哥哥，我可不敢了。」

寶玉笑道：「饒便饒妳，只把袖子我聞一聞。」說著，便拉了袖子籠在面上，聞個不住。

黛玉奪了手道：「這可該去了。」

寶玉笑道：「去？不能。咱們斯斯文文的躺著說話兒。」說著，復又倒下。

黛玉也倒下。用手帕子蓋上臉。寶玉有一搭沒一搭的說些鬼話，黛玉只不理。寶玉問她幾歲上京，路上見何景致古蹟，揚州有何遺跡故事、土俗民風。黛玉只不答。

……寶玉只怕她睡出病來，便哄她道：「噯喲！妳們揚州衙門裡有一件大故事，妳可知道？」

黛玉見他說得鄭重，且又正言厲色，只當是真事，因問：「什麼事？」

寶玉見問，便忍著笑，順口謅道：「揚州有一座黛山，山上有個林子洞。」

黛玉笑道：「就是扯謊，自來也沒聽見這山。」

寶玉道：「天下山水多著呢，妳哪裡知道這些不成？等我說完了，妳再批評。」

黛玉道：「你且說。」

寶玉又謅道：「林子洞裡原來有群耗子精。那一年臘月初七日，老耗子升座議事，因說：『明日乃是臘八，世上人都熬臘八粥，如今我們洞中果品短少，須得趁此打劫些來方妙。』乃拔令箭一枝，遣一能幹的小耗子前去打聽。

「一時小耗回報：『各處察訪打聽已畢，惟有山下廟裡果米最多。』老耗問：『米有幾樣？果有幾品？』小耗道：『米豆成倉，不可勝記。果品有五種：一紅棗，二栗子，三落花生，四菱角，五香芋。』老耗聽了大喜，即時點耗前去。

「乃拔令箭問：『誰去偷米？』一耗便接令去偷米。又拔令箭問：『誰去偷豆？』又一耗接令去偷豆。然後一一的都各領令去了。只剩了香芋一種，因又拔令箭問：『誰去偷香芋？』只見一個極小極弱的小耗應道：『我願去偷香芋。』

「老耗並眾耗見他這樣，恐不諳練，且怯懦無力，都不准他去。小耗道：『我雖年小身弱，卻是法術無邊，口齒伶俐，機謀深遠。此去管比他們偷得還巧呢。』

「眾耗忙問：『如何比他們巧呢？』小耗道：『我不學他們直偷。我只搖身一變，也變成個香芋，滾在香芋堆裡，使人看不出，聽不見，卻暗暗的用分身法搬運，漸漸的就搬運盡了。豈不比直偷硬取的巧些？』

「眾耗聽了，都道：『妙卻妙，只是不知怎麼個變法，你先變個我們瞧瞧。』小耗聽了，笑道：『這個不難，等我變來。』說畢，搖身就變，竟變了一位最標緻美貌的小姐。眾耗忙笑道：『變錯了，變錯了！原說變果子的，如何變出小姐來？』小耗現形笑道：『我說你們沒見世面，只認得這果子是香芋，卻不知鹽課林老爺的小姐才是真正的香玉呢。』」

……黛玉聽了，翻身爬起來，按著寶玉笑道：「我把你爛了嘴的！我就知道你是編我呢。」說著，便擰得寶玉連連央告說：「好妹妹，饒我罷，再不敢了！我因為聞妳香，忽然想起這個故典來。」

黛玉笑道：「饒罵了人，還說是故典呢！」

…一語未了，只見寶釵走來，笑問：「誰說故典呢？我也聽聽。」

黛玉忙讓坐，笑道：「妳瞧瞧，還有誰！他饒罵了人，還說是故典。」

寶釵笑道：「原來是寶兄弟，怨不得他，他肚子裡的故典原多。只是可惜一件，凡該用故典之時，他偏就忘了。有今日記得的，前兒夜裡的芭蕉詩就該記得。眼面前的倒想不起來，別人冷得那樣，你急得只出汗。這會子偏又有記性了。」

黛玉聽了笑道：「阿彌陀佛！到底是我的好姐姐，妳一般也遇見對子了。可知一還一報，不爽不錯的。」剛說到這裡，只聽寶玉房中一片聲嚷，吵鬧起來。且聽下回分解。

◎第二〇回◎

王熙鳳正言彈妒意
林黛玉俏語謔嬌音

…話說寶玉在林黛玉房中說「耗子精」，寶釵撞來，諷刺寶玉元宵不知「綠蠟」之典，三人正在房中互相譏刺取笑。那寶玉正恐黛玉飯後貪眠，一時存了食，或夜間走了困，皆非保養身體之法。幸而寶釵走來，大家談笑，那林黛玉方不欲睡，自己才放了心。

忽聽他房中嚷起來，大家側耳聽了一聽，林黛玉先笑道：「這是你媽媽和襲人叫嚷呢。那襲人也罷了，你媽媽再要認真排場[1]她，可見老背晦了。」

…寶玉忙要趕過來，寶釵忙一把拉住道：「你別和你媽媽吵才是，她老糊塗了，倒要讓她一步為是。」

寶玉道：「我知道了。」說畢走來，只見李嬤嬤拄著拐棍，在當地罵襲人：「忘了本的小娼婦！我抬舉起妳來，這會子我來了，妳大模大樣的躺在炕上，見我來也不理一理。一心只想妝狐媚子哄寶玉，哄得寶玉不理我，聽妳們的話。妳不過是幾兩臭銀子買來的毛丫頭，這屋裡妳就作耗[2]，如何使得！好不好拉出去配一個小子，看妳還妖精似的哄寶玉不哄！」

襲人先只道李嬤嬤不過為她躺著生氣，少不得分辯說「病了，才出汗，蒙著頭，原沒看見妳老人家」等語。後來只管聽她說「哄寶玉」、「妝狐媚」，又說「配小子」等，由不得又愧又委屈，禁不住哭起來。

……寶玉雖聽了這些話，也不好怎樣，少不得替襲人分辯「病了」、「吃藥」等話，又說：「妳不信，只問別的丫頭們。」

1. 排場──數落、責難的意思。

2. 作耗──搗亂生事。

李嬤嬤聽了這話，益發氣起來了，說道：「你只護著那起狐狸，那裡認得我了，叫我問誰去？誰不幫著你呢，誰不是襲人拿下馬來的！我都知道那些事。我只和你在老太太、太太跟前去講。把你奶了這麼大，到如今吃不著奶了，把我丟在一旁，逞著丫頭們要我的強。」一面說，一面也哭起來。

彼時，黛玉、寶釵等也走過來勸說：「媽媽，妳老人家擔待她們一點子就完了。」李嬤嬤見她二人來了，便拉住訴委屈，將當日吃茶、茜雪出去與昨日酥酪等事，嘮嘮叨叨說個不清。

……可巧鳳姐正在上房算完輸贏帳，聽得後面一片聲嚷動，便知是李嬤嬤老病發了，排揎[3]寶玉的人。正值她今兒輸了錢，遷怒於人。便連忙趕過來，拉了李嬤嬤，笑道：「好媽媽，別生氣。大節下，老太太才喜歡了一日，妳是個老人家，別

3.排揎——數落、斥責。

人高聲，妳還要管她們呢；難道妳反不知道規矩，在這裡嚷起來，叫老太太生氣不成？妳只說誰不好，我替妳打他。我家裡燒的滾熱的野雞，快來跟我吃酒去。」

一面說，一面拉著走，又叫：「豐兒，替妳李奶奶拿著拐棍子，擦眼淚的手帕子。」那李嬤嬤腳不沾地跟了鳳姐走了，一面還說：「我也不要這老命了，越性今兒沒了規矩，鬧一場子，討個沒臉，強如受那娼婦蹄子的氣！」後面寶釵、黛玉隨著。

見鳳姐兒這般，都拍手笑道：「虧這一陣風來，把個老婆子撮了去了。」

…寶玉點頭嘆道：「這又不知是哪裡的帳，只揀軟的排揎。昨兒又不知是哪個姑娘得罪了，上在她帳上。」

一句未了，晴雯在旁笑道：「誰又不瘋了，得罪她作什麼！便得罪了她，就有本事承認，不犯著帶累別人！」

襲人一面哭，一面拉寶玉道：「為我得罪了一個老奶奶，你這會子又為我得罪這些人，這還不夠我受的？還只是拉別人。」寶玉見她這般病勢，又添了這些煩惱，連忙忍氣吞聲，安慰她仍舊睡下出汗。又見她湯燒火熱，自己守著她歪在旁邊，勸她只養著病，別想著些沒要緊的事生氣。

襲人冷笑道：「要為這些事生氣，這屋裡一刻還站不得哩。但只是天長日久，只管這樣，可叫人怎麼樣才好呢？時常我勸你，別為我們得罪人，你只顧一時為我們那樣，他們都記在心裡，遇著坎兒[4]，說得好聽不好聽，大家什麼意思！」一面說，一面禁不住流淚，又怕寶玉煩惱，只得又勉強忍著。

……一時，雜使的老婆子煎了二和藥[5]來。寶玉見她才有汗意，不肯叫她起來，自己便端著就枕與她吃了，即命小丫頭子們

4. 坎兒——路不平之處謂之「坎兒」。**遇著坎兒**，喻碰在當口上。

5. 二和藥——二煎藥。即將煎過一次的中草藥，再次加水煎成的湯藥。

鋪炕。

襲人道：「你吃飯不吃飯，到底老太太、太太跟前坐一會子，和姑娘們頑一會子再回來，我就靜靜的躺一躺也好。」寶玉聽說，只得替她去了簪環，看她躺下，自往上房來。

同賈母吃畢飯，賈母猶欲同那幾個老管家嬤嬤鬥牌解悶，寶玉記著襲人，便回至房中，見襲人矇矇睡去。自己要睡，天氣尚早。

彼時晴雯、綺霰、秋紋、碧痕都尋熱鬧，找鴛鴦、琥珀等耍戲去了，獨見麝月一個人在外間房裡燈下抹骨牌。

寶玉笑問道：「妳怎不同她們玩去？」

麝月道：「沒有錢。」

寶玉道：「床底下堆著那麼些，還不夠妳輸的？」

麝月道：「都玩去了，這屋裡交給誰呢？那一個又病了。滿屋裡上頭是燈，地下是火。那些老媽媽們，老天拔地[6]，服侍

6. **老天拔地**——形容老態龍鍾。

一天，也該叫她們歇歇了；小丫頭子們也是服侍了一天，這會子還不叫她們頑頑去。所以讓她們都去罷，我在這裡看著。」

寶玉聽了這話，公然又是一個襲人。因笑道：「我在這裡坐著，妳放心去罷。」

麝月道：「你既在這裡，越發不用去了，咱們兩個說話頑笑豈不好？」

寶玉笑道：「咱兩個作什麼呢？怪沒意思滿的。也罷了，早上妳說頭癢，這會子沒什麼事，我替妳篦頭罷。」

麝月聽了便道：「就是這樣。」說著，將文具鏡匣搬來，卸去釵釧，打開頭髮，寶玉拿了篦子替她一一的梳篦。

……只篦了三五下，只見晴雯忙忙走進來，原為取錢，一見了他兩個，便冷笑道：「哦，交杯盞還沒吃，倒上頭[7]了！」

7.交杯盞、上頭——舊時婚禮，將酒杯以彩線連之，新婚夫婦換杯飲酒，叫吃「交杯盞」。舊時女子出嫁始梳髻叫「上頭」。

寶玉笑道：「妳來，也給妳篦一篦。」

晴雯道：「我沒那麼大福。」說著，拿了錢，便摔簾子出去了。

……寶玉在麝月身後，麝月對鏡，二人在鏡內相視。

寶玉便向鏡內笑道：「滿屋裡就只是她磨牙。」

麝月聽說，忙向鏡中擺手，寶玉會意。忽聽唿的一聲簾子響，晴雯又跑進來問道：「我怎麼磨牙了？咱們倒得說說。」

麝月笑道：「妳去妳的罷，又來問人了。」

晴雯笑道：「妳又護著。你們那瞞神弄鬼的，我都知道。等我撈回本兒來再說話。」說著，一逕出去了。這裡寶玉通了頭，命麝月悄悄的服侍他睡下，不肯驚動襲人。一宿無話。

……※……※……※……

……至次日清晨起來，襲人已是夜間發了汗，覺得輕省了些，只吃些米湯靜養。寶玉放了心，因飯後走到薛姨媽這邊來閒逛。彼時正月內，學房中放年學，閨閣中忌針黹，都是閒時。賈環也過來頑，正遇見寶釵、香菱、鶯兒三個趕圍棋作耍，賈環見了，也要頑。寶釵素習看他亦如寶玉，並沒他意；今兒聽他要頑，讓他上來坐了一處頑。一磊十個錢，頭一回自己贏了，心中十分喜歡。誰知後來接連輸了幾盤，便有些著急。趕著這盤正該自己擲骰子，若擲個七點便贏，若擲個六點，下該鶯兒擲三點就贏了。因拿起骰子來，狠命一擲，一個坐定了五，那一個亂轉。鶯兒拍著手只叫「么」，賈環便瞪著眼，「六七八」混叫。那骰子偏生轉出么來。

賈環急了，伸手便抓起骰子來，然後就拿錢，說是個六點。鶯兒便說：「分明是個么！」

寶釵見賈環急了，便瞅鶯兒說道：「越大越沒規矩，難道爺們還賴妳？還不放下錢來呢！」

……鶯兒滿心委屈，見寶釵說，不敢則聲[8]，只得放下錢來，口內嘟囔說：「一個作爺的，還賴我們這幾個錢，連我也不放在眼裡。前兒和寶二爺頑，他輸了那些，也沒著急。下剩的錢，還是幾個小丫頭子們一搶，他一笑就罷了。」寶釵不等說完，連忙斷喝。賈環道：「我拿什麼比寶玉呢？妳們怕他，都和他好，都欺負我不是太太養的。」說著便哭了。寶釵忙勸他：「好兄弟，快別說這話，人家笑話你。」又罵鶯兒。

……正值寶玉走來，見了這般形況，問：「是怎麼了？」賈環不敢則聲。寶釵素知他家規矩，凡作兄弟的，都怕哥哥。卻不知那寶玉是不要人怕他的。

8.則聲──作聲。

他想著：「兄弟們一併都有父母教訓，何必我多事，反生疏了。況且我是正出，他是庶出，饒這樣還有人背後談論，還禁得轄治他了。」更有個呆意思存在心裡。

……你道是何呆意？因他自幼姊妹叢中長大，親姊妹有元春、探春，伯叔的有迎春、惜春，親戚之中又有史湘雲、林黛玉、薛寶釵等諸人。

他便料定，原來天生人為萬物之靈，凡山川日月之精秀只鍾於女兒，鬚眉男子不過是些渣滓濁沫而已。因有這個呆念在心，把一切男子都看成混沌濁物，可有可無。

只是父親叔伯兄弟中，因孔子是亙古第一人說下的，不可忤慢，只得要聽他這句話，所以兄弟之間不過盡其大概的情理就罷了，並不想自己是丈夫，須要為子弟之表率。是以賈環等都不怕他，卻怕賈母，才讓他三分。

……如今寶釵生怕寶玉教訓他，倒沒意思，便連忙替賈環掩飾。寶玉道：「大正月裡哭什麼？這裡不好，你別處頑去。你天天念書，倒念糊塗了。比如這件東西不好，橫豎那一件好，就棄了這件取那個。難道你守著這個東西哭一會子就好了不成？

「你原是來取樂頑的，既不能取樂，就往別處去尋樂頑去。哭一會子，難道算取樂頑了不成？倒招自己煩惱，不如快去為是。」賈環聽了，只得回來。

……趙姨娘見他這般，因問：「又是哪裡墊了踹窩[9]來了？」一問不答，再問時，賈環便說：「同寶姐姐頑的，鶯兒欺負我，賴我的錢，寶玉哥哥攆我來了。」

趙姨娘啐道：「誰叫你上高臺盤去了？下流沒臉的東西！哪裡頑不得？誰叫你跑了去討沒意思！」

9. **墊踹窩**——墊平路面。引申為供人踐踏、代人受過。**踹窩**，路面上的坑窩。

……正說著，可巧鳳姐在窗外過，都聽在耳內。便隔窗說道：「大正月又怎麼了？環兄弟小孩子家，一半點兒錯了，妳只教導他，說這些淡話[10]作什麼！憑他怎麼去，還有太太、老爺管他呢，就大口啐他！他現是主子，不好了橫豎有教導他的人，與妳什麼相干！環兄弟出來，跟我頑去。」

賈環素日怕鳳姐比怕王夫人更甚，聽見叫他，忙唯唯[11]的出來，趙姨娘也不敢則聲。

鳳姐向賈環道：「你也是個沒氣性的！時常說給你：要吃，要喝，要頑，要笑，只愛同哪一個姐姐妹妹哥哥嫂子頑，就同哪個頑。你不聽我的話，反叫這些人教得歪心邪意，狐媚子霸道的。自己不尊重，要往下流走，安著壞心，還只管怨人家偏心。輸了幾個錢？就這麼個樣兒！」

賈環見問，只得諾諾的回說：「輸了一二百。」

鳳姐道：「虧你還是爺，輸了一二百錢就這樣！」

10. 淡話——無聊的話。

11. 唯唯——恭敬順從的樣子。

回頭叫豐兒：「去取一吊錢來，姑娘們都在後頭頑呢，把他送了頑去。——你明兒再這麼下流狐媚子，我先打了你，打發人告訴學裡，皮不揭了你的！為你這個不尊重，恨得你哥哥牙根癢癢，不是我攔著，窩心腳把你的腸子窩出來了。」喝命：「去罷！」

賈環諾諾的跟了豐兒，得了錢，自己和迎春等頑去。不在話下。

※　※　※

……且說寶玉正和寶釵玩笑，忽見人說：「史大姑娘來了。」寶玉聽了，抬身就走。

寶釵笑道：「等著，咱們兩個一齊走，瞧瞧她去。」說著，下了炕，同寶玉一齊來至賈母這邊。只見史湘雲大笑大說的，見他兩個來，忙問好廝見[12]。

12. 廝見——相見。

正值林黛玉在旁，因問寶玉：「在哪裡的？」
寶玉便說：「在寶姐姐家的。」
黛玉冷笑道：「我說呢，虧在那裡絆住，不然早就飛了來了。」
寶玉笑道：「只許同妳頑，替妳解悶兒。不過偶然去她那裡一趟，就說這話。」
林黛玉道：「好沒意思的話！去不去管我什麼事，我又沒叫你替我解悶兒。可許你從此不理我呢！」說著，便賭氣回房去了。
…寶玉忙跟了來，問道：「好好的又生氣了。就是我說錯了，妳到底也還坐在那裡，和別人說笑一會子，又來自己納悶。」
林黛玉道：「你管我呢！」
寶玉笑道：「我自然不敢管妳，只沒有個看著妳自己作賤了身子呢。」
林黛玉道：「我作賤壞了身子，我死，與你何干！」

寶玉道：「何苦來！大正月裡，死了活了的。」

林黛玉道：「偏說死！我這會子就死！你怕死，你長命百歲的，如何？」

寶玉笑道：「要像只管這樣鬧，我還怕死呢？倒不如死了乾淨！」

黛玉忙道：「正是了，要是這樣鬧，不如死了乾淨。」

寶玉道：「我說我自己死了乾淨，別聽錯了話賴人。」

……正說著，寶釵走來道：「史大妹妹等你呢。」說著便推寶玉走了。這裡黛玉越發氣悶，只向窗前流淚。

沒兩盞茶的工夫，寶玉仍來了。林黛玉見了，越發抽抽噎噎的哭個不住。寶玉見了這樣，知難挽回，打疊起千百樣的款語溫言來勸慰。不料自己未張口，只見黛玉先說道：「你又來做什麼？橫豎如今有人和你頑，比我又會念，又會作，又會寫，又會說笑，又怕你生氣拉了你去，你又做什麼來？死活憑我去罷了！」

…寶玉聽了，忙上來悄悄的說道：「妳這麼個明白人，難道連『親不間疏，先不僭後』[13]也不知道？我雖糊塗，卻明白這兩句話。頭一件，咱們是姑舅姊妹，寶姐姐是兩姨姊妹，論親戚，她比你疏。第二件，妳先來，咱們兩個一桌吃，一床睡，長得這麼大了。她是才來的，豈有個為她疏你的？」

林黛玉啐道：「我難道為叫你疏她？我成了個什麼人了呢！我為的是我的心。」

寶玉道：「我也為的是我的心。難道妳就知妳的心，不知我的心不成？」

黛玉聽了，低頭一語不發，半日說道：「你只怨人行動嗔怪了你，你再不知道你自己慪人難受。就拿今日天氣比，分明今

13. 親不間疏，先不僭後——親密者不被疏遠者所離間，先到者不被後來者所超越。

兒冷得這樣，你怎麼倒反把個青肷[14]披風脫了呢？」

寶玉笑道：「何嘗不穿著，見妳一惱，我一炮燥[15]，就脫了。」

林黛玉嘆道：「回來傷了風，又該餓著吵吃的了。」

……二人正說著，只見湘雲走來，笑道：「二哥哥，林姐姐，你們天天一處頑，我好容易來了，也不理我一理兒。」

黛玉笑道：「偏是咬舌子愛說話，連個『二哥哥』也叫不出來，只是『愛哥哥』『愛哥哥』的。回來趕圍棋兒，又該妳鬧『么愛三四五』了。」

寶玉笑道：「妳學慣了她，明兒連妳還咬起來呢。」

史湘雲道：「她再不放人一點兒，專挑人的不好。妳自己便比世人好，也不犯著見一個打趣一個。我指出一個人來，妳敢挑她，我就服妳。」

黛玉忙問是誰。湘雲道：「妳敢挑寶姐姐的短處，就算妳是好

14. **青肷**（音遣）——指青狐皮的腋部。

15. **炮燥**——由於心中煩悶而感到身上燥熱。炮，裹物而燒。

的。我算不如你，她怎麼不及你呢？」

黛玉聽了冷笑道：「我當是誰，原來是她！我哪裡敢挑她呢。」

寶玉不等說完，忙用話岔開。湘雲笑道：「這一輩子我自然比不上妳。我只保佑著明兒得一個咬舌的林姐夫，時時刻刻妳可聽『愛』『厄』去。阿彌陀佛，那才現在我眼裡！」

說得眾人一笑，湘雲忙回身跑了。要知端詳，下回分解。

◎第二一回◎

賢襲人嬌嗔箴寶玉
俏平兒軟語救賈璉

…話說史湘雲跑了出來，怕林黛玉趕上，寶玉在後忙說：「仔細絆跌了！那裡就趕上了。」

林黛玉趕到門前，被寶玉叉手在門框上攔住，笑勸道：「饒她這一遭罷。」

林黛玉扳著手說道：「我若饒過雲兒，再不活著！」

湘雲見寶玉攔住門，料黛玉不能出來，便立住腳笑道：「好姐姐，饒我這一遭！」

恰值寶釵來在湘雲身後，也笑道：「我勸妳兩個看寶兄弟分上，都丟開手罷！」

黛玉道：「我不依。妳們是一氣的，都戲弄我不成！」

寶玉勸道：「誰敢戲弄妳？妳不打趣她，

她焉敢說妳！」四人正難分解，有人來請吃飯，方往前邊來。

那天早又掌燈時分，王夫人、李紈、鳳姐、迎、探、惜等都往賈母這邊來，大家閒話了一回，各自歸寢。湘雲仍往黛玉房中安歇。

寶玉送她二人到房，那天已二更多時，襲人來催了幾次，方回自己房中來睡。次日天明，便披衣靸鞋往黛玉房中來。進去看時，卻不見紫鵑、翠縷二人，只見她姊妹兩個尚臥在衾內。那黛玉嚴嚴密密裹著一幅杏子紅綾被，安穩合目而睡。那史湘雲卻一把青絲拖於枕畔，被只齊胸，一彎雪白的膀子擱於被外，又帶著兩個金鐲子。寶玉見了嘆道：「睡覺還是不老實！回來風吹了，又嚷肩窩疼了。」一面說，一面輕輕的替她蓋上。

黛玉早已醒了，覺得有人，就猜著定是寶玉，因翻身一看，果中其料。因說道：「這早晚就跑過來作什麼？」

寶玉笑道：「這天還早呢？妳起來瞧瞧。」

黛玉道：「你先出去，讓我們起來。」寶玉聽了，轉身出至外邊。

……黛玉起來叫醒湘雲，二人都穿了衣服。寶玉復又進來，坐在鏡臺旁邊，只見紫鵑、雪雁進來服侍梳洗。湘雲洗了面，翠縷便拿殘水要潑，寶玉道：「站著，我趁勢洗了就完了，省得又過去費事。」說著便走過來，彎腰洗了兩把。

紫鵑遞過香皂去，寶玉道：「這盆裡的就不少，不用搓了。」再洗了兩把，便要手巾。

翠縷道：「還是這個毛病兒，多早晚才改。」

……寶玉也不理，忙忙的要過青鹽擦了牙，漱了口，完畢。見湘雲已梳完了頭，便走過來笑道：「好妹妹，替我梳上頭罷。」

湘雲道：「這可不能了。」

寶玉笑道：「好妹妹，妳先時怎麼替我梳了呢？」

湘雲道：「如今我忘了，怎麼梳呢？」

寶玉道：「橫豎我不出門，又不帶冠子勒子[1]，不過打幾根散辮子就完了。」說著，又千妹妹萬妹妹的央告。湘雲只得扶過他的頭來，一一梳篦。

在家不戴冠，並不總角[2]，只將四圍短髮編成小辮，往頂心髮上歸了總，編一根大辮，紅絛結住。自髮頂至辮梢，一路四顆珍珠，下面有金墜腳[3]。

湘雲一面編著，一面說道：「這珠子只三顆了，這一顆不是的。我記得是一樣的，怎麼少了一顆？」

寶玉道：「丟了一顆。」

湘雲道：「必定是外頭去掉下來，不防被人揀了去，倒便宜他。」

黛玉一旁盥手，冷笑道：「也不知是真丟了，也不知是給了人

1.勒子—頭上的飾物。

2.總角—把頭髮紮成髻。

3.墜腳—吊在下面的東西。多指裝飾物。

鑲什麼戴去了！」

…寶玉不答。因鏡臺兩邊俱是妝奩等物，順手拿起來賞玩，不覺又順手拈了胭脂，意欲要往口裡送，又怕史湘雲說。正猶豫間，湘雲果在身後看見，一手掠著辮子，便伸手來「拍」的一下，從手中將胭脂打落，說道：「這不長進的毛病兒，多早晚才改！」

…一語未了，只見襲人進來，看見這般光景，知是梳洗過了，只得回來自己梳洗。忽見寶釵走來，因問：「寶兄弟哪去了？」襲人含笑道：「寶兄弟哪裡還有在家裡的工夫！」寶釵聽說，心中明白。又聽襲人嘆道：「姊妹們和氣，也有個分寸禮節，也沒個黑家白日鬧的！憑人怎麼勸，都是耳旁風。」寶釵聽了，心中暗忖道：「倒別看錯了這個丫頭，聽她說話，倒有些識見。」寶釵便在炕上坐了，慢慢的閒言中套問她年紀、家鄉等語。留神窺察，其言語志量，深可敬愛。

……一時，寶玉來了，寶釵方出去。寶玉便問襲人道：「怎麼寶姐姐和妳說得這麼熱鬧，見我進來就跑了？」問一聲不答，再問時，襲人方道：「你問我麼？我哪裡知道你們的原故。」寶玉聽了這話，見她臉上氣色非往日可比，便笑道：「怎麼動真氣了？」襲人冷笑道：「我哪裡敢動氣！只是從今以後別進這屋子了。橫豎有人服侍你，再不必來支使我。我仍舊還服侍老太太去。」一面說，一面便在炕上合眼倒下。

……寶玉見了這般景況，深為駭異，禁不住趕來勸慰。那襲人只管合了眼不理。寶玉沒了主意，因見麝月進來，便問道：「你姐姐怎麼了？」

麝月道：「我知道麼？問你自己便明白了。」

寶玉聽說，呆了一回，自覺無趣，便起身嘆道：「不理我罷，我也睡去。」說著便起身下炕，到自己床上歪著下去了。

……襲人聽他半日無動靜，微微的打鼾，料他睡著，便起身拿一領斗蓬來，替他剛壓上，只聽「忽」的一聲，寶玉便掀過去，也仍合目裝睡。

襲人明知其意，便點頭冷笑道：「你也不用生氣，從此後我只當啞子，再不說你一聲兒，如何？」

寶玉禁不住起身問道：「我又怎麼了？妳又勸我。妳勸我也罷了，才剛又沒見妳勸我，一進來妳就不理我，賭氣睡了。我還摸不著是為什麼，這會子妳又說我惱了。我何嘗聽見妳勸我什麼來著。」

襲人道：「你心裡還不明白？還等我說呢！」

……正鬧著，賈母遣人來叫他吃飯，方往前邊來。胡亂吃了半碗，仍回自己房中。只見襲人睡在外頭炕上，麝月在旁邊抹骨牌。寶玉素知麝月與襲人親厚，一併連麝月也不理，揭起軟簾自往裡間來。麝月只得跟進來。寶玉便推她出去，說：「不敢驚動妳們。」麝月只得笑著出來，喚兩個小丫頭進來。寶玉拿一本書，歪著看了半天，因要茶，抬頭只見兩個小丫頭在地下站著，一個大些的生得十分水秀。寶玉便問：「妳叫什麼名字？」

那丫頭便說：「叫蕙香。」

寶玉便問：「是誰起的？」

蕙香道：「我原叫芸香的，是花大姐姐改了蕙香。」

寶玉道：「正經該叫『晦氣』罷了，什麼蕙香呢！」

又問：「妳姊妹幾個？」蕙香道：「四個。」

寶玉道：「妳第幾？」蕙香道：「第四。」

寶玉道：「明兒就叫『四兒』，不必什麼『蕙香』『蘭氣』的。哪一個配比這些花，沒的玷辱了好名好姓。」一面說，一面命她倒了茶來吃。襲人和麝月在外間聽了，抿嘴而笑。

……這一日，寶玉也不大出房，也不和姊妹丫頭等廝鬧，自己悶悶的，只不過拿書解悶，或弄筆墨；也不使喚眾人，只叫四兒答應。誰知這個四兒是個聰敏乖巧不過的丫頭，見寶玉用她，她變盡方法籠絡寶玉。

至晚飯後，寶玉因吃了兩杯酒，眼餳耳熱之際，若往日，則有襲人等，大家喜笑有興，今日卻冷清清的一人對燈，好沒興趣。待要趕了她們去，又怕她們得了意，以後越發來勸；若拿出做上的規矩來鎮唬，似乎無情太甚。

4. 擿（音至）——扔掉。

5. 焚符破璽——燒毀信符，砸碎印璽。

6. 掊斗折衡——把斗擊破，把秤折斷。

7. 殫殘——毀滅。

8. 擢亂六律——擾亂音律。

說不得橫心只當她們死了，橫豎自然也要過的。便權當她們死了，毫無牽掛，反能怡然自悅。因命四兒剪燈烹茶，自己看了一回《南華經》。

正看至《外篇・胠篋》一則，其文曰：

故絕聖棄知，大盜乃止；擿[4]玉毀珠，小盜不起；焚符破璽[5]，而民樸鄙；掊斗折衡[6]，而民不爭；殫殘[7]天下之聖法，而民始可與論議。擢亂六律[8]，鑠絕竽瑟[9]，塞瞽曠[10]之耳，而天下始人含其聰矣；滅文章，散五采，膠離朱[11]之目，而天下始人含其明矣；毀絕鉤繩而棄規矩[12]，攦工倕之指[13]，而天下始人有其巧矣。

看至此，意趣洋洋，趁著酒興，不禁提筆續曰：

9.鑠絕竽瑟——銷毀樂器。

10.瞽曠——即師曠。春秋時代晉國樂師，目盲。相傳他善於審音辨律。先秦時以盲人為樂官，故「瞽」又為樂官的代稱。

11.離朱——亦作離婁，古代傳說中視力最強的人。

12.鉤繩規矩——鉤，定曲線的工具。繩，定直線的工具。規，畫圓形的工具。矩，畫方形的工具。

13.攦工倕之指——攦（音立），折斷。工倕，相傳為堯時巧匠。

焚花散麝，而閨閣始人含其勸矣；
戕寶釵之仙姿，灰黛玉之靈竅，
喪滅情意，而閨閣之美惡始相類矣。
彼含其勸，則無參商之虞矣；
戕其仙姿，無戀愛之心矣；
灰其靈竅，無才思之情矣。
彼釵、玉、花、麝者，皆張其羅而穴其隧[14]，
所以迷眩纏陷[15]天下者也。

續畢，擲筆就寢。頭剛著枕，便忽睡去，一夜竟不知所之，直至天明方醒。翻身看時，只見襲人和衣睡在衾上。寶玉將昨日的事已付與度外，便推她說道：「起來好生睡，看凍著了！」

14. 穴其隧——挖好了陷阱。

15. 迷眩纏陷——迷眩，指用聲色迷惑人。纏陷，指用羅網陷阱捕捉人。眩，昏花惑亂。

……原來襲人見他無曉夜和姊妹們廝鬧，若直勸他，料不能改，故用柔情以警之，料他不過半日片刻仍復好了。不想寶玉一晝夜竟不回轉，自己反不得主意，直一夜沒好生睡得。今忽見寶玉如此，料他心意回轉，便越性不睬他。寶玉見她不應，便伸手替她解衣，剛解開了鈕子，被襲人將手推開，又自扣了。

……寶玉無法，只得拉她的手笑道：「妳到底怎麼了？」連問幾聲，襲人睜眼說道：「我也不怎麼著。你睡醒了，你自過那邊房裡去梳洗，再遲了就趕不上了。」

寶玉道：「我過哪裡去？」

襲人冷笑道：「你問我，我知道？你愛往哪裡去，就往哪裡去。從今咱們兩個丟開手，省得雞聲鵝鬥，叫別人笑。橫豎那邊膩了過來，這邊又有個什麼『四兒』『五兒』服侍。我們這起東西，可是白『玷辱了好名好姓』的。」

寶玉笑道：「妳今兒還記著呢！」

襲人道：「一百年還記著呢！比不得你，拿著我的話當耳旁風，夜裡說了，早起就忘了。」

寶玉見她嬌嗔滿面，情不可禁，便向枕邊拿起一根玉簪來，一跌兩段，說道：「我再不聽妳說，就同這個一樣！」

襲人忙的拾了簪子，說道：「大清早起，這是何苦來！聽不聽什麼要緊，也值得這種樣子。」

寶玉道：「妳那裡知道我心裡急。」

襲人笑道：「你也知道著急麼，可知我心裡怎麼樣？快起來洗臉去罷。」說著，二人方起來梳洗。

……寶玉往上房去後，誰知黛玉走來，見寶玉不在房中，因翻弄案上書看，可巧翻出昨兒的《莊子》來。看至所續之處，不覺又氣又笑，不禁也提筆續書一絕云：

無端弄筆是何人？作踐南華莊子因[16]。
不悔自己無見識，卻將醜語怪他人！

寫畢，也往上房來見賈母，後往王夫人處來。

※……※……※

……誰知鳳姐之女大姐兒病了，正亂著請大夫來診脈。大夫便說：「替夫人、奶奶們道喜，姐兒發熱是見喜[17]了，並非別病。」王夫人、鳳姐聽了，忙遣人問：「可好不好？」醫生回道：「病雖險，卻順，倒不妨。預備桑蟲、豬尾要緊。」鳳姐聽了，登時忙將起來。一面打掃房屋供奉痘疹娘娘，一面傳與家人忌煎炒等物，一面命平兒打點鋪蓋、衣服，與賈璉隔

16.《莊子因》——一部闡釋《莊子》的書，清代康熙時林雲銘著。

17. **見喜**——舊時以小兒出痘疹（天花）為險症，忌諱直說，故稱為「見喜」。

房，一面又拿大紅尺頭與奶子、丫頭親近人等裁衣。外面又打掃淨室，款留兩個醫生，輪流斟酌診脈下藥，十二日不放回家去。賈璉只得搬出外書房來齋戒，鳳姐與平兒都隨著王夫人日日供奉娘娘。

⋯⋯那個賈璉，只離了鳳姐便要尋事，獨寢了兩夜，便十分難熬，便暫將小廝們內有清俊的選來出火。不想榮國府內有一個極不成器破爛酒頭廚子，名喚多官，人見他懦弱無能，都喚他作「多渾蟲」。因他自小父母替他在外娶了一個媳婦，今年方二十來往年紀，生得有幾分人才，見者無不羨愛。她生性輕浮，最喜拈花惹草，多渾蟲又不理論，只是有酒有肉有錢，便諸事不管了，所以榮、寧二府之人都得入手。因這個媳婦美貌異常，輕浮無比，眾人都呼她作「多姑娘兒」。

如今賈璉在外熬煎，往日也曾見過這媳婦，失過魂魄，只是內懼嬌妻，外懼孌寵，不曾下得手。那多姑娘兒也曾有意於賈璉，只恨沒空，今聞賈璉挪在外書房來，她便沒事也走兩趟去招惹。惹得賈璉似飢鼠一般，少不得和心腹的小廝們計議，合同遮掩謀求，多以金帛相許。小廝們焉有不允之理，況都和這媳婦是好友，一說便成。

是夜二鼓人定，多渾蟲醉昏在炕，賈璉便溜了來相會。進門一見其態，早已魄飛魂散，也不用情談款敘，便寬衣動作起來。誰知這媳婦有天生的奇趣，一經男子挨身，便覺遍身筋骨癱軟，使男子如臥綿上；更兼淫態浪言，壓倒娼妓，諸男子至此，豈有惜命者哉！那賈璉恨不得連身子化在她身上。那媳婦故作浪語，在下說道：「你家女兒出花兒，供著娘娘，你也該忌兩日，倒為我髒了身子，快離了我這裡罷！」賈璉一面大動，一面喘吁吁答道：「妳就是娘娘，我哪裡管什麼娘娘！」那媳婦越浪，賈璉越醜態畢露。一時事畢，兩個又海誓山盟，難分難捨，此後遂成相契。

……一日，大姐毒盡瘢回。十二日後送了娘娘[18]，合家祭天祀祖，還願焚香，慶賀放賞已畢。賈璉仍復搬進臥室，見了鳳姐，正是俗語云「新婚不如遠別」，更有無限的恩愛，自不必煩絮。

……次日早起，鳳姐往上屋去後，平兒收拾賈璉在外的衣服鋪蓋，不承望枕套中抖出一綹青絲來。平兒會意，忙拽在袖內，便走至這邊房裡來，拿出頭髮來，向賈璉笑道：「這是什麼？」賈璉看見，著了忙，搶上來要奪。平兒便跑，被賈璉一把揪住，按在炕上，掰手要奪，口內笑道：「小蹄子，妳不趁早拿出來，我把妳膀子撅折了。」平兒笑道：「你就是沒良心的。我好意瞞著她來問你，你倒賭

18. 娘娘——指痘疹娘娘，傳說中專管小兒痘疹的神。

狠！等她回來我告訴她，看你怎麼著。」

賈璉聽說，忙陪笑央求道：「好人，賞我罷！我再不賭狠了。」

……一語未了，只聽鳳姐聲音進來。賈璉聽見，鬆了手，平兒只剛起身，鳳姐已走進來，命平兒快開匣子，給太太找樣子。

平兒忙答應了找時，鳳姐見了賈璉，忽然想起來，便問平兒：「拿出去的東西，都收進來了麼？」

平兒道：「收進來了。」

鳳姐道：「可少什麼沒有？」

平兒道：「我也怕丟下一兩件，細細的查了查，一點兒也不少。」

鳳姐道：「不少就好，只是別多出來罷？」

平兒笑道：「不丟萬幸，誰還多添出些來呢？」

鳳姐冷笑道：「這半個月難保乾淨，或者有相厚的丟失下的東西：戒指、汗巾[19]、香袋兒，再至於頭髮、指甲，都是東

19. 汗巾——繫腰用的長巾。

西。」一席話，說得賈璉臉都黃了。

…賈璉在鳳姐身後，只望著平兒殺雞抹脖使眼色兒。平兒只裝看不見，因笑道：「怎麼我的心就和奶奶的心一樣！我就怕有這些個，留神搜了一搜，竟一點破綻也沒有。奶奶不信時，那些東西我還沒收呢，奶奶親自翻尋一遍去。」

鳳姐笑道：「傻ㄚ頭，他便有這些東西，那裡就叫咱們翻著了！」

說著，尋了樣子去了。

…平兒指著鼻子、晃著頭笑道：「這件事怎麼回謝我呢？」喜得個賈璉身癢難撓，跑上來摟著，「心肝腸肉」亂叫亂謝。

平兒仍拿了頭髮笑道：「這是我一生的把柄了。好就好，不好就抖露出這事來。」

賈璉笑道：「妳只好生收著罷，千萬別叫她知道。」口裡說著，瞅她不防，便搶了過來，笑道：「妳拿著終是禍患，不如我燒了它完事。」一面說著，一面便塞於靴掖內。

……平兒咬牙道：「沒良心的東西，過了河就拆橋，明兒還想我替你撒謊！」

賈璉見她嬌俏動情，便摟著求歡，被平兒奪手跑了，急得賈璉彎著腰恨道：「死促狹小淫婦！一定浪上人的火來，她又跑了。」

平兒在窗外笑道：「我浪我的，誰叫你動火了？難道圖你受用一回，叫她知道了，又不待見[20]我。」

賈璉道：「妳不用怕她，等我性子上來，把這醋罐打個稀爛，她才認得我呢！她防我像防賊似的，只許她同男人說話，不許我和女人說話，我和女人略近些，她就疑惑；她不論小叔子、姪兒，大的小的，說說笑笑，就不怕我吃醋了。以後我也

20. 不待見——不喜歡、討厭的意思。

不許她見人！」

平兒道：「她醋你使得，你醋她使不得。她原行的正走的正；你行動便有個壞心，連我也不放心，別說她了。」

賈璉道：「妳兩個一口賊氣。都是妳們行的是，我凡行動都存壞心。多早晚都死在我手裡！」

……一句未了，鳳姐走進院來，因見平兒在窗外，就問道：「要說話兩個人不在屋裡說，怎麼跑出一個來了，隔著窗子，是什麼意思？」

賈璉在窗內接道：「妳可問她，倒像屋裡有老虎吃她呢。」

平兒道：「屋裡一個人沒有，我在他跟前作什麼？」

鳳姐兒笑道：「正是沒人才好呢。」

平兒聽說，便說道：「這話是說我麼。」

鳳姐笑道：「不說妳說誰？」

平兒道：「別叫我說出好話來了。」說著，也不打簾子，也不讓鳳姐，自己先摔簾子進來，往那邊去了。

鳳姐自掀簾子進來，說道：「平兒瘋魔了。這蹄子認真要降伏我，仔細你的皮要緊！」

賈璉聽了，已絕倒在炕上，拍手笑道：「我竟不知平兒這麼利害，從此倒服她了。」

鳳姐道：「都是你慣得她，我只和你說！」

賈璉聽說忙道：「妳兩個不卯[21]，又拿我來作人[22]。我躲開妳們。」

鳳姐道：「我看你躲到哪裡去。」

賈璉道：「我就來。」

鳳姐道：「我有話和你商量。」不知商量何事，且聽下回分解。

正是：

淑女從來多抱怨，嬌妻自古便含酸。

21. 不卯——不投合的意思。卯，即卯眼。

22. 作人——這裡是作踐人，拿人出氣的意思。

◎第二二回◎

聽曲文寶玉悟禪機　製燈迷賈政悲讖語

……話說賈璉聽鳳姐兒說有話商量，因止步問是何話。

鳳姐道：「二十一日是薛妹妹的生日，你到底怎麼樣呢？」

賈璉道：「我知道怎麼樣！妳連多少大生日都料理過了，這會子倒沒了主意？」

鳳姐道：「大生日料理，不過是有一定的則例在那裡。如今她這生日，大又不是，小又不是，所以和你商量。」

賈璉聽了，低頭想了半日道：「妳今兒糊塗了。現有比例，那林妹妹就是例。往年怎麼給林妹妹做的，如今也照依給薛妹妹做就是了。」

鳳姐聽了，冷笑道：「我難道連這個也不

知道？我原也這麼想定了。但昨兒聽見老太太說，問起大家的年紀生日來，聽見薛大妹妹今年十五歲，雖不是整生日，也算得將笄[1]之年。老太太說要替她做生日。想來若果真替她做，自然比往年與林妹妹做的不同了。」

賈璉道：「既如此，就比林妹妹的多增些。」

鳳姐道：「我也這麼想著，所以討你的口氣。我若私自添了東西，你又怪我不告訴明白你了。」

賈璉笑道：「罷，罷！這空頭情我不領。妳不盤察我就夠了，我還怪妳！」說著一逕去了，不在話下。

※……※……※

且說史湘雲住了兩日，便要回去。賈母因說：「等過了妳寶姐姐的生日，看了戲再回去。」史湘雲聽了，只得住下。又

1. 笄—用金屬、玉石、骨角等物製成的一種簪子。女子十五歲始戴笄，表示成年，可以許嫁。

一面遣人回去，將自己舊日作的兩色針線活計取來，為寶釵生辰之儀。

……誰想賈母自見寶釵來了，喜她穩重和平，正值她才過第一個生辰，便自己蠲貲二十兩，喚了鳳姐來，交與她置酒戲。鳳姐湊趣笑道：「一個老祖宗給孩子們作生日，不拘怎樣，誰還敢爭，又辦什麼酒戲。既高興要熱鬧，就說不得自己花上幾兩，巴巴的找出這霉爛的二十兩銀子來作東道，這意思還叫我賠上。

「果然拿不出來也罷了，金的、銀的、圓的、扁的，壓塌了箱子底，只是勒掯[2]我們。舉眼看看，誰不是妳老人家的兒女？難道將來只有寶兄弟頂了妳老人家上五臺山[3]不成？那些梯己只留於他，我們如今雖不配使，也別苦了我們。這個夠酒的？夠戲的？」說得滿屋裡都笑起來。

2.勒掯—刁難。

3.頂了妳老人家上五臺山—暗喻「死後登仙成佛」。

賈母亦笑道：「妳們聽聽這嘴，我也算會說的，怎麼說不過這猴兒。妳婆婆也不敢強嘴，妳和我啾啾的。」

鳳姐笑道：「我婆婆也是一樣的疼寶玉，我也沒處去訴冤，倒說我強嘴。」說著，又引賈母笑了一回，賈母十分喜悅。

……到晚間，眾人都在賈母前，定昏之餘，大家娘兒姊妹等說笑時，賈母因問寶釵愛聽何戲，愛吃何物等語。寶釵深知賈母年老人，喜熱鬧戲文，愛吃甜爛之食，便總依賈母往日素喜者說了出來。賈母更加歡悅。次日便先送過衣服玩物禮去，王夫人、鳳姐、黛玉等諸人皆有，隨分不一，不須多記。

至二十一日，就賈母內院中搭了家常小巧戲臺，定了一班新出小戲，崑弋兩腔[4]皆有。就在賈母上房排了幾席家宴酒席，並無一個外客，只有薛姨媽、史湘雲、寶釵是客，餘者皆是自己人。

4.崑弋兩腔——兩種戲曲聲腔。崑腔即崑山腔，弋腔即弋陽腔。

這日早起，寶玉因不見黛玉，便到她房中來尋，只見黛玉歪在炕上。

寶玉笑道：「起來吃飯去，就開戲了。妳愛看哪一齣？我好點。」

黛玉冷笑道：「你既這樣說，你特叫一班戲來，揀我愛的唱給我看。這會子犯不上跐[5]著人借光兒問我。」

寶玉笑道：「這有什麼難的。明兒就這樣行，也叫他們借咱們的光兒。」一面說，一面拉起她來，攜手出去。

……吃了飯點戲時，賈母一定先叫寶釵點。寶釵推讓一遍，無法，只得點了一折《西遊記》。賈母自是喜歡，然後便命鳳姐點。鳳姐亦知賈母喜熱鬧，更喜謔笑科諢[6]，便點了一齣《劉二當衣》[7]。賈母果真更又喜歡，然後便命黛玉點。黛玉因讓薛姨媽王夫人等。

5. 跐—原意是用腳蹬踩，這裡是靠著別人沾光的意思。

6. 科諢—插科打諢的簡稱，指穿插在戲曲中令人發笑的滑稽動作和對話。諢，指古代戲曲中逗笑的臺詞。

7. 《劉二當衣》—即《劉二叩當》，屬弋陽腔。這是一齣謔笑科諢的滑稽戲。

賈母道：「今日原是我特帶著妳們取樂，咱們只管咱們的，別理她們。我巴巴的唱戲、擺酒，為她們不成？她們在這裡白聽白吃，已經便宜了，還讓她們點呢！」說著，大家都笑了。黛玉方點了一齣。然後寶玉、史湘雲、迎、探、惜、李紈等俱各點了，接齣扮演。

……至上酒席時，賈母又命寶釵點。寶釵點了一齣《魯智深醉鬧五臺山》[8]。

寶玉道：「只好點這些戲。」

寶釵道：「你白聽了這幾年的戲，哪裡知道這齣戲的好處，排場又好，詞藻更妙。」

寶玉道：「我從來怕這些熱鬧。」

寶釵笑道：「要說這一齣熱鬧，你還算不知戲呢。你過來，我告訴你，這一齣戲是一套北《點絳唇》[9]，鏗鏘頓挫，韻律不

8.《魯智深醉鬧五臺山》——又叫《山門》，演《水滸》中魯智深被師父智真長老打發離山的故事。

9. 一套北《點絳唇》——《山門》的唱段是用一套北曲，以仙呂《點絳唇》開頭。

用說是好的了；只那詞藻中有一支《寄生草》[10]，填得極妙，你何曾知道。」

寶玉見說的得這般好，便湊近來央告：「好姐姐，念與我聽聽！」

寶釵便念道：

漫搵[11]英雄淚，相離[12]處士家。

謝慈悲剃度[13]在蓮臺[14]下。沒緣法[15]轉眼分離乍[16]。

赤條條來去無牽掛。哪裡討煙蓑[17]雨笠捲單行？

一任俺芒鞋[18]破缽隨緣化！

寶玉聽了，喜得拍膝畫圈，稱賞不已，又贊寶釵無書不知。林黛玉道：「安靜看戲罷！還沒唱《山門》，你倒《妝瘋》[19]了。」說的湘雲也笑了。於是大家看戲。

……至晚席散時，賈母深愛那作小旦的與一個做小丑的，因命人

10.《寄生草》——曲牌名，是《點絳唇》套曲中的一支曲子，在《山門》中為魯智深拜別師父時所唱。

11. **漫搵**（音問）——不經意地揩拭。

12.「**相離**」句——處士，不做官的隱士。這裡是指七寶村的趙員外，魯智深打死鄭圖後先在趙家避難。

13. **剃度**——佛家語。指佛教徒剃去鬢髮，接受戒條，出家為僧的儀式。

14. **蓮臺**——也叫「蓮華臺」，即佛像所坐的蓮花臺座。

15. **緣法**——緣分，機緣。

帶進來，細看時益發可憐見兒的。因問年紀，那小旦才十一歲，小丑才九歲，大家嘆息一回。賈母令人另拿些肉果給她兩個，又另外賞錢兩串。

鳳姐笑道：「這個孩子扮上，活像一個人，你們再看不出來。」寶釵心裡也知道，便只一笑，不肯說。寶玉也猜著了，亦不敢說。

史湘雲接著笑道：「倒像林妹妹的模樣兒。」寶玉聽了，忙把湘雲瞅了一眼，使個眼色。眾人卻都聽了這話，留神細看，都笑起來了，說果然不錯。一時散了。

…晚間，湘雲更衣時，便命翠縷把衣包打開收拾，都包了起來。

翠縷道：「忙什麼，等去的日子再包不遲。」

湘雲道：「明兒一早就走。在這裡做什麼？看人家的鼻子眼睛，

16. 乍—倉促。

17. 「**煙蓑**」句—一煙簑雨笠，即簑衣斗笠。

捲單行，即離寺而去。遊方僧人入寺寄寓，需先將衣鉢掛在僧堂的鉤上，得到住持的許可，才能住下，這種手續叫「**掛褡**」，也叫「**掛單**」。離寺就叫「**捲單**」。「**單**」即僧人的執照。

18. 「**芒鞋**」句—**芒鞋**，草鞋。**隨緣化**，即隨機緣而求人布施，有隨遇而安的意思。化，即化緣，指僧徒向人勸募乞討。

19. 《**妝瘋**》—北曲折子

戲，演唐代尉遲敬德因不肯掛帥出征而裝瘋的故事。

什麼意思！」

寶玉聽了這話，忙趕近前拉她說道：「好妹妹，妳錯怪了我。林妹妹是個多心的人。別人分明知道，不肯說出來，也皆因怕她惱。誰知妳不防頭就說了出來，她豈不惱妳。我是怕妳得罪了她，所以才使眼色。妳這會子惱我，不但辜負了我，而且反倒委屈了我。若是別人，那哪怕她得罪了十個人，與我何干呢！」

湘雲摔手道：「你那花言巧語別哄我。我原不如你林妹妹，別人說她，拿她取笑都使得，只我說了就有不是。我原不配說她。她是小姐主子，我是奴才丫頭，得罪了她，使不得！」

⋯⋯寶玉急的說道：「我倒是為妳，反為出不是來了。我要有外心，立刻就化成灰，叫萬人踐踹！」湘雲道：「大正月裡，少信嘴胡說。這些沒要緊的惡誓、散話、歪話，說給那些小性兒、行動愛惱的人、會轄治你的人聽去！別叫我啐你。」說著，一逕至賈母裡間，忿忿的躺著去了。

…寶玉沒趣，只得又來尋黛玉。剛到門檻前，黛玉推出來，將門關上。寶玉又不解何意，在窗外只是低聲叫「好妹妹」。黛玉總不理他。

寶玉悶悶的垂頭自審。襲人早知端的，當此時斷不能勸。那寶玉只是呆呆的站著。黛玉只當他回去了，便起來開了門，只見寶玉還站在那裡。黛玉反不好意思，不好再關，只得抽身上床躺著。

寶玉隨進來問道：「凡事都有個原故，說出來，人也不委屈。好好的就惱了，終究是什麼原故起的？」

黛玉冷笑道：「問得我倒好，我也不知為什麼。我原是給你們取笑兒的——拿著我比戲子取笑。」

寶玉道：「我並沒有比妳，我並沒有笑，為什麼惱我呢？」黛玉道：「你還要比？你還要笑？你不比不笑，比人家比了笑了的還利害呢！」寶玉聽說，無可分辯，不則一聲。

黛玉又道：「這一節還恕得。再你為什麼又和雲兒使眼色？這安的是什麼心？莫不是她和我玩，她就自輕自賤了？她原是公侯的小姐，我原是貧民的丫頭，她和我玩，設若我回了口，豈不她自惹人輕賤呢？是這個主意不是？這卻也是你的好心，只是那一個偏又不領情，一般也惱了。你又拿我作情，倒說我小性兒，行動肯惱。你又怕她得罪了我，我惱她。我惱她，與你何干？她得罪了我，又與你何干？」

……寶玉見說，方知才與湘雲私談，她也聽見了。細想自己原為她二人生隙，在中調和，不想並未調和成功，反已落了兩處的貶謗。正合著前日所看《南華經》上，有「巧者勞而智者憂，無能者無所求，飽食而遨遊，泛若不繫之舟；」又曰「山木自寇，源泉自盜」[20]等語。因此越想越無趣。

再細想來，目下不過這兩個人，尚未應酬妥協，將來猶欲為何？想到其間，也無庸分辯回答，自己轉身回房來。林黛玉見他去了，便知回思無趣，賭氣去了，一言也不曾發，不禁自己越發添了氣，便說道：「這一去，一輩子也別來，也別說話！」

⋯⋯寶玉不理，回房躺在床上，只是瞪瞪的。

襲人深知原委，不敢就說，只得以他事來解釋，因笑道：「今兒看了戲，又勾出幾天戲來。寶姑娘一定要還席的。」

寶玉冷笑道：「她還不還，管誰什麼相干？」

襲人見這話不是往日口吻，因又笑道：「這是怎麼說？好好的大正月裡，娘兒們姊妹們都喜喜歡歡的，你又怎麼這個形景

20. 山木自寇，源泉自盜——「山木自寇」，出自《莊子．人間世》，意指山中樹木因成材而招人來砍伐。「源泉自盜」意思是源泉之水因甘美而惹人盜飲。

了？」

寶玉冷笑道：「她們娘兒們姊妹們喜歡不喜歡，也與我無干。」

襲人笑道：「她們既隨和，你也隨和，豈不大家彼此有趣。」

寶玉道：「什麼是『大家彼此』！他們有『大家彼此』，我是『赤條條來去無牽掛』。」談及此句，不覺淚下。襲人見此光景，不敢再說。

寶玉細想這一句意味，不禁大哭起來，翻身起來至案前，遂提筆立占一偈云：

你證我證，心證意證。
是無有證，斯可云證。
無可云證，是立足境。

寫畢，自雖解悟，又恐人看此不解，因此亦填一支《寄生草》，也寫在偈後。自己又念一遍，自覺無掛礙，心中自得，便上床睡了。

誰想黛玉見寶玉此番果斷而去，故以尋襲人為由，來視動靜。襲人笑回道：「已經睡了。」黛玉聽說，便要回去。襲人笑道：「姑娘請站住，有一個字帖兒，瞧瞧是什麼話。」說著，便將方才那曲子與偈語悄悄拿來，遞與黛玉看。黛玉看了，知是寶玉一時感忿而作，不覺可笑可嘆，便向襲人道：「作的是玩意兒，無甚關係。」說畢，便攜了回房去，與湘雲同看。

次日又與寶釵看。寶釵看其詞曰：

無我原非你，從他不解伊。肆行無礙憑來去。
茫茫著甚悲愁喜，紛紛說甚親疏密。
從前碌碌卻因何，到如今，回頭試想真無趣！

看畢，又看那偈語，又笑道：「這個人悟了。都是我的不是，都是我昨兒一支曲子惹出來的。這些道書[21]禪機最能移性。明兒認真說起這些瘋話來，存了這個意思，都是從我這一支曲子上來，我成了個罪魁了。」

說著，便撕了個粉碎，遞與丫頭們說：「快燒了罷！」

黛玉笑道：「不該撕，等我問他。妳們跟我來，包管叫他收了這個痴心邪話。」

…三人果然都往寶玉屋裡來。一進來，黛玉便笑道：「寶玉，我問你：至貴者是『寶』，至堅者是『玉』。爾有何貴？爾有何堅？」寶玉竟不能答。三人拍手笑道：「這樣鈍愚，還參禪呢！」

黛玉又道：「你那偈末云，『無可云證，是立足境』，固然好了，只是據我看來，還未盡善。我再續兩句在後。」因念云：「無立足境，是方乾淨。」

21. **道書**——這裡指道家的書或用道家思想寫的文字。

寶釵道：「實在這方悟徹。當日南宗六祖惠能，初尋師至韶州。聞五祖弘忍在黃梅，他便充役火頭僧。五祖欲求法嗣[22]，令徒弟諸僧各出一偈。上座神秀[23]說道：『身是菩提樹，心如明鏡臺；時時勤拂拭，莫使有塵埃。』彼時惠能在廚房碓米[24]，聽了這偈，說道：『美則美矣，了則未了。』因自念一偈曰：『菩提本非樹，明鏡亦非臺，本來無一物，何處染塵埃？』五祖便將衣缽傳他。今兒這偈語，亦同此意了。只是方才這句機鋒，尚未完全了結，這便丟開手不成？」

……黛玉笑道：「彼時不能答，就算輸了，這會子答上了也不為出奇。只是以後再不許談禪了。連我們兩個所知所能的，你還不知不能呢，還去參禪呢！」

寶玉自己以為覺悟，不想忽被黛玉一問，便不能答，寶釵又比出「語錄」[25]來，此皆素不見她們能者。自己想了一想：「原來

22. 法嗣——佛法宗派傳法的繼承人。

23. 上座神秀——神秀，少年出家，投禪宗五祖弘忍門下，十分博學。弘忍生前是寺中的上座，弘忍死後，神秀成為禪宗北派的創始人，使稱北宗六祖。上座，僧職，地位僅次於住持。

24. 碓（音對）米——用杵在石臼中搗米。

25. 語錄——古代一種語文體，起源於唐代，僧徒用當時通俗口語記載其師的傳授，叫「語錄」。

她們比我的知覺在先，尚未解悟，我如今何必自尋苦惱。」想畢，便笑道：「誰又參禪，不過一時頑話罷了。」說著，四人仍復如舊。

※……※……※

……忽然人報，娘娘差人送出一個燈謎兒，命你們大家去猜，猜著了每人也作一個進去。四人聽說忙出去，來至賈母上房。只見一個小太監，拿了一盞四角平頭白紗燈，專為燈謎而製，上面已有一個，眾人都爭看亂猜。小太監又下諭道：「眾小姐猜著了，不要說出來，每人只暗暗的寫在紙上，一齊封進宮去，娘娘自驗是否。」寶釵等聽了，近前一看，是一首七言絕句，並無甚新奇，口中少不得稱讚，只說難猜，故意尋思，其實一見就猜著了。寶玉、黛玉、湘雲、探春四個人也都解了，各自暗暗的寫了。一併將賈環、賈蘭等傳來，一齊各揣機心都猜了，寫在紙上。然後各人拈一物作成一謎，恭楷寫了，掛在燈上。

……太監去了，至晚出來傳諭：「前娘娘所製，俱已猜著，惟二小姐與三爺猜的不是。小姐們作的也都猜了，不知是否。」說著，也將寫的拿出來。也有猜著的，也有猜不著的，都胡亂說猜著了。

太監又將頒賜之物送與猜著之人，每人一個宮製詩筒[26]，一柄茶筅[27]，獨迎春、賈環二人未得。迎春自為玩笑小事，並不介意，賈環便覺得沒趣。且又聽太監說：「三爺說的這個不通，娘娘也沒猜，叫我帶回問三爺是個什麼。」眾人聽了，都來看他作的什麼，寫道是：

大哥有角只八個，二哥有角只兩根。
大哥只在床上坐，二哥愛在房上蹲。

26.詩筒——裝詩歌草稿用的竹筒。

27.茶筅（音險）——用竹子做的洗滌茶具的刷子。

眾人看了，大發一笑。賈環只得告訴太監說：「一個枕頭，一個獸頭[28]。」太監記了，領茶而去。

……賈母見元春這般有興，自己越發喜樂，便命速作一架小巧精緻圍屏燈來，設於當屋，命她姊妹各自暗暗的作了，寫出來黏於屏上，然後預備下香茶細果以及各色玩物，為猜著之賀。

賈政朝罷，見賈母高興，況在節間，晚上也來承歡取樂。設了酒果，備了玩物，上房懸了彩燈，請賈母賞燈取樂。上面賈母、賈政、寶玉一席，下面王夫人、寶釵、黛玉、湘雲又一席，迎、探、惜三個又一席。地下婆娘丫鬟站滿。李宮裁、王熙鳳二人在裡間又一席。

賈政因不見賈蘭，便問：「怎麼不見蘭哥？」地下婆娘忙進裡間問李氏，李氏起身笑著回道：「他說方才老爺並沒去叫

28. 獸頭——古代建築塑在屋檐角上的兩角怪獸。

他，他不肯來。」婆娘回覆了賈政。眾人都笑說：「天生的牛心古怪。」賈政忙遣賈環與兩個婆娘將賈蘭喚來。賈母命他在身旁坐了，抓果品與他吃。大家說笑取樂。

往常間只有寶玉高談闊論，今日賈政在這裡，便惟有唯唯而已。餘者湘雲雖係閨閣弱女，卻素喜談論，今日賈政在席，也自緘口禁言。黛玉本性懶與人共，原不肯多話。寶釵原不妄言輕動，便此時亦是坦然自若。故此一席雖是家常取樂，反見拘束不樂。

賈母亦知因賈政一人在此所致，酒過三巡，便攆賈政去歇息。賈政亦知賈母之意，攆了自己去後，好讓他們姊妹兄弟取樂，因陪笑道：「今日原聽見老太太這裡大設春燈雅謎，故也備了彩禮酒席，特來入會。何疼孫子、孫女之心，便不略賜以兒子半點？」

賈母笑道：「你在這裡，他們都不敢說笑，沒的倒叫我悶得慌。你要猜謎兒，我便說一個你猜，猜不著是要罰的。」賈政忙笑道：「自然要罰。若猜著了，也是要領賞的。」賈母道：「這個自然。」說著便念道：

猴子身輕站樹梢[29]。——打一果名。

賈政已知是荔枝，便故意亂猜別的，罰了許多東西，然後方猜著，也得了賈母的東西。然後也念一個與賈母猜，道是：

身自端方，體自堅硬。
雖不能言，有言必應。——打一用物。

說畢，便悄悄的說與寶玉。寶玉意會，又悄悄的告訴了賈母。賈母想了想，果然不差，便說：「是硯臺。」賈政笑道：「到底是老太太，一猜就是。」回頭說：「快把賀彩送上來。」地

29. 站樹梢——義同「立枝」，故謎底為「荔枝」。

下婦女答應一聲，大盤小盒一齊捧上。賈母逐件看去，都是燈節下所用所頑新巧之物，甚喜，遂命：「給你老爺斟酒。」寶玉執壺，迎春送酒。

……賈母因說：「你瞧瞧那屏上，都是她姊妹們做的，再猜一猜我聽。」

賈政答應，起身走至屏前，只見頭一個寫道是：

能使妖魔膽盡摧，身如束帛氣如雷。
一聲震得人方恐，回首相看已化灰。

賈政道：「這是炮竹嘎。」寶玉答道：「是。」賈政又看道：

天運人功理不窮，有功無運也難逢。
因何鎮日紛紛亂？只為陰陽數不同。

賈政道：「是算盤。」迎春笑道：「是。」又往下看，是：

階下兒童仰面時，清明妝點最堪宜。
游絲一斷渾無力，莫向東風怨別離。

賈政道：「這是風箏。」探春笑道：「是。」又看，道是：

前身色相總無成，不聽菱歌聽佛經。
莫道此生沉黑海，性中自有大光明。

賈政道：「這是佛前海燈嘎。」惜春笑答道：「是海燈。」

……賈政心內沉思道：「娘娘所作爆竹，此乃一響而散之物。迎春所作算盤，是打動亂如麻；探春所作風箏，乃飄飄浮蕩之物；惜春所作海燈，一發清淨孤獨。今乃上元佳節，如何皆作此不祥之物為戲耶？」心內愈思愈悶，因在賈母之前，不敢形於色，只得仍勉強往下看去。只見後面寫著七言律詩一首，卻是寶釵所作，隨念道：

朝罷誰攜兩袖煙？琴邊衾裡總無緣。
曉籌[30]不用雞人[31]報，五夜無煩侍女添。
焦首朝朝還暮暮，煎心日日復年年。
光陰荏苒須當惜，風雨陰晴任變遷。

賈政看完，心內自忖道：「此物還倒有限。只是小小之人作此詞句，更覺不祥，皆非福壽之輩。」一想到此處，愈覺煩悶，大有悲戚之狀，因而將適才的精神減去十分之八九，只是垂頭沉思。

……賈母見賈政如此光景，想到或是他身體勞乏亦未可定，又兼之恐拘束了眾姊妹不得高興玩耍，即對賈政道：「你竟不必

30. **曉籌**——代指早晨。籌，此指古代計時用的竹籌或銅籌。

31. **雞人**——古代宮中頭戴「絳幘」（紅布頭巾，象徵雞冠），專職司晨報曉的衛士。

猜了，去安歇罷，讓我們再坐一會，也好散了。」賈政一聞此言，連忙答應幾個「是」字，又勉強勸了賈母一回酒，方才退出去了。回至房中只是思索，翻來覆去，竟難成寐，不由傷悲感慨，不在話下。

……且說賈母見賈政去了，便道：「你們可自在樂一樂罷。」一言未了，早見寶玉跑至圍屏燈前，指手畫腳，滿口批評，這個這一句不好，那一個破的不恰當，如同開了鎖的猴子一般。寶釵便道：「還像適才坐著，大家說說笑笑，豈不斯文些兒！」鳳姐自裡間忙出來插口道：「你這個人，就該老爺每日令你寸步不離方好。適才我忘了，為什麼不當著老爺，攛掇叫你也作詩謎兒。若果如此，怕不得這會子正出汗呢。」說得寶玉急了，扯著鳳姐兒，扭股兒糖似的只是廝纏。

賈母又與李宮裁並眾姊妹說笑了一會，也覺有些困倦起來。聽了聽已是漏下四鼓了，命將食物撤去，賞給眾人。隨起身道：「我們安歇罷。明日還是節下，該當早起。明日晚間再玩罷。」且聽下回分解。

◎第二三回◎

西廂記妙詞通戲語
牡丹亭艷曲警芳心

⋯話說賈元春自那日幸大觀園回宮去後，便命將那日所有的題詠，命探春依次抄錄妥協，自己編次，敍其優劣，又命在大觀園勒石[1]，為千古風流雅事。因此，賈政命人各處選拔精工名匠，在大觀園磨石鐫字。賈珍率領賈蓉、賈萍等監工。因賈薔又管理著文官等十二個女戲並行頭等事，不大得便，因此賈珍又將賈菖、賈菱喚來監工。一日，湯蠟釘朱[2]，動起手來。這也不在話下。

⋯且說那個玉皇廟並達摩庵兩處，一班的十二個小沙彌並十二個小道士，如今挪出大觀園來，賈政正想著要打發到各廟去分住。不想後街上住的賈芹之母周氏，正盤算著也要到賈政這邊謀一個大小事務與兒子管管，也好弄些銀錢使用，可巧聽見這件事出來，便坐轎子來求鳳姐。

鳳姐因見她素日不大拿班作勢的，便依允了，想了幾句話便回王夫人說：「這些小和尚道士萬不可打發到別處去，一時娘娘出來就要承應。倘或散了，若再用時，可又費事。依我的主意，不如將他們竟送到咱們家廟裡鐵檻寺去，月間不過派一個人拿幾兩銀子去買柴米就完了。說聲用，就去叫來，一點兒不費事呢。」王夫人聽了，便商之於賈政。

賈政聽了笑道：「倒是提醒了我，就是這樣。」即時喚賈璉來。

……當下賈璉正同鳳姐吃飯，一聞呼喚，不知何事，放下飯便走。

鳳姐一把拉住，笑道：「你且站住，聽我說話。若是別的事我不管，若是為小和尚們的事，好歹依我這麼著。」如此這般

1. 勒石——在石碑上刻字。

2. 湯蠟釘朱——刻碑時的兩道工序。將熔化了的白蠟塗在已經用朱色寫好文字的石碑面上，保護朱書，以免擦掉，叫做「**湯蠟**」。湯蠟後石工按朱書鐫刻，叫做「**釘朱**」。

教了一套話。

賈璉笑道：「我不知道，妳有本事妳說去。」

鳳姐聽了，把頭一梗，把筷子一放，腮上似笑不笑的瞅著賈璉道：「你當真的，是玩話？」

賈璉笑道：「西廊下五嫂子的兒子芸兒來求了我兩三遭，要個事情管管。我依了，叫他等著。好容易出來這件事，妳又奪了去。」

鳳姐兒笑道：「你放心。園子東北角子上，娘娘說了，還叫多多的種松柏樹，樓底下還叫種些花草。等這件事出來，我管保叫芸兒管這件工程。」

賈璉道：「果然這樣也罷了。只是昨兒晚上，我不過是要改個樣兒，妳就扭手扭腳的。」鳳姐兒聽了，嗤的一聲笑了，向賈璉啐了一口，低下頭便吃飯。

……賈璉已經笑著去了，到了前面見了賈政，果然是小和尚一事。賈璉便依了鳳姐的主意，說道：「如今看來，芹兒倒大大的出息了，這件事竟交與他去管辦。橫豎照在裡頭的規例，每月叫芹兒支領就是了。」賈政原不大理論這些事，聽賈璉如此說，便依了。

賈璉回到房中告訴鳳姐，鳳姐即命人去告訴了周氏。賈芹便來見賈璉夫妻兩個，感謝不盡。鳳姐又作情央賈璉先支三個月的費用，叫他寫了領字，賈璉批票畫了押，登時發了對牌出去。銀庫上按數發出三個月的供給來，白花花二三百兩。賈芹隨手拈了一塊，撂與掌秤的人，叫他們吃茶罷。於是命小廝拿了回家，與母親商議。登時僱了大叫驢，自己騎上；又僱了幾輛車，至榮國府角門前，喚出二十四個人來，坐上車，一逕往城外鐵檻寺去了。當下無話。

※……※……※

……如今且說賈元春，因在宮中自編大觀園題詠之後，忽想起那大觀園中景致，自己幸過之後，賈政必定敬謹封鎖，不敢使人進去騷擾，豈不寥落。況家中現有幾個能詩會賦的姊妹，何不命她們進去居住，也不使佳人落魄，花柳無顏。卻又想到寶玉自幼在姊妹叢中長大，不比別的兄弟，若不命他進去，只怕他冷清了，一時不大暢快，未免賈母、王夫人愁慮，須得也命他進園居住方妙。想畢，遂命太監夏守忠到榮國府來下一道諭，命寶釵等只管在園中居住，不可禁約封錮，命寶玉仍隨進去讀書。

……賈政、王夫人接了這諭，待夏守忠去後，便來回明賈母，遣人進去各處收拾打掃，安設簾幔床帳。別人聽了還自猶可，惟寶玉聽了這諭，喜得無可不可。

正和賈母盤算，要這個，弄那個，忽見丫鬟來說：「老爺叫寶玉。」寶玉聽了，好似打了個焦雷，登時掃去興頭，臉上轉了顏色，便拉著賈母扭得好似扭股兒糖一般，殺死不敢去。賈母只得安慰他道：「好寶貝，你只管去，有我呢，他不敢委曲了你。況且你又作了那篇好文章。想是娘娘叫你進去住，他吩咐你幾句，不過不叫你在裡頭淘氣。他說什麼，你只好生答應著就是了。」一面安慰，一面喚了兩個老嬤嬤來，吩咐「好生帶了寶玉去，別叫他老子唬著他。」老嬤嬤答應了。

……寶玉只得前去，一步挪不了三寸，蹭到這邊來。可巧賈政在王夫人房中商議事情，金釧兒、彩雲、彩霞、繡鸞、繡鳳等眾丫鬟都在廊檐下站著呢。一見寶玉走來，都抿著嘴笑。金釧一把拉住寶玉，悄悄的笑道：「我這嘴上是才擦的香浸胭脂，你這會子可吃不吃了？」

彩雲一把推開金釧，笑道：「人家正心裡正不自在，妳還奚落他。趁這會子喜歡，快進去罷。」寶玉只得挨進門去。原來賈政和王夫人都在裡間呢，趙姨娘打起簾子，寶玉躬身挨入。只見賈政和王夫人對面坐在炕上說話，地下一溜椅子，迎春、探春、惜春、賈環四個人都坐在那裡。一見他進來，惟有探春、惜春和賈環站了起來。

……賈政一舉目，見寶玉站在跟前，神彩飄逸，秀色奪人；看看賈環，人物委瑣，舉止荒疏；忽又想起賈珠來，再看看王夫人只有這一個親生的兒子，素愛如珍，自己的鬍鬚將已蒼白：因這幾件上，把素日嫌惡寶玉之心不覺減了八九。半晌說道：「娘娘吩咐說，你日日外頭嬉遊，漸次疏懶，如今叫禁管，同你姊妹在園裡讀書寫字。你可好生用心習學，再若不守分安常，你可仔細！」寶玉連連答應了幾個「是」。王夫人便拉他在身旁坐下。他姊弟三人依舊坐下。

……王夫人摸挲著寶玉的脖項說道：「前兒的丸藥都吃完了麼？」

寶玉答道：「還有一丸。」

王夫人道：「明兒再取十丸去，天天臨睡的時候，叫襲人服侍你吃了再睡。」

寶玉道：「只從太太吩咐了，襲人天天晚上想著，打發我吃。」

……賈政問道：「襲人是何人？」

王夫人道：「是個丫頭。」

賈政道：「丫頭不管叫個什麼罷了，是誰這樣刁鑽，起這樣的名字？」

王夫人見賈政不自在了，便替寶玉掩飾道：「是老太太起的。」

賈政道：「老太太如何知道這樣的話，一定是寶玉。」

寶玉見瞞不過，只得起身回道：「因素日讀書，曾記古人有一句詩云：『花氣襲人知晝暖』。因這個丫頭姓花，便隨口起了這個名字。」

王夫人忙又向寶玉道：「你回去改了罷。老爺也不用為這小事動氣。」

……賈政道：「究竟也無礙，又何用改。只是可見寶玉不務正，專在這些濃詞艷賦上作工夫。」說畢，斷喝一聲：「作孽的畜生，還不出去！」

王夫人也忙道：「去罷，去罷，只怕老太太等你吃飯呢。」寶玉答應了，慢慢的退出去，向金釧兒笑著伸伸舌頭兒，帶著兩個老嬤嬤一溜煙去了。

……剛至穿堂門前，只見襲人倚門立在那裡，一見寶玉平安回來，堆下笑來問道：「叫你作什麼？」

寶玉告訴她：「沒有什麼，不過怕我進園去淘氣，吩咐吩咐。」一面說，一面回至賈母跟前，回明原委。

只見林黛玉正在那裡，寶玉便問她：「妳住哪一處好？」

林黛玉正心裡盤算這事，忽見寶玉問她，便笑道：「我心裡想著瀟湘館好，愛那幾竿竹子隱著一道曲欄，比別處更覺幽靜。」

寶玉聽了拍手笑道：「正和我的主意一樣，我也要叫你住這裡呢。我就住怡紅院，咱們兩個又近，又都清幽。」

……二人正計較，就有賈政遣人來回賈母說：「二月二十二日子好，哥兒姐兒們好搬進去。這幾日內遣人進去分派收拾。」

薛寶釵住了蘅蕪苑，林黛玉住了瀟湘館，賈迎春住了綴錦樓，探春住了秋爽齋，惜春住了蓼風軒，李氏住了稻香村，寶玉住了怡紅院。每一處添兩個老嬤嬤，四個丫頭，除各人奶娘親隨丫鬟不算外，另有專管收拾打掃的。至二十二日，一齊進去，登時園內花招繡帶，柳拂香風，不似前番那等寂寞了。

……閒言少敘。且說寶玉自進園來，心滿意足，再無別項可生貪求之心。每日只和姊妹丫頭們一處，或讀書，或寫字，或彈琴下棋，作畫吟詩，以至描鸞刺鳳，鬥草簪花，低吟悄唱，拆字猜枚，無所不至，倒也十分快樂。他曾有幾首即事詩，作的雖不算好，卻倒是真情真景，略記幾首云：

春夜即事

霞綃雲幄[3]任鋪陳，隔巷蟆更聽未真[4]。
枕上輕寒窗外雨，眼前春色夢中人。
盈盈燭淚因誰泣？點點花愁為我嗔。
自是小鬟嬌懶慣，擁衾不耐笑言頻。

3.霞綃雲幄——彩色絲衾，輕紗帷帳。綃，輕軟的絲織品。

4.「隔巷」句——蟆更，指天將破曉時分，梆鼓遍作，謂之。

5.「窗明」二句——打開鏡匣，好像明月映窗；御香瀰漫，好像檀雲繞室。

麝月，月亮。

檀雲，香雲。

夏夜即事

倦繡佳人幽夢長，金籠鸚鵡喚茶湯。
窗明麝月開宮鏡，室靄檀雲品御香。[5]
琥珀杯傾荷露滑，玻璃檻納柳風涼。[6]
水亭處處齊紈動，簾卷朱樓罷晚妝。

秋夜即事

絳芸軒裡絕喧嘩，桂魄流光浸茜紗。
苔鎖石紋容睡鶴，井飄桐露濕棲鴉。
抱衾[7]婢至舒金鳳，倚檻人歸落翠花。
靜夜不眠因酒渴，沉煙重撥索烹茶。

冬夜即事

梅魂竹夢已三更，錦罽鸘衾[8]睡未成。

6.「琥珀」二句——
荷露，指酒。
滑，酒味醇美。
玻璃，一種石英類透明晶體，不同於現在的玻璃。

7.「抱衾」二句——
上句用《西廂記》紅娘抱衾而至的故事。
金鳳，繡有金鳳圖案的被褥。
下句寫貴族女子卸下頭飾。
翠花，飾有翡翠珠玉的簪花。

8. 錦罽（音計）鸘衾——
錦罽，織有文彩的毛毯。
鸘（音霜）衾，指繡有鷫鸘圖案花紋的被子。

松影一庭惟見鶴，梨花[9]滿地不聞鶯。
女兒翠袖詩懷冷，公子[10]金貂酒力輕。
卻喜侍兒知試茗，掃將新雪及時烹。

因這幾首詩，當時有一等勢利人，見是榮國府十二三歲的公子作的，抄錄出來，各處稱頌；再有一等輕浮子弟，愛上那風騷妖艷之句，也寫在扇頭壁上，不時吟哦賞讚。因此竟有人來尋詩覓字，倩畫求題的。寶玉越發得了意，鎮日家作這些外務。

……誰想靜中生煩惱。忽一日不自在起來，這也不好，那也不好，出來進去只是悶悶的。園中那些人多半是女孩子，正在混沌世界、天真爛熳之時，坐臥不避，嬉笑無心，哪裡知寶玉此時的心事。

9. 梨花—喻雪。

10. 「公子」句—公子穿著貂裘還嫌酒力不足以禦寒。金貂—黃色貂皮，輕暖珍貴。

那寶玉心內不自在，便懶在園內，只在外頭鬼混，卻又痴痴的。茗煙見他這樣，因想與他開心，左思右想，皆是寶玉頑煩了的，不能開心，惟有這件，寶玉不曾看見過。想畢，便走去到書坊內，把那古今小說並那飛燕、合德、武則天、楊貴妃的外傳與那傳奇角本買了許多來，引寶玉看。

寶玉何曾見過這些書，一看見了便如得了珍寶。茗煙又囑咐他：「不可拿進園去，若叫人知道了，我就吃不了兜著走呢。」寶玉哪裡捨得不拿進園去，踟躕再三，單把那文理細密的揀了幾套進去，放在床頂上，無人時自己密看。那粗俗過露的，都藏在外面書房裡。

……那一日，正當三月中浣[11]，早飯後，寶玉攜了一套《會真記》[12]，走到沁芳閘橋那邊桃花底下一塊石上坐著，展開《會真記》，從頭細玩。正看到「落紅成陣」，只見一陣風過，把樹

11. 中浣——指每月中旬。浣，洗滌。唐代規定官吏們一個月中每十日休假一天，用來沐浴、洗滌。後借作上旬、中旬、下旬的別稱。

12. 《會真記》——即唐代元稹所作的傳奇小說《鶯鶯傳》。因文中有「會真」詩三十韻，又稱《會真記》。這裡是指元代王實甫的雜劇《西廂記》。

頭上桃花吹下一大半來，落得滿身滿書滿地皆是。寶玉要抖將下來，恐怕腳步踐踏了，只得兜了那花瓣，來至池邊，抖在池內。那花瓣浮在水面，飄飄蕩蕩，竟流出沁芳閘去了。

……回來只見地下還有許多，寶玉正踟躕間，只聽背後有人說道：「你在這裡作什麼？」寶玉一回頭，卻是林黛玉來了，肩上擔著花鋤，鋤上掛著花囊，手內拿著花帚。

寶玉笑道：「好，好，來罷！把這個花掃起來，撂在那水裡。我才撂了好些在那裡呢。」

黛玉道：「撂在水裡不好。你看這裡的水乾淨，只一流出去，有人家的地方髒的臭的混倒，仍舊把花糟蹋了。那畸角上我有一個花塚，如今把它掃了，裝在這絹袋裡，拿土埋上，日久不過隨土化了，豈不乾淨。」

…寶玉聽了，喜不自禁，笑道：「待我放下書，幫妳來收拾。」

黛玉道：「什麼書？」

寶玉見問，慌得藏之不迭，便說道：「不過是《中庸》《大學》。」

黛玉笑道：「你又在我跟前弄鬼。趕早兒給我瞧瞧，好多著呢。」

寶玉道：「好妹妹，若論妳，我是不怕的。妳看了，好歹別告訴人去。真真這是好文章！妳看了，連飯也不想吃呢。」一面說，一面遞了過去。

黛玉把花具且都放下，接書來瞧，從頭看去，越看越愛看，不過一頓飯工夫，將十六齣俱已看完，自覺詞藻警人，餘香滿口。雖看完了書，卻只管出神，心內還默默的記誦。

…寶玉笑道：「妹妹，妳說好不好？」

黛玉笑道：「果然有趣。」

寶玉笑道：「我就是個『多愁多病身』，妳就是那『傾國傾城貌』。」

黛玉聽了，不覺帶腮連耳通紅，登時直豎起兩道似蹙非蹙的眉，瞪了兩只似睜非睜的眼，微腮帶怒，薄面含嗔，指寶玉道：「你這該死的胡說！好好的把這淫詞艷曲弄了來，還學了這些混話來欺負我。我告訴舅舅舅母去。」說到「欺負」兩個字上，早又把眼睛圈兒紅了，轉身就走。

寶玉著了忙，向前攔住說道：「好妹妹，千萬饒我這一遭！原是我說錯了。若有心欺負妳，明兒我掉在池子裡，教個癩頭黿吞了去，變個大忘八[13]，等妳明兒做了一品夫人、病老歸西的時候，我往妳墳上替妳馱一輩子的碑去。」

說得黛玉嗤的一聲笑了。一面揉著眼，一面笑道：「一般也唬得這個調兒，還只管胡說。『呸！原來是苗而不秀，是個銀樣鑞槍頭』[14]。」

寶玉聽了，笑道：「妳這個呢？我也告訴去。」

13. 大忘八——指傳說中能馱碑的大烏龜。

14. 銀樣鑞槍頭——比喻虛有其表，其實無能。鑞是一種鉛錫合金，色似銀，亮而軟。語出《西廂記》第四本第二折。

黛玉笑道：「你說你會過目成誦，難道我就不能一目十行麼？」

……寶玉一面收書，一面笑道：「正經快把花埋了罷，別提那個了。」二人便收拾落花，正才掩埋妥協，只見襲人走來，說道：「那裡沒找到，摸在這裡來。那邊大老爺身上不好，姑娘們都過去請安，老太太叫打發你去呢。快回去換衣裳去罷！」寶玉聽了，忙拿了書，別了黛玉，同著襲人回房換衣，不提。

……※……※……※……

……這裡黛玉見寶玉去了，又聽見眾姊妹也不在房，自己悶悶的。正欲回房，剛走到梨香院牆角邊，只聽牆內笛韻悠揚，歌聲婉轉。黛玉便知是那十二個女孩子演習戲文呢。只黛玉素習不大喜看戲文，便不留心，只管往前走。偶然兩句吹到耳內，明明白白，一字不落，唱道是：「原來姹紫嫣紅開遍，似這般都付與斷井頹垣。」

黛玉聽了，倒也十分感慨纏綿，便止住步側耳細聽，又聽唱道是：「良辰美景奈何天，賞心樂事誰家院？」聽了這兩句，不覺點頭自嘆，心下自思道：「原來戲上也有好文章。可惜世人只知看戲，未必能領略這其中的趣味。」想畢，又後悔不該胡想，耽誤了聽曲子。

又側耳時，只聽唱道：「則為妳如花美眷，似水流年……」林黛玉聽了這兩句，不覺心動神搖。

又聽道：「妳在幽閨自憐」等句，越發如醉如痴，站立不住，便一蹲身坐在一塊山子石上，細嚼「如花美眷，似水流年」八個字的滋味。忽又想起前日見古人詩中有「水流花謝兩無情」之句，再又有詞中有「流水落花春去也，天上人間」之句，又兼方才所見《西廂記》中「花落水流紅，閒愁萬種」之句，都一時想起來，湊聚在一處。

仔細忖度，不覺心痛神痴，眼中落淚。正沒個開交，忽覺背上擊了一下，及回頭看時，原來是……且聽下回分解。正是：

妝晨繡夜心無矣，對月臨風恨有之。

◎第二四回◎

醉金剛輕財尚義俠
痴女兒遺帕惹相思

…話說林黛玉正自情思縈逗、纏綿固結之時，忽有人從背後擊了她一掌，說道：「妳作什麼一個人在這裡？」林黛玉倒唬了一跳，回頭看時不是別人，卻是香菱。林黛玉道：「妳這傻丫頭，唬了我這麼一跳。妳這會子打哪裡來？」

香菱嘻嘻的笑道：「我來尋我們的姑娘的，找她總找不著。妳們紫鵑也找妳呢，說璉二奶奶送了什麼茶葉來給妳的。走罷，回家去坐著。」一面說著，一面拉著黛玉的手回瀟湘館來。

果然，鳳姐兒送了兩小瓶上用新茶來。林黛玉和香菱坐了。況她們有甚正事談講，不過說些這一個繡得好，那一個刺得精，又下一回棋，看兩句書，香菱便走了。不在話下。

……※……※……※……

……如今且說寶玉因被襲人找回房去，果見鴛鴦歪在床上看襲人的針線呢，見寶玉來了，便說道：「你往哪裡去了？老太太等著你呢，叫你過那邊請大老爺的安去。還不快換了衣服走呢。」襲人便進房去取衣服。

寶玉坐在床沿上，褪了鞋等靴子穿的工夫，回頭見鴛鴦穿著水紅綾子襖兒，青緞子背心，束著白縐綢汗巾兒，臉向內低著頭看針線，脖子上戴著花領子。寶玉便把臉湊在她脖項上，聞那粉香油氣，禁不住用手摩挲，其白膩不在襲人之下。寶玉便猴上身去，涎皮笑道：「好姐姐，把妳嘴上的胭脂賞我吃了罷。」一面說著，一面扭股糖似的黏在身上。

鴛鴦便叫道：「襲人，妳出來瞧瞧。妳跟他一輩子，也不勸勸，還是這麼著。」

襲人抱了衣服出來，向寶玉道：「左勸也不改，右勸也不改，你到底是怎麼樣？你再這麼著，這個地方可就難住了。」一邊說，一邊催他穿了衣服，同了鴛鴦往前面來見賈母。

……見過賈母，出至外面，人馬俱已齊備。剛欲上馬，只見賈璉請安回來了，正下馬，二人對面，彼此問了兩句話。只見旁邊轉出一個人來，「請寶叔安」。寶玉看時，只見這人容長臉，長挑身材，年紀只好十八九歲，生得著實斯文清秀，倒也十分面善，只是想不起是哪一房的，叫什麼名字。

賈璉笑道：「你怎麼發呆，連他也不認得？他是後廊上住的五嫂子的兒子芸兒。」

寶玉笑道：「是了，是了，我怎麼就忘了。」因問他母親好，這會子什麼勾當。

賈芸指賈璉道：「找二叔說句話。」
寶玉笑道：「你倒比先越發出挑了，倒像是我的兒子。」
賈璉笑道：「好不害臊！人家比你大四五歲呢，就替你作兒子了？」
寶玉笑道：「你今年十幾歲了？」
賈芸道：「十八歲。」

……原來這賈芸最伶俐乖覺，聽寶玉這樣說，便笑道：「俗語說的，『搖車裡的爺爺，拄拐的孫孫』。雖然歲數大，山高高不過太陽。只從我父親沒了，這幾年也無人照管教導。如若寶叔不嫌姪兒蠢笨，認作兒子，就是我的造化了。」
賈璉笑道：「你聽見了？認了兒子不是好開交的呢。」說著就進去了。
寶玉笑道：「明兒你閒了，只管來找我，別和他們鬼鬼祟祟的。這會子我不得閒兒。明兒你到書房裡來，和你說天話兒，我帶你園裡頑耍去。」說著扳鞍上馬，眾小廝圍隨往賈赦這邊來。

……見了賈赦，不過是偶感些風寒，先述了賈母問的話，然後自己請了安。賈赦先站起來回了賈母話，次後便喚人來：「帶哥兒進去太太屋裡坐著。」寶玉領命退出，來至後面，進入上房。

邢夫人見了他來，先倒站起來，請過賈母安，寶玉方請安。邢夫人拉他上炕坐了，方問別人好，又命人倒茶來。一鍾茶未吃完，只見那賈琮來問寶玉好。邢夫人道：「哪裡找活猴兒去！你那奶媽子死絕了，也不收拾收拾你，弄得黑眉烏嘴的，那裡像大家子念書的孩子！」

……正說著，只見賈環、賈蘭小叔姪兩個也來了，請過安，邢夫人便叫他兩個椅子上坐了。賈環見寶玉同邢夫人坐在一個坐褥上，邢夫人又百般摩挲撫弄他，早已心中不自在了，坐不多時，便和賈蘭使眼色兒要走。賈蘭只得依他，一同起身告辭。寶玉見他們要走，自己也就起身，要一同回去。

邢夫人笑道：「你且坐著，我還和你說話呢。」寶玉只得坐了。邢夫人向他兩個道：「你們回去，各人替我問你們各人母親好。你們姑娘、姐姐、妹妹都在這裡呢，鬧得我頭暈，今兒不留你們吃飯了。」賈環等答應著，便出來回家去了。

……寶玉笑道：「可是姐姐們都過來了，怎麼不見？」

邢夫人道：「她們坐了一會子，都往後頭不知那屋裡去了。」

寶玉道：「大娘方才說有話說，不知是什麼話？」

邢夫人笑道：「哪裡有什麼話，不過叫你等著，同你姊妹們吃了飯去。還有一個好玩的東西給你帶回去玩。」

……娘兒兩個說話，不覺早又晚飯時節。調開桌椅，羅列杯盤，母女姊妹們吃畢了飯。寶玉辭了賈赦，同姊妹們一同回家，見過賈母、王夫人等，各自回房安息。不在話下。

※……※……※

……且說賈芸進去見了賈璉，因打聽可有什麼事情。賈璉向他說：「前兒倒有一件事情出來，偏生你嬸娘再三求了我，給了賈芹了。她許了我說，明兒園裡還有幾處要栽花木的地方，等這個工程出來，一定給你就是了。」

賈芸聽了，半晌說道：「既是這樣，我就等著罷。叔叔也不必先在嬸子跟前提我今兒來打聽的話，到跟前再說也不遲。」

賈璉道：「提她作什麼，我哪裡有這些工夫說閒話兒呢。明兒一個五更，還要到興邑去走一趟，需得當日趕回來才好。你先去等著，後日起更以後你來討信，來早了我不得閒。」說著便回後面換衣服去了。

……賈芸出了榮國府回家，一路思量，想出一個主意來，便一逕往他母舅卜世仁家來。原來卜世仁現開香料舖，方才從舖子裡來，忽見賈芸進來，彼此見過了，因問他這早晚什麼事跑了來。

賈芸笑道：「有件事求舅舅幫襯[1]幫襯。我現有一件要緊的事，用些冰片、麝香使用，好歹舅舅每樣賒四兩給我，八月裡按數送了銀子來。」

卜世仁冷笑道：「再休提賒欠一事。前兒也是我們舖子裡一個伙計，替他的親戚賒了幾兩銀子的貨，至今總未還上。因此我們大家賠上，立了合同，再不許替親友賒欠。誰要錯了這

1. 幫襯——意為幫助。

個，就要罰他二十兩銀子的東道，還趕出鋪子去。況且如今這個貨也短，你就拿現銀子到我們這種不三不四的小鋪子裡來買，也還沒有這些，只好倒扁兒[2]去。這是一。「二則你哪裡有正經事，不過賒了去又是胡鬧。你只說舅舅見你一遭兒就派你一遭兒不是。你小人兒家很不知好歹，也到底立個主見，賺幾個錢，弄得穿是穿吃是吃的，我看著也喜歡。」

……賈芸笑道：「舅舅說得倒乾淨。我父親沒的時候，我年紀又小，不知事。後來聽見我母親說，都還虧舅舅們在我們家出主意，料理的喪事。難道舅舅就不知道，還有一畝地兩間房子，如今在我手裡花了不成？巧媳婦做不出沒米的粥來，叫我怎麼樣呢？還虧是我呢，要是別個，死皮賴臉三日兩頭兒來纏著舅舅，要三升米二升豆子的，舅舅也就沒法兒呢。」

2.倒扁兒——即倒揣。這裡指無貨可賣，需到別家鋪子去套購貨物來應付場面。

……卜世仁道：「我的兒，舅舅要有，還不是該的。我天天和你舅母說，只愁你沒算計兒。你但凡立得起來，到你大房裡，就是他們爺兒們見不著，便下個氣，和他們的管家或者管事的人們嬉和嬉和[3]，也弄個事兒管管。

「前日我出城去，撞見了你們三房裡的老四，騎著大黑叫驢，帶著四五輛車，有四五十和尚、道士，往家廟裡去了。他那不虧能幹，就有一這樣的好事兒到他手裡了！」

賈芸聽他嘮叨的不堪，便起身告辭。卜世仁道：「怎麼急得這樣，吃了飯再去罷。」

一句未完，只見他娘子說道：「你又糊塗了。說著沒有米，這裡買了半斤麵來下給你吃，這會子還裝胖呢。留下外甥挨餓不成？」

卜世仁說：「再買半斤來添上就是了。」

他娘子便叫女兒：「銀姐，往對門王奶奶家去問，有錢借二三十

3. **嬉和嬉和**——討好。有巴結之意。

個，明兒就送過來。」

夫妻兩個說話，那賈芸早說了幾個「不用費事」，去得無影無蹤了。

……不言卜家夫婦，且說賈芸賭氣離了母舅家門，一逕回歸舊路。心下正自煩惱，一邊想，一邊低頭只管走，不想一頭就碰在一個醉漢身上，把賈芸唬了一跳。聽那醉漢罵道：「肏你媽的！瞎了眼睛了，碰起我來了。」賈芸忙要躲，早被那醉漢一把抓住，對面一看，不是別人，卻是緊鄰倪二。

原來這倪二是個潑皮，專放重利債，在賭博場吃閒錢，專管大降[4]吃酒。如今正從欠錢人家索了利錢，吃醉回來，不想被賈芸碰了一頭，正沒好氣，掄拳就要打。

只聽那人叫道：「老二住手！是我沖撞了你。」

倪二聽見是熟人的語音，將醉眼睜開看時，見是賈芸，忙把手

4. 大降——即打架。

鬆了，趔趄[5]著笑道：「原來是賈二爺，我該死，我該死。這會子往那裡去？」

賈芸道：「告訴不得你，平白的又討了個沒趣兒。」

倪二道：「不妨不妨，有什麼不平的事，告訴我，我替你出氣。這三街六巷，憑他是誰，有人得罪了我醉金剛倪二的街坊，管叫他人離家散！」

……賈芸道：「老二，你且別氣，聽我告訴你這緣故。」說著，便把卜世仁一段事告訴了倪二。

倪二聽了大怒道：「要不是令舅，我便罵不出好話來，真真氣死我倪二。也罷，你也不用愁煩，我這裡現有幾兩銀子，你若用什麼，只管拿去買辦。

「但只一件，你我作了這些年的街坊，我在外頭有名放賬，你卻從沒有和我張過口。也不知你厭惡我是個潑皮，怕低了你

5. 趔趄（音列拘）——踉蹌，腳步歪斜不穩。

的身分；也不知是你怕我難纏，利錢重。「若說怕利錢重，這銀子我是不要利錢的，也不用寫文約；若說怕低了你的身分，我就不敢借給你了，各自走開。」一面說，一面果然從搭包[6]裡掏出一卷銀子來。

……賈芸心下自思：「素日倪二雖然是潑皮無賴，卻因人而使，頗頗的有義俠之名。若今日不領他這情，怕他臊了，倒恐生事。不如借了他的，改日加倍還他也倒罷了。」想畢，笑道：「老二，你果然是個好漢，我何曾不想著你，和你張口。但只是我見你所相與交結的，都是些有膽量的有作為的人，像我們這等無能為的你倒不理。我若和你張口，你豈肯借給我。今日既蒙高情，我怎敢不領？回家按例寫了文約過來便是了。」

倪二大笑道：「好會說話的人。我卻聽不上這話。既說『相與

6. **搭包**——也作搭膊。一種是長條形，兩端有口袋，搭在肩上，前後盛上錢物。一種是用長條布捆成腰帶狀，紮在腰間，也可裹繫錢物。

交結』四個字，如何放賬給他，使他的利錢！既把銀子借與他，圖他的利錢，便不是相與交結了。閒話也不必講。既肯青目，這是十五兩三錢有零的銀子，你便拿去治買東西。你要寫什麼文契，趁早把銀子還我，讓我放給那些有指望的人使去。」

賈芸聽了，一面接了銀子，一面笑道：「我便不寫罷了，有何著急的。」

倪二笑道：「這不是話。天色黑了，也不讓茶讓酒，我還到那邊有點事情去，你竟請回去罷。我還求你帶個信兒與舍下，叫她們早些關門睡罷，我不回家去了。倘或有要緊事，叫我們女兒明兒一早到馬販子王短腿家來找我。」一面說，一面趔趄著腳兒去了，不在話下。

……且說賈芸偶然碰了這件事，心中也十分罕希，想那倪二倒果然有些意思，只是還怕他一時醉中慷慨，到明日加倍的要起來，便怎麼處，心內猶豫不決。忽又想道：「不妨，等那件事成了，也可加倍還他。」一想畢，一直走到個錢舖裡，將那銀子稱了稱，十五兩三錢四分二厘。

賈芸見倪二不撒謊，心下越發歡喜，收了銀子來至家門，先到隔壁將倪二的信捎了與他娘子知道，方回家來。見他母親自在炕上拈線，見他進來，便問哪裡去了一日。賈芸恐他母親生氣，便不說起卜世仁的事來，只說在西府裡等璉二叔的，問他母親吃了飯不曾。他母親已吃過了，說留了飯在那裡。叫小丫頭子拿過來與他吃。

……那天已是掌燈時候，賈芸吃了飯收拾歇息，一夜無話。次日一早起來洗了臉，便出南門，大香舖裡買了冰麝，便往榮國府來。打聽賈璉出了門，賈芸便往後面來，到賈璉院門前，只見幾個小廝拿著大高笤帚在那裡掃院子呢。忽見周瑞家的從門裡出來叫小廝們：「先別掃，奶奶出來了。」賈芸忙上去笑問道：「二嬸子往哪裡去？」周瑞家的道：「老太太叫，想必是裁什麼尺頭。」

……正說著，只見一群人擁著鳳姐出來了。賈芸深知鳳姐是喜奉承、尚排場的，忙把手逼著[7]，恭恭敬敬搶上來請安。鳳姐連正眼也不看，仍往前走著，只問他母親好，「怎麼不來我們這裡逛逛？」

賈芸道：「只是身上不大好，倒時常記掛著嬸子，要來瞧瞧，又不能來。」

鳳姐笑道：「可是會撒謊，不是我提起她來，你就不說她想我了。」

賈芸笑道：「姪兒不怕雷打了，就敢在長輩前撒謊？昨兒晚上

7. **忙把手逼著**——逼，讀必。逼著，即並著。**兩臂下垂**，兩手緊貼身體兩側，以示敬畏的樣子。

還提起嬸子來，說嬸子身子生得單弱，事情又多，虧嬸子好大精神，竟料理得周周全全。要是差一點的，早累得不知怎麼樣呢。」

…鳳姐聽了滿面是笑，不由得便止了步，問道：「怎麼好好的你娘兒兩個在背地裡嚼起我來？」

賈芸道：「有個原故，只因我有個極好的朋友，家裡有幾個錢，現開香舖。只因他身上捐著個通判[8]，前兒選了雲南不知哪一處，連家眷一齊去，他收了香舖也在這裡不開了。便把賬物攢了一攢[9]，該給人的給人，該賤發的賤發了，像這細貴的貨，都分著送了親朋。他就一共送了我四兩冰片、四兩麝香。「我就和我母親商量，若要轉買，不但賣不出原價來，而且誰家拿這些銀子買這個作什麼，便是很有錢的大家子，也不過使個幾分幾錢就挺折腰[10]了；若說送人，也沒個人配使這

8. 通判——明清時為協助知府處理政務的官。

9. 攢了一攢——這裡指把現有的家財湊一湊。

10. 挺折腰——這裡是到頂的意思。

些，倒叫他一文不值半文轉賣了。

「因此我就想起嬸子來，往年間我還見嬸子大包的銀子買這些東西呢。別說今年貴妃進了宮，就是這個端陽節下，不用說這些香料自然是比往常加上十倍去的。因此想來想去，只孝順嬸子一個人才合式，方不算糟蹋這東西。」一邊說，一邊將一個錦匣舉起來。

……鳳姐正是要辦端陽的節禮、採買香料藥餌的時節，忽見賈芸如此一來，聽這一篇話，心下又是得意又是喜歡，便命豐兒：「接過芸哥兒的來，送了家去，交給平兒。」因又說道：「看著你這樣知好歹，怪道你叔叔常提你，說你說話兒也明白，心裡有見識。」

賈芸聽這話入了港，便打進一步來，故意問道：「原來叔叔也曾提我來？」鳳姐見問，才要告訴他與他管事情的話，便忙又止住，心下想道：「我如今要告訴他那話，倒叫他看著我見不得東西似的，為得了這點子香，就混許他管事了。今兒先別提這事。」想畢，便把派他監種花木工程的事都隱瞞得一字不提，隨口說了兩句淡話[11]，便往賈母那裡去了。賈芸也不好提的，只得回來。

…因昨日見了寶玉，叫他到外書房等著，賈芸吃了飯便又進來，到賈母那邊儀門外綺霰齋三間書房裡來。只見茗煙、鋤藥兩個小廝下象棋，為奪「車」正拌嘴；還有引泉、掃花、挑雲、伴鶴四五個人，在房檐上掏小雀兒玩。

賈芸進入院內，把腳一跺，說道：「猴頭們淘氣，我來了。」眾小廝看見賈芸進來，都才散了。賈芸進入房內，便坐在椅子上問：「寶二爺沒下來？」茗煙道：「今兒總沒下來。二爺說什麼，我替你哨探哨探去。」說著便出去了。

11. 淡話——不相干的話。

……這裡賈芸便看字畫古玩，有一頓飯工夫還不見來，再看看別的小廝，都玩去了。正自煩悶，只聽門前嬌聲嫩語的叫了一聲「哥哥」。賈芸往外瞧時，看是一個十六七歲的丫頭，生得倒也細巧乾淨。那丫頭見了賈芸，便抽身躲了過去。

恰值茗煙走來，見那丫頭在門前，便說道：「好，好，正抓不著個信兒呢。」賈芸見了茗煙，也就趕了出來，問怎麼樣了。茗煙道：「等了這一日，也沒個人兒出來。這就是寶二爺房裡的。好姑娘，妳進去帶個信兒，就說廊上的二爺來了。」那丫頭聽說，方知是本家的爺們，便不似先前那等回避了，下死眼把賈芸釘了兩眼。那賈芸說道：「什麼是廊上廊下的，妳只說是芸兒就是了。」

半晌，那丫頭冷笑了一笑：「依我說，二爺竟請回家去罷，有什麼話明兒再來。今兒晚上得空兒我回了他。」

茗煙道：「這是怎麼著？」

那丫頭道：「他今兒也沒睡中覺，自然吃得晚飯早。晚上他又不下來。難道只是耍的二爺在這裡等著捱餓不成？不如家去，明兒來是正經。便是回來有人帶信，那都是不中用的。他不過是口裡答應著，他那有那麼些工夫，倒給你帶信去呢！」

賈芸聽這丫頭說話簡便俏麗，待要問她的名字，因是寶玉房裡的，又不便問，只得說道：「這話倒是，我明兒再來。」說著便往外走。

茗煙道：「我倒茶去，二爺吃了茶再去。」賈芸一面走，一面回頭說：「不吃茶，我還有事呢。」口裡說話，眼睛瞧那丫頭還站在那裡呢。

……那賈芸一逕回家。至次日果然又來了，至大門前，可巧遇見鳳姐往那邊去請安，才上了車，見賈芸來，便命人喚住，隔窗子笑道：「芸兒，你竟有膽子在我的跟前弄鬼。怪道你送東西給我，原來你有事求我。昨兒你叔叔才告訴我說你求他。」

賈芸笑道：「求叔叔這事，嬸娘休提，我昨兒正後悔呢。早知這樣，我竟一起頭求嬸娘，這會子也早完了。誰承望叔叔竟不能的。」

鳳姐笑道：「怪道你那裡沒成兒[12]，昨兒又來尋我。」

賈芸道：「嬸娘辜負了我的孝心，我並沒有這個意思。若有這個意思，昨兒還不求嬸娘。如今嬸娘既知道了，我倒要把叔叔丟下，少不得求嬸子好歹疼我一點兒！」

……鳳姐冷笑道：「你們要揀遠路兒走，叫我也難了。早告訴我一聲兒，什麼不成的，多大點子事，耽誤到這會子。那園子裡還要種樹種花呢，我只想不出一個人來，你早來不早完

12. 沒成兒——沒指望的意思。

了？」

賈芸笑道：「既是這樣，嬸娘明兒就派了我罷。」

鳳姐半晌說道：「這個我看著不大好。等明年正月裡的煙火燈燭那個大宗兒下來，再派你罷。」

賈芸道：「好嬸娘，先把這個派了我罷。果然這個辦得好，再派我那個。」

鳳姐笑道：「你倒會拉長線兒。罷了，要不是你叔叔說，我不管你的事。我不過吃了飯就過來，你到午錯的時候來領銀子，後日就進去種樹。」說畢，命人駕了香車，一逕去了。

……賈芸喜不自禁，來至綺霰齋打聽寶玉，誰知寶玉一早便往北靜王府裡去了。賈芸便呆呆的坐到晌午，打聽鳳姐回來，便寫個領票來領對牌。至院外，命人通報了，彩明走了出來，單要了領票進去，批了銀數年月，一併連對牌交與了賈芸。

賈芸接了，看那批上銀數批了二百兩，心中喜不自禁，翻身走到銀庫上，交與收牌票的，領了銀子。回家告訴他母親，自是母子俱各歡喜。次日一個五鼓，賈芸先找了倪二，將前銀按數還他。那倪二見賈芸有了銀子，他便按數收回，不在話下。這裡賈芸又拿了五十兩，出西門找到花兒匠方椿家裡去買樹，亦不在話下。

※……※……※

……如今且說寶玉，自那日見了賈芸，曾說明日著他進來說話兒。如此說了之後，他原是富貴公子的口角，哪裡還把這個放在心上，因而便忘懷了。這日晚上，從北靜王府裡回來，見過賈母、王夫人等，回至園內，換了衣服，正要洗澡。襲人因被薛寶釵煩了去打結子[13]；秋紋、碧痕兩個去催水；檀雲又因她母親的生日接了出去；麝月又現在家中養病；雖還

13. 打結子——用絲繩或絛帶編結成各種花樣，用以繫掛珠玉等飾物，下有長穗。

有幾個作粗活聽喚的丫頭，估著叫不著她們，都出去尋伙覓伴的玩去了。

不想這一刻的工夫，只剩了寶玉在房內。偏生的寶玉要吃茶，一連叫了兩三聲，方見兩三個老嬤嬤走進來。寶玉見了她們，連忙搖手兒說：「罷，罷！不用妳們了。」老婆子們只得退出。

……寶玉見沒丫頭們，只得自己下來，拿了碗向茶壺去倒茶。只聽背後說道：「二爺仔細燙了手！讓我們倒。」一面說，一面走上來，早接了碗過去。

寶玉倒唬了一跳，問：「妳在那裡的？忽然來了，唬我一跳。」

那丫頭一面遞茶，一面回說：「我在後院子裡，才從裡間的後門進來，難道二爺就沒聽見腳步響？」

寶玉一面吃茶，一面仔細打量那丫頭：穿著幾件半新不舊的衣裳，倒是一頭黑鬒鬒[14]的好頭髮，挽著個鬢，容長臉面，細巧身材，卻十分俏麗乾淨。

……寶玉看了，便笑問道：「妳也是我這屋裡的人麼？」

那丫頭道：「是的。」

寶玉道：「既是這屋裡的，我怎麼不認得？」

那丫頭聽說，便冷笑了一聲道：「認不得的也多，豈止我一個？從來我又不遞茶遞水，拿東拿西，眼見的事一點兒不作，爺那裡認得呢！」

寶玉道：「妳為什麼不作那眼見的事？」

那丫頭道：「這話我也難說。只是有一句話回二爺：昨兒有個什麼芸兒來找二爺。我想二爺不得空兒，便叫茗煙回他，叫他今日早起來，不想二爺又往北府裡去了。」

14. 黑鬒鬒（音診）——這裡形容頭髮烏黑。

……剛說到這句話，只見秋紋、碧痕嘻嘻哈哈的說笑著進入院來，兩個人共提著一桶水，一手撩著衣裳，趔趔趄趄，潑潑撒撒的。那丫頭便忙迎出去接。那秋紋、碧痕正對著抱怨，「妳濕了我的裙子」，那個又說「妳踹了我的鞋」。忽見走出一個人來接水，二人看時，不是別人，原來是小紅。

二人便都詫異，將水放下，忙進房來東瞧西望，並沒個別人，只有寶玉，便心中大不自在。只得預備下洗澡之物，待寶玉脫了衣裳，二人便帶上門出來，走到那邊房內便找小紅，問她：「方才在屋裡說什麼？」

小紅道：「我何曾在屋裡？只因我的手帕子不見了，往後頭找手帕子去。不想二爺要茶吃，叫姐姐們一個沒有，是我進去了，才倒了茶，姐姐們便來了。」

……秋紋聽了，兜臉啐了一口，罵道：「沒臉的下流東西！正經叫妳去催水去，妳說有事故，倒叫我們去，妳可等著做這個巧宗兒。一里一里的，這不上來了。難道我們倒跟不上妳了？妳也拿鏡子照照，配遞茶遞水不配！」

碧痕道：「明兒我說給她們，凡要茶要水送東送西的事，咱們都別動，只叫她去便是了。」

秋紋道：「這麼說，還不如我們散了，單讓她在這屋裡呢。」二人你一句我一句正鬧著，只見有個老嬤嬤進來傳鳳姐的話說：「明日有人帶花兒匠來種樹，叫你們嚴禁些，衣服裙子別混晒混晾的。那土山上一溜都攔著幃幙呢，可別混跑。」

秋紋便問：「明兒不知是誰帶進匠人來監工？」

那婆子道：「說什麼後廊上的芸哥兒。」秋紋、碧痕聽了，都不知道，只管混問別的話。那小紅聽見了，心內卻明白，就知是昨兒外書房所見的那個人了。

……原來這小紅本姓林，小名紅玉，只因「玉」字犯了林黛玉、寶玉的名字，便都把這個字隱起來，便都叫她「小紅」。原是榮國府中世代的舊僕，她父母現在收管各處房田事務。

這紅玉年方十六歲，因分人在大觀園的時節，把她便分在怡紅院中，倒也清幽雅靜。不想後來命人進來居住，偏生這一所兒又被寶玉占了。這紅玉雖然是個不諳事的丫頭，卻因她原有三分容貌，心內著實妄想痴心的往上攀高，每每的要在寶玉面前現弄現弄。

只是寶玉身邊一干人，都是伶牙利爪的，哪裡插得下手去。不想今兒才有些消息，又遭秋紋等一場惡意，心內早灰了一半。

正悶悶的，忽然聽見老嬤嬤說起賈芸來，不覺心中一動，便悶悶的回至房中，睡在床上暗暗盤算，翻來掉去，正沒個抓尋。忽聽窗外低低的叫道：「紅玉，妳的手帕子我拾在這裡呢。」

紅玉聽了，忙走出來看，不是別人，正是賈芸。紅玉不覺的粉面含羞，問道：「二爺在那裡拾著的？」

賈芸笑道：「妳過來，我告訴妳。」一面說，一面就上來拉她。那紅玉急回身一跑，卻被門檻絆倒。

要知端的，下回分解。

◎第二五回◎

魘魔法叔嫂逢五鬼[1]

紅樓夢通靈遇雙真[2]

……話說紅玉心神恍惚，情思纏綿，忽朦朧睡去，遇見賈芸要拉她，卻回身一跑，被門檻子絆了一跤，唬醒過來，方知是夢。因此翻來覆去，一夜無眠。

至次日天明，方才起來，就有幾個丫頭來會她去打掃房子地面，提洗臉水。這紅玉也不梳洗，向鏡中胡亂挽了一挽頭髮，洗了洗手，腰內束了一條汗巾子，便來掃地。

誰知寶玉昨兒見了紅玉，也就留了心。若要直點名喚她來使用，一則怕襲人等寒心；二則又不知紅玉是何等行為，若好還罷了，若不好起來，那時倒不好退送的。因此心下悶悶的，早起來也不梳洗，只坐著出神。一時下了窗子，隔著紗屜子，向外看得真切，只見好幾個丫頭在那裡掃地，都擦胭抹粉，簪花插柳的，獨不見昨兒那一個。

…寶玉便靸[3]了鞋，晃出了房門，只裝著看花兒，這裡瞧瞧，那裡望望。一抬頭，只見西南角上遊廊底下欄杆外，似有一個人在那裡倚著，卻恨面前有一株海棠花遮著，看不真切。只得又轉了一步，仔細一看，可不是昨兒那個丫頭在那裡出神？待要迎上去，又不好去的。正想著，忽見碧痕來催他洗臉，只得進去了。不在話下。

…卻說紅玉正自出神，忽見襲人招手叫她，只得走來。襲人道：「我們這裡的噴壺還沒有收拾了來呢，妳到林姑娘那裡去，把她們的借來使使。」紅玉答應了，便走出來往瀟湘館去。正

1. 五鬼—舊時星命家所說的惡煞之一，取象於鬼宿第五星。

2. 雙真—**真**，**真人**，即仙人。**雙真**，這裡指癩頭和尚和跛足道人。

3. 靸—把布鞋後幫踩在腳後跟下。

走上翠煙橋，抬頭一望，只見山坡上高處都是攔著幃幙，方想起今兒有匠役在裡頭種樹。因轉身一望，只見那邊遠遠的一簇人在那裡掘土，賈芸正坐在那山子石上。紅玉待要過去，又不敢過去，只得悶悶的向瀟湘館取了噴壺回來，無精打彩自向房內倒著去。眾人只說她一時身上不爽快，都不理論。

※※※

∴展眼過了一日，原來次日就是王子騰夫人的壽誕。那裡原打發人來請賈母、王夫人的，王夫人見賈母不去，自己也便不去了。倒是薛姨媽同鳳姐兒並賈家幾個姊妹、寶釵、寶玉一齊都去了，至晚方回。

∴可巧王夫人見賈環下了學，便命他來抄個《金剛咒》唪誦唪誦[4]。那賈環正在王夫人炕上坐了，命人點燈，拿腔作勢的

4. 唪誦──大聲念經。

抄寫。一時又叫彩雲倒杯茶來，一時又叫玉釧兒來剪剪蠟花，一時又說金釧兒擋了燈影。眾丫鬟們素日厭惡他，都不答理。

只有彩霞還和他合得來，倒了一鍾茶來遞與他。見王夫人和人說話，便便悄悄的向賈環說道：「你安些分罷，何苦討這個厭呢！」

賈環道：「我也知道了，妳別哄我。如今妳和寶玉好，把我不答理，我也看出來了。」

彩霞咬著嘴唇，向賈環頭上戳了一指頭，說道：「沒良心的！狗咬呂洞賓，不識好人心！」

……兩人正說著，只見鳳姐來了，拜見過王夫人。王夫人便一長一短的問她，今兒是那位堂客在那裡，戲文如何，酒席好歹等語。說了不多幾句話，寶玉也來了，進門見了王夫人，不過規規矩矩說了幾句話，便命人除去抹額，脫了袍服，拉了靴子，便一頭滾在王夫人懷裡。王夫人便用手滿身滿臉摩挲撫弄他，寶玉也搬著王夫人的脖子說長道短的。

王夫人道：「我的兒，你又吃多了酒，臉上滾熱。你還只是揉搓，一會鬧上酒來。還不在那裡靜靜的倒一會子呢。」說著，便叫人拿個枕頭來。

寶玉聽了便下來，在王夫人身後倒下，又叫彩霞來替他拍著。寶玉便和彩霞說笑，只見彩霞淡淡的，不大答理，兩眼睛只向賈環處看。

寶玉便拉她的手笑道：「好姐姐，妳也理我理兒呢。」彩霞奪了手道：「再鬧，我就嚷了。」

……二人正鬧著，原來賈環聽得見，素日原恨寶玉，如今又見他和彩霞鬧，心中越發按不下這口毒氣。雖不敢明言，卻每每暗中算計，只是不得下手，今兒相離甚近，便要用蠟燈裡的滾油燙瞎他的眼睛。因而故意裝作失手，把那一盞油汪汪的蠟燈向寶玉臉上只一推。

只聽寶玉「噯喲」了一聲，滿屋人都唬了一跳。連忙將地下的戳燈[5]挪過來，又將裡外間屋的燈拿了三四盞看時，只見寶玉滿臉滿頭都是蠟油。王夫人又急又氣，一面命人來替寶玉擦洗，一面又罵賈環。鳳姐三步兩步跑上炕去，給替寶玉收拾著，一面笑道：「老三還是這麼慌腳雞似的，我說你上不得高臺盤。趙姨娘時常也該教導教導他。」

才是一句話提醒了王夫人，王夫人便不罵賈環，便叫過趙姨娘來罵道：「養出這樣不知道理下流黑心種子來，也不管管！幾番幾次我都不理論，你們得了意了，這不越發上來了！」

……那趙姨娘素日雖然也常懷嫉妒之心，不忿鳳姐、寶玉兩個，

5. 戳燈——長柄、有底座，既可豎立又可扛著行走的一種燈籠。

也不敢露出來；如今賈環又生了事，受這場惡氣，不但吞聲承受，而且還要替寶玉來收拾。只見寶玉左邊臉上燙了一溜燎泡出來，幸而眼睛竟沒動。王夫人看了，又是心疼，又怕明日賈母問怎麼回答，急得又把趙姨娘數落一頓。然後又安慰了寶玉一回，又命取敗毒消腫藥來敷上。

寶玉道：「有些疼，還不妨事。明兒老太太問，就說是我自己燙的罷了。」

鳳姐笑道：「便說自己燙的，也要罵人為什麼不小心看著，叫你燙了。橫豎有一場氣生的，到明兒憑你怎麼說去罷。」王夫人命人好生送了寶玉回房去後，襲人等見了都慌得了不得。

……林黛玉見寶玉出了一天門，就覺悶悶的，沒個可說話的人。至晚，正打發人來問了兩三遍回來沒有，這遍方才說回來，偏生又燙了臉。林黛玉便趕著來瞧，只見寶玉正拿鏡子照呢，左邊臉上滿滿的敷著一臉藥。

黛玉只當燙得十分利害，忙上來問怎麼燙了，要瞧瞧。寶玉見她來了，忙把臉遮著，搖手不肯叫她看。——知道她的癖性喜潔，見不得這些東西。

林黛玉自己也知道有這件癖性，知道寶玉的心內怕她嫌髒，因笑道：「我瞧瞧燙了哪裡了，有什麼遮著藏著的！」一面說，一面就湊上來，強搬著脖子瞧了一瞧，問他疼得怎麼樣。

寶玉道：「也不很疼，養一兩日就好了。」黛玉坐了一回，悶悶的回房去了。一宿無話。

……次日，寶玉見了賈母，雖然自己承認是自己燙的，不與別人相干，免不得賈母又把跟從的人罵一頓。

……過了一日，就有寶玉寄名的乾娘[6]馬道婆進榮國府來請安。見

6.寄名的乾娘——這禮是指把弟子寄其名下為義子的道姑。「**寄名**」是為了得到神的保佑，免除災難。

了寶玉，唬一大跳，問起原由，說是燙的，便點頭嘆息一回，又向寶玉臉上用指頭畫了幾畫，又口內嘟嘟囔囔的又持誦了一回，就說道：「管保你好了，這不過是一時飛災。」又向賈母道：「祖宗老菩薩哪裡知道，那經典佛法上說得利害，大凡那王公卿相人家的子弟，只一生長下來，暗中就有許多促狹鬼跟著他，得空便擰他一下，掐他一下，或吃飯時打下他的飯碗來，或走著推他一跤，所以往往的那大家子孫多有長不大的。」

賈母聽如此說，便趕著問道：「這有什麼佛法解釋[7]沒有呢？」馬道婆道：「這個容易，只是替他多作些因果善事也就罷了。再那經上還說，西方有位大光明普照菩薩，專管照耀陰暗邪祟，若有那善男子善女子虔心供奉者，可以永佑兒孫康寧安靜，再無驚恐邪祟撞客[8]之災。」賈母道：「倒不知怎麼供奉這位菩薩呢？」

7.**佛法解釋**——這裡是用佛法消災去病之意。解釋，消散。

8.**撞客**——舊時迷信突然神智昏迷、胡言亂語，是鬼神附體，俗稱「撞客」。

馬道婆道：「也不值什麼，不過除香燭供養之外，一天多添幾斤香油，點在大海燈裡。這海燈就是菩薩現身法像[9]，晝夜是不敢熄的。」

賈母道：「一天一夜也得多少油？明白告訴我，我也好做這件功德[10]的。」

馬道婆聽如此說，便笑道：「這也不拘，隨施主們心願捨罷了。像我們廟裡，就有好幾處的王妃誥命供奉：南安郡王府裡的太妃，她許的多，願心大，一天是四十八斤油，一斤燈草，那海燈也只比缸略小些；錦田侯的誥命次一等，一天不過二十四斤油；再還有幾家也有五斤的，三斤的，二斤的，都不拘數。那小家子捨不起這些，就是四兩半斤，也少不得替他點。」

賈母聽了，點頭思忖。馬道婆又道：「還有一件，若是為父母尊親長上點，多捨些不妨；像老祖宗如今為寶玉，若捨多了

9. 現身法像——佛所變幻出的形象。這裡是說「海燈」就是佛的化身。

10. 功德——佛家稱去善行惡為功德。

倒不好，還怕哥兒禁不起，倒折了福。也不當家花花的[11]。要捨，大則七斤，小則五斤，也就是了。」

賈母說：「既這樣說，妳就一日五斤合準了，每月打躉[12]來關了去。」馬道婆念了一聲「阿彌陀佛慈悲大菩薩」。賈母又命人來吩咐道：「以後大凡寶玉出門的日子，拿幾串錢交給他小子們帶著，遇見僧道窮苦之人好施捨。」

……說畢，那馬道婆又閒話了一回，便又往各院各房問安，閒逛了一回。一時來至趙姨娘房內，二人見過，趙姨娘命小丫頭倒了茶來與她吃。馬道婆因見炕上堆著些零碎綢緞灣角，趙姨娘正粘鞋呢。

馬道婆道：「可是我正沒有鞋面子。趙奶奶，妳有零碎緞子，不拘什麼顏色，弄一雙給我。」

趙姨娘聽說，嘆口氣道：「妳瞧瞧那裡頭，還有哪一塊是成樣

11. 不當家花花的——「不當家」亦作「不當價」，意即不應該、當不起。「花花的」是尾詞，無義。

12. 打躉——總歸，總結。躉，音盹。

的？成了樣的東西，也不到我手裡來！有的沒的都在這裡，妳不嫌，就挑兩塊子去。」那馬道婆見說，果真便挑了兩塊袖將起來。

……趙姨娘問道：「前日我送了五百錢去藥王跟前上供，妳可收了沒有？」

馬道婆道：「早已替妳上了供了。」

趙姨娘嘆口氣道：「阿彌陀佛！我手裡但凡從容些，也時常的上個供，只是心有餘力量不足。」

馬道婆道：「妳只管放心，將來熬的環哥兒大了，得個一官半職，那時妳要做多大的功德不能？」

……趙姨娘聽了，鼻子裡笑了一聲，道：「罷，罷，再別說起。如今就是個樣兒，我們娘兒們跟得上哪一個！也不是有了寶玉，竟是得了活龍。他還是小孩子家，長的得人意兒，大人偏疼他些也還罷了；我只不服這個主兒。」一面說，一面伸出兩個指頭兒來。馬道婆會意，便問道：「可是璉二奶奶？」

……趙姨娘唬得忙搖手兒，走到門前，掀簾子向外看看無人，方進來向馬道婆悄悄的說道：「了不得，了不得！提起這個主兒，這一分家私要不教她搬送到娘家去，我就不是個人！」

……馬道婆道：「我還用妳說，難道都看不出來。也虧妳們心裡也不理論，只憑她去。倒也妙。」

趙姨娘道：「我的娘，不憑她去，難道誰還敢把她怎麼樣呢？」

馬道婆聽說，鼻子裡一笑，半晌說道：「不是我說句造孽的話，妳們沒有本事也難怪。明不敢怎麼樣，暗裡也就算計了，還等到這時候！」

……趙姨娘聞聽這話裡有道理，心裡暗暗的歡喜，便問道：「怎麼暗裡算計？我倒有這心，只是沒這樣的能幹人。妳若教給我這法子，我大大的謝妳。」

馬道婆聽說這話打攏了一處，便又故意說道：「阿彌陀佛！妳快休來問我，我哪裡知道這些事。罪過罪過！」

趙姨娘道：「又來了，妳是最肯濟困扶危的人，難道就眼睜睜的看人家來擺布死了我們娘兒兩個不成？還是怕我不謝妳？」

馬道婆聽說如此，便笑道：「若說我不忍叫妳娘兒們受人委曲還猶可，若說謝我的這兩個字，可是妳錯打算盤了。就便是我希圖妳謝，靠妳有些什麼東西能打動我？」

……趙姨娘聽這話口氣鬆了些，便說道：「妳這麼個明白人，怎麼也糊塗起來了。妳若果然法子靈驗，把他兩個絕了，明日這家私不怕不是我環兒的。那時妳要什麼不得？」

馬道婆聽說，低了頭，半晌說道：「那時候事情妥當了，又無憑據，妳還理我呢！」

趙姨娘道：「這又何難！如今我雖手裡沒什麼，也零碎攢了幾兩梯己[13]，還有幾件衣服、簪子，妳先拿了去。下剩的，我寫個欠銀子文契給妳，妳要什麼保人也有，到那時我照數給妳。」

：馬道婆道：「果然這樣？」

趙姨娘道：「這如何還撒得謊！」說著，便叫過一個心腹婆子來，耳根底下嘁嘁喳喳說了幾句話。

那婆子出去了，一時回來，果然寫了個五百兩的欠契來。趙姨娘便印了手模，走到櫥櫃裡將梯己拿了出來，與馬道婆看看，道：「這個妳先拿了去做香燭供奉使費，可好不好？」

馬道婆看看白花花的一堆銀子，又有欠契，並不顧青紅皂白，

13. 梯己—家庭成員中個人私存的財物。亦泛指私人的積蓄。

滿口裡應著，伸手先去接了銀子掖起來，然後收了欠契。又向褲腰裡掏了半晌，掏出十個紙鉸的青臉白髮的鬼來，並兩個紙人，遞與趙姨娘。又悄悄道：「把他兩個的年庚八字[14]寫在這兩個紙人身上，一併五個鬼都掖在他們各人的床上就完了。我只在家裡作法，自有效驗。千萬小心，不要害怕！」正才說著，只見王夫人的丫鬟進來找道：「奶奶可在這裡，太太等妳呢。」二人方散了，不在話下。

※……※……※

……卻說黛玉因見寶玉近日燙了臉，總不出門，倒時常在一處說說話兒。這日飯，後看了二三篇書，自覺無趣，便同紫鵑、雪雁做了一回針線，更覺煩悶。便倚著房門出了一回神，信步出來，看階下新迸出的稚筍，不覺出了院門。一望園中，四顧無人，惟見花光柳影，鳥語溪聲。

14. **年庚八字**——年庚，人誕生的年月日時。以天干地支記年月日時，稱為八字。

……林黛玉信步便往怡紅院中來，只見幾個ㄚ頭舀水，都在迴廊上圍著看畫眉洗澡呢。聽見房內有笑聲，林黛玉便入房中看時，原來是李宮裁、鳳姐、寶釵都在這裡呢，一見她進來，都笑道：「這不又來了一個！」

林黛玉笑道：「今兒齊全，倒像誰下帖子請來的。」

鳳姐道：「前兒我打發人送了兩瓶茶葉去，妳往哪去了？」

林黛玉笑道：「可是呢，我倒忘了，多謝多謝！」

鳳姐兒又道：「妳嘗了可還好不好？」沒有說完，寶玉便道：「論理可倒罷了，只是我說不大甚好，也不知別人嘗著怎麼樣，味倒輕，只是顏色不很好。」

鳳姐道：「那是暹羅[15]進貢來的。我嘗著也沒什麼趣兒，還不如我每日吃的呢。」

黛玉道：「我吃著好，不知你們的脾胃是怎樣？」

寶玉道：「妳果然愛吃，把我這個也拿了去罷。」

15. 暹羅──古國名，今泰國一帶。

鳳姐道：「妳真愛吃，我那裡還有呢。」

林黛玉道：「果真的，我就打發丫頭取去了。」

鳳姐道：「不用取去，我打發人送來就是了。我明兒還有一件事求妳，一同打發人送來。」

……林黛玉聽了笑道：「你們聽聽，這是吃了他們家一點子茶葉，就來使喚我來了。」

鳳姐笑道：「我倒求妳，妳倒說這些閒話。妳既吃了我們家的茶[16]，怎麼還不給我們家作媳婦？」眾人聽了，都一齊笑起來。黛玉便紅了臉，一聲兒也不言語，回頭過去了。

李宮裁笑向寶釵道：「真真我們二嬸子的詼諧是好的。」

林黛玉含羞笑道：「什麼詼諧，不過是貧嘴賤舌討人厭惡罷了。」說著便啐了一口。

鳳姐笑道：「妳別作夢！給我們家做了媳婦，少什麼？」

16. 吃了我們家的茶——女子受聘，俗稱「吃茶」。

便指寶玉道：「妳瞧，人物兒、門第配不上，根基配不上，家私配不上？哪一點還玷辱了誰呢？」

……林黛玉抬身就走。寶釵便叫道：「顰兒急了，還不回來坐著！走了倒沒意思。」說著便站起來，拉住。只見趙姨娘和周姨娘兩個人進來瞧寶玉。李宮裁、寶釵、寶玉等都讓她兩個坐。獨鳳姐只和黛玉說笑，正眼也不看她們。

寶釵方欲說話時，只見王夫人房內的丫頭來說：「舅太太來了，請奶奶姑娘們出去呢。」李宮裁聽了，忙叫著鳳姐等要走。趙、周兩個也忙辭了寶玉出去。

寶玉道：「我也不能出去，妳們好歹別叫舅母進來。」又道：「林妹妹，妳先站一站，我和妳說一句話。」

鳳姐聽了，回頭向黛玉笑道：「有人叫妳說話呢。」說著便把林黛玉往裡一推，和李紈一同去了。

…這裡寶玉拉著黛玉的袖子，只是嘻嘻的笑，心裡有話，只是口裡說不出來。此時，林黛玉只是禁不住把臉紅漲起來了，掙著要走。

寶玉忽然「嗳喲」了一聲，說：「好頭疼！」

林黛玉道：「該，阿彌陀佛！」

只見寶玉大叫一聲：「我要死！」將身一縱，離地跳有三四尺高，嘴裡亂嚷亂叫，說起胡話來了。林黛玉並丫頭們都唬慌了，忙去報知賈母、王夫人等。此時，王子騰的夫人也在這裡，都一齊來時，寶玉越發拿刀弄杖，尋死覓活的。

賈母、王夫人見了，唬得抖衣亂顫，且「兒」一聲「肉」一聲放聲慟哭起來。於是驚動眾人，連賈赦、邢夫人、賈珍、賈政、賈璉、賈蓉、賈芸、賈萍、薛姨媽、薛蟠並中一干家人、上上下下裡裡外外眾媳婦丫頭等，都來園內看視，登時亂麻一般。

……正沒個主見，只見鳳姐手持一把明晃晃鋼刀砍進園來，見雞殺雞，見狗殺狗，見人就要殺人。眾人越發慌了。周瑞媳婦忙帶著幾個有力量的膽壯的婆娘上去抱住，奪下刀來，抬回房去。平兒、豐兒等哭得淚天淚地。賈政等心中也有些煩難，顧了這裡，丟不下那裡。

……別人慌張自不必講，獨有薛蟠更比諸人忙到十分去：又恐薛姨媽被人擠倒，又恐薛寶釵被人瞧見，又恐香菱被人臊皮，——知道賈珍等是在女人身上做功夫的，因此忙得不堪。忽一眼瞥見了林黛玉風流婉轉，已酥倒在那裡。

……當下眾人七言八語，有的說請端公送祟[17]的，有的說請巫婆跳神[18]的，有的又薦玉皇閣的張真人，種種喧騰不一。也曾百般醫治祈禱，問卜求神，總無效驗。堪堪日落。王子騰夫

17. 端公送祟——請巫師焚燒紙錢等物送走鬼祟。端公，即巫師。

18. 巫婆跳神——舊時以裝神弄鬼為人治病或祈禱的女人。巫婆請「神仙附體」，手舞足蹈，代神降旨，叫跳神。

人告辭去後，次日王子騰也來瞧問。接著小史侯家、邢夫人兄弟輩並各親戚眷屬都來瞧看，也有送符水的，也有薦僧道的，總不見效。

……他叔嫂二人愈發糊塗，不省人事，睡在床上，渾身火炭一般，口內無般不說。到夜間，那些婆娘媳婦丫頭們都不敢上前。因此把他二人都抬到王夫人的上房內，夜間派了賈芸等帶著小廝們挨次輪班看守。賈母、王夫人、邢夫人、薛姨媽等寸地不離，只圍著乾哭。

……此時賈赦、賈政又恐哭壞了賈母，日夜熬油費火，鬧得人口不安，也都沒有主意。賈赦還各處去尋僧覓道。賈政見不靈效，著實懊惱，因阻賈赦道：「兒女之數，皆由天命，非人力可強者。他二人之病出於不意，百般醫治不效，想天意該當如此，也只好由他們去罷。」賈赦也不理此話，仍是百般忙亂，那裡見些效驗。

……看看三日光陰，那鳳姐和寶玉躺在床上，亦發連氣都將沒了。合家人口無不驚慌，都說沒了指望，忙著將他二人的後事衣履都治備下了。賈母、王夫人、賈璉、平兒、襲人這幾個人更比諸人哭得忘餐廢寢，覓死尋活。趙姨娘、賈環等自是歡喜稱願。

……到了第四日早晨，賈母等正圍著他兩個哭時，只見寶玉睜開眼說道：「從今以後，我可不在妳家了！快些收拾打發我走罷。」賈母聽了這話，如同摘去心肝一般。

……趙姨娘在旁勸道：「老太太也不必過於悲痛了，哥兒已是不中用了，不如把哥兒的衣服穿好，讓他早些回去罷，也免些苦；只管捨不得他，這口氣不斷，他在那世裡也受罪不安生。」

這些話沒說完，被賈母照臉啐了一口唾沫，罵道：「爛了舌頭的混帳老婆，誰叫妳來多嘴多舌的！妳怎麼知道他在那世裡受罪不安生？怎麼見得不中用了？妳願他死了，有什麼好處？妳別做夢！他死了，我只和妳們要命。

「素日都是妳們調唆著逼他寫字念書，把膽子唬破了，見了他老子不像個避貓鼠兒？都不是妳們這起淫婦調唆的！這會子逼死了，妳們遂了心了，我饒哪一個！」一面罵，一面哭。賈政在旁聽見這些話，心裡越發難過，便喝退趙姨娘，自己上來委婉解勸。

……一時又有人來回說：「兩口棺槨都做齊了，請老爺出去看。」

賈母聽了，如火上澆油一般，便罵道：「是誰做了棺槨？」一疊連聲只叫把做棺材的拉來打死。

正鬧得天翻地覆，沒個開交，只聞得隱隱的木魚聲響，念了一句：「南無[19]解冤孽菩薩。」又聽說道：「有那人口不安，家宅顛傾，或逢凶險，或中邪祟者，我們善能醫治。」賈母、王夫人等聽見這些話，哪裡還耐得住，便命人去快請進來。賈政雖不自在，奈賈母之言如何違拗；又想如此深宅，何得聽的如此真切，心中亦是希罕，便命人請了進來。

眾人舉目看時，原來是一個癩頭和尚與一個跛足道人。只見那和尚是怎生模樣：

鼻如懸膽兩眉長，目似明星蓄寶光，

破衲芒鞋無住跡，腌臢更有滿頭瘡。

19. 南無——佛教用語，這裡是普度眾生的意思。

看那道人又是怎生模樣：

一足高來一足低，渾身帶水又拖泥。

相逢若問家何處，卻在蓬萊弱水西[20]。

賈政問道：「你道友二人在哪廟焚修？」

那僧笑道：「長官不須多言。因聞得府上人口不利，故特來醫治。」

賈政道：「倒有兩個人中邪，不知你們有何符水？」

那道人笑道：「你家現有希世奇珍，如何倒還問我們有符水？」

賈政聽這話有意思，心中便動了，因說道：「小兒落草時雖帶了一塊寶玉下來，上面說能除邪祟，誰知竟不靈驗。」

那僧笑道：「長官你哪裡知道那物的妙用。只因它如今被聲色

20. 蓬萊弱水西——蓬萊，傳說中渤海的仙山。弱水，見《海內十洲記・鳳麟洲》：「鳳麟洲在西海之中央，地方一千五百里，洲四面有弱水繞之，鴻毛不浮，不可越也。」

貨利所迷，故此不靈驗了。你今且取它出來，待我們持頌持頌，只怕就好了。」

……賈政聽說，便向寶玉項上取下那玉來遞與他二人。那和尚接了過來，擎在掌上，長嘆一聲道：「青埂峰一別，展眼已過十三載矣！人世光陰，如此迅速，塵緣滿日，若似彈指！可羨你當時的那段好處：

天不拘兮地不羈，心頭無喜亦無悲；

卻因鍛煉通靈後，便向人間覓是非。

可嘆你今日這番經歷：

粉漬脂痕汙寶光，綺櫳晝夜困鴛鴦[21]。

沉酣一夢終須醒，冤孽償清好散場！

21.「綺櫳」句——綺櫳，華麗的房屋。櫳，窗戶，在此代借房屋。鴛鴦，指男女。是說寶玉整天和姊妹丫鬟一起廝混。

念畢，又摩弄一回，說了些瘋話，遞與賈政道：「此物已靈，不可褻瀆，懸於臥室上檻。將他二人安在一屋之內，除親身妻母外，不可使陰人[22]沖犯。三十三日之後，包管身安病退，復舊如初。」說著回頭便走了。

……賈政趕著還說，讓他二人坐了吃茶，要送謝禮，他二人早已出去了。賈母等還只管著人去趕，哪裡有個蹤影。少不得依言將他二人就安在王夫人臥室之內，將玉懸在門上。王夫人親身守著，不許別個人進來。

……至晚間，他二人竟漸漸的醒來，說腹中飢餓。賈母、王夫人如得了珍寶一般，旋熬了米湯來與他二人吃了，精神漸長，邪祟稍退，一家子才把心放下來。

22. 陰人——這裡指女人。

……李宮裁並賈府三艷，薛寶釵、林黛玉、平兒、襲人等在外間聽信息。聞得吃了米湯，省了人事，別人未開口，林黛玉先就念了一聲「阿彌陀佛」。薛寶釵便回頭看了她半日「嗤」的一聲笑。眾人都不會意，惜春問道：「寶姐姐，好好的笑什麼？」

……寶釵笑道：「我笑如來佛比人還忙：又要講經說法，又要普渡眾生，這如今寶玉、鳳姐姐病了，又燒香還願，賜福消災；今兒才好些，又要管林姑娘的姻緣了。妳說忙得可笑不可笑？」

黛玉不覺紅了臉，啐了一口道：「妳們這起人不是好人，不知怎麼死！再不跟著好人學，只跟著那些貧嘴爛舌的學。」一面說，一面摔簾子出去了。不知端詳，且聽下回分解。

◎第二六回◎

蜂腰橋設言傳密意
瀟湘館春困發幽情

∴話說寶玉養過了三十三天之後，不但身體強壯，亦且連臉上瘡痕平服，仍回大觀園內去。這也不在話下。

※……※……※……

∴且說近日寶玉病的時節，賈芸帶著家下小廝坐更看守，晝夜在這裡，那紅玉同眾丫鬟也在這裡守著寶玉，彼此相見多日，都漸漸混熟了。那紅玉見賈芸手裡拿的手帕子，倒像是自己從前掉的，待要問他，又不好問的。

不料那和尚、道士來過，用不著一切男人，賈芸仍種樹去了。這件事待要放下，心內又放不下；待要問去，又怕人猜疑，正是猶豫不決、神魂不定之際，忽聽窗外問道：「姐姐在屋裡沒有？」

紅玉聞聽，在窗眼內望外一看，原來是本院的小丫頭名叫佳蕙的，因答說：「在家裡，妳進來罷。」

佳蕙聽了跑進來，就坐在床上，笑道：「我好造化！才剛在院子裡洗東西，寶玉叫往林姑娘那裡送茶葉，花大姐姐交給我送去。可巧老太太那裡給林姑娘送錢來，正分給她們的丫頭們呢。見我去了，林姑娘就抓了兩把給我，也不知多少。妳替我收著。」便把手帕子打開，把錢倒了出來，紅玉替她一五一十的數了收起。

……佳蕙道：「妳這一程子[1]心裡到底覺怎麼樣？依我說，妳竟家去住兩日，請一個大夫來瞧瞧，吃兩劑藥就好了。」

紅玉道：「哪裡的話，好好的家去作什麼！」

1. 一程子——一段時期。

佳蕙道：「我想起來了，林姑娘生得弱，時常她吃藥，妳就和她要些來吃，也是一樣。」

紅玉道：「胡說！藥也是混吃的？」

佳蕙道：「妳這也不是個長法兒，又懶吃懶喝的，終久怎麼樣？」

紅玉道：「怕什麼，還不如早些兒死了倒乾淨！」

佳蕙道：「好好的，怎麼說這些話？」

紅玉道：「妳哪裡知道我心裡的事！」

……佳蕙點頭，想了一會子道：「可也怨不得，這個地方難站。就像昨兒老太太因寶玉病了這些日子，說跟著服侍的這些人都辛苦了，如今身上好了，各處還完了願，叫把跟著的人都按著等兒賞她們。

「我算年紀小，上不去，不得我也不怨，像妳怎麼也不算在裡頭，我心裡就不服。襲人哪怕她得十個分兒，也不惱她，原該的。說良心話，誰還敢比她呢？別說她素日殷勤小心，便是不殷勤小心，也拚不得。

「可氣晴雯、綺霞她們這幾個，都算在上等裡去，仗著老子娘的臉面，眾人倒捧著她去。妳說可氣不可氣？」

……紅玉道：「也不犯著氣她們。俗語說的『千里搭長棚，沒有個不散的筵席』，誰守誰一輩子呢？不過三年五載，各人幹各人的去了。那時誰還管誰呢？」這兩句話不覺感動了佳蕙的心腸，由不得眼睛紅了，又不好意思好端端的哭，只得勉強笑道：「妳這話說的卻是。昨兒寶玉還說，明兒怎麼樣收拾房子，怎麼樣做衣裳，倒像有幾百年的熬煎。」

……紅玉聽了，冷笑了兩聲，方要說話，只見一個未留頭的小丫頭子走進來，手裡拿著些花樣子並兩張紙，說道：「這是兩個樣子，叫妳描出來呢。」說著向紅玉擲下，回身就跑了。

紅玉向外問道：「倒是誰的？也等不得說完就跑，誰蒸下饅頭等著妳，怕冷了不成！」

那小丫頭在窗外只說得一聲：「是綺大姐姐的。」抬起腳來咕咚咕咚又跑了。

……紅玉便賭氣把那樣子擲在一邊，向抽屜內找筆，找了半天，都是禿了的，因說道：「前兒一枝新筆，放在哪裡了？怎麼一時想不起來。」一面說著，一面出神，想了一會，方笑道：「是了，前兒晚上鶯兒拿了去了。」

便向佳蕙道：「妳替我取了來。」佳蕙道：「花大姐姐還等著我替她抬箱子呢，妳自己取去罷。」紅玉道：「她等著妳，妳還坐著閒打牙兒？我不叫妳取去，她也不等著妳了。壞透了的小蹄子！」說著，自己便出房來，出了怡紅院，一逕往寶釵院內來。

……剛至沁芳亭畔，只見寶玉的奶娘李嬤嬤從那邊走來。紅玉立住笑問道：「李奶奶，妳老人家哪去了？怎打這裡來？」

李嬤嬤站住，將手一拍道：「妳說說，好好的又看上了那個種樹的什麼雲哥兒雨哥兒的，這會子逼著我叫了他來。明兒叫上房裡聽見，可又是不好。」

紅玉笑道：「妳老人家當真的就依了他去叫了？」

李嬤嬤道：「可怎麼樣呢？」

紅玉笑道：「那一個要是知道好歹，就回不進來才是。」

李嬤嬤道：「他又不痴，為什麼不進來？」

紅玉道：「既是來了，妳老人家該同他一齊來，回來叫他一個人亂碰，可是不好呢。」

李嬤嬤道：「我有那樣工夫和他走？不過告訴了他，回來打發個小丫頭子或是老婆子，帶進他來就完了。」說著，拄著拐杖一逕去了。紅玉聽說，便站著出神，且不去取筆。

……一時，只見一個小丫頭子跑來，見紅玉站在那裡，便問道：「林姐姐，妳在這裡作什麼呢？」紅玉抬頭見是小丫頭子墜兒。

紅玉道：「哪去？」

墜兒道：「叫我帶進芸二爺來。」說著一逕跑了。

這裡紅玉剛走至蜂腰橋門前，只見那邊墜兒引著賈芸來了。那賈芸一面走，一面拿眼把紅玉一溜；那紅玉只裝作和墜兒說話，也把眼去一溜賈芸。四目恰相對時，紅玉不覺臉紅了，一扭身往蘅蕪苑去了。不在話下。

……※……※……※……

……這裡賈芸隨著墜兒，逶迤來至怡紅院中。墜兒先進去回明了，然後方領賈芸進來。賈芸看時，只見院內略略有幾點山石，種著芭蕉，那邊有兩隻仙鶴在松樹下剔翎[2]。一溜迴廊上吊著各色籠子、各色仙禽異鳥。上面小小五間抱廈，一色雕鏤新鮮花樣隔扇，上面懸著一個匾額，四個大字題道是「怡紅快綠」。

賈芸想道：「怪道叫『怡紅院』，原來匾上是恁樣四個字。」正想著，只聽裡面隔著紗窗子笑說道：「快進來罷。我怎麼就忘了你兩三個月！」賈芸聽得是寶玉的聲音，連忙進入房內，抬頭一看，只見金碧輝煌，文章閃灼，卻看不見寶玉在哪裡。

一回頭，只見左邊立著一架大穿衣鏡，從鏡後轉出兩個一般大的十五六歲的丫頭來說：「請二爺裡頭屋裡坐。」賈芸連正眼也不敢看，連忙答應了。又進一道碧紗櫥，只見小小一張填漆[3]床上，懸著大紅銷金撒花帳子。

2. 剔翎——鳥類用嘴啄刮自己的羽毛。

3. 填漆——漆器製作工藝之一。

寶玉穿著家常衣服，靸著鞋，倚在床上，拿著本書看。見他進來，將書擲下，早堆著笑立起身來。賈芸忙上前請了安，寶玉讓坐，便在下面一張椅子上坐了。寶玉笑道：「只從那日見了你，我叫你往書房裡來，誰知接接連連許多事情，就把你忘了。」

賈芸笑道：「總是我沒福，偏偏又遇著叔叔身上欠安。叔叔如今可大安了？」

寶玉道：「大好了。我倒聽見說你辛苦了好幾天。」

賈芸道：「辛苦也是該當的。叔叔大安了，也是我們一家子的造化。」

說著，只見有個丫鬟端了茶來與他。那賈芸口裡和寶玉說著話，眼睛卻溜瞅那丫鬟：細挑身材，容長臉面，穿著銀紅襖兒，青緞背心，白綾細褶裙。——不是別個，卻是襲人。

……那賈芸自從寶玉病了幾天，他在裡頭混了兩天，卻把那有名人口認記了一半。他也知道襲人在寶玉房中比別個不同，今見她端了茶來，寶玉又在旁邊坐著，便忙站起來笑道：「姐姐怎麼替我倒起茶來？我來到叔叔這裡，又不是客，讓我自己倒罷了。」

寶玉道：「你只管坐著罷。丫頭們跟前也是這樣。」

賈芸笑道：「雖如此說，叔叔房裡姐姐們，我怎麼敢放肆呢。」

一面說，一面坐下吃茶。

……那寶玉便和他說些沒要緊的散話。又說道誰家的戲子好，誰家的花園好；又告訴他誰家的丫頭標緻，誰家的酒席豐盛，又是誰家有奇貨，又是誰家有異物。那賈芸口裡只得順著他說，說了一會，見寶玉有些懶懶的了，便起身告辭。寶玉也不甚留，只說：「你明兒閒了，只管來。」仍命小丫頭子墜兒送他出去。

……出了怡紅院，賈芸見四顧無人，便把腳慢慢停著些走，口裡一長一短和墜兒說話，先問她「幾歲了？名字叫什麼？妳父母在哪一行上？在寶叔房內幾年了？一個月多少錢？共總寶叔房內有幾個女孩子？」那墜兒見問，便一樁樁的都告訴他了。

賈芸又道：「剛才那個與妳說話的，她可是叫小紅？」

墜兒笑道：「她倒叫小紅。你問她作什麼？」

賈芸道：「方才她問你什麼手帕子，我倒揀了一塊。」

墜兒聽了笑道：「她問了我好幾遍，可有看見她的帕子。我有那麼大工夫管這些事！今兒她又問我，她說我替她找著了，她還謝我呢。才在蘅蕪苑門口說的，二爺也聽見了，不是我撒謊。好二爺，你既揀著了，給我罷。我看她拿什麼謝我。」

……原來上月賈芸進來種樹之時，便揀了一塊羅帕[4]，便知是所在園內的人失落的，但不知是哪一個人的，故不敢造次。今兒聽見紅玉問墜兒，便知是紅玉的，心內不勝喜幸。又見墜兒追索，心中早日得了主意，便向袖內將自己的一塊取了出來，向墜兒笑道：「我給是給妳，妳若得了她的謝禮，可不許瞞著我。」墜兒滿口裡答應了，接了手帕子，送出賈芸，回來找紅玉，不在話下。

4. 羅帕——一種絲織方巾。舊時女子既作隨身用品，又作佩帶飾物。古代的羅帕多用於傳情，帶著說不清道不盡的纏綿之意。也代表離別、絕情之物。

……※……※……※……

……如今且說寶玉打發了賈芸去後，意思懶懶的歪在床上，似有朦朧之態。襲人便走上來，坐在床沿上推他說道：「怎麼又要睡覺？悶得很，你出去逛逛不是？」

寶玉見說，便拉她的手笑道：「我要去，只是捨不得妳。」

襲人笑道：「快起來罷！」一面說，一面拉了寶玉起來。

寶玉道：「可往哪裡去呢？怪膩膩煩煩的。」

襲人道：「你出去了就好了。只管這麼葳蕤[5]，越發心裡煩膩。」

……寶玉無精打彩的，只得依她晃出了房門，在迴廊上調弄了一回雀兒，出至院外，順著沁芳溪看了一回金魚。只見那邊山坡上兩隻小鹿箭也似的跑來，寶玉不解何意。正自納悶，只見賈蘭在後面拿著一張小弓兒追了下來，一見寶玉在前面，便站住了，笑道：「二叔叔在家裡呢，我只當出門去了。」

寶玉道：「你又淘氣了。好好的射牠作什麼？」

賈蘭笑道：「這會子不念書，閒著作什麼。所以演習演習騎射。」

寶玉道：「把牙栽了，那時才不演呢。」

……說著，順著腳一逕來至一個院門前，只見鳳尾森森，龍吟細

5. 葳蕤——委頓的樣子。

細，舉目望門上一看，只見匾上寫著「瀟湘館」三字。寶玉信步走入，只見湘簾垂地，悄無人聲。走至窗前，覺得一縷幽香從碧紗窗中暗暗透出，寶玉便將臉貼在紗窗上，往裡看時，耳內忽聽得細細的長嘆了一聲道：「『每日家情思睡昏昏。』」寶玉聽了不覺心內癢將起來，再看時，只見黛玉在床上伸懶腰。寶玉在窗外笑道：「為什麼『每日家情思睡昏昏』？」一面說，一面掀簾子進來了。

……林黛玉自覺忘情[6]，不覺紅了臉，拿袖子遮了臉，翻身向裡裝睡著了。寶玉才走上來要搬她的身子，只見黛玉的奶娘並兩個婆子卻跟了進來說：「妹妹睡覺呢，等醒了再請來。」剛說著，黛玉便翻身向外，坐起來，笑道：「誰睡覺呢？」那兩三個婆子見黛玉起來，便笑道：「我們只當姑娘睡著了。」說著，便叫紫鵑說：「姑娘醒了，進來伺候。」一面說，一面

6. 忘情──不能控制自己的感情。

都去了。

…黛玉坐在床上，一面抬手整理鬢髮，一面笑向寶玉道：「人家睡覺，你進來作什麼？」寶玉見她星眼微餳[7]，香腮帶赤，不覺神魂早蕩，一歪身坐在椅子上，笑道：「妳才說什麼？」黛玉道：「我沒說什麼。」寶玉笑道：「給妳個榧子[8]吃！我都聽見了。」

…二人正說話，只見紫鵑進來。

寶玉笑道：「紫鵑，把妳們的好茶倒碗我吃。」

紫鵑道：「哪裡是好的呢？要好的，只是等襲人來。」

黛玉道：「別理他，妳先給我舀水去罷。」

紫鵑笑道：「他是客，自然先倒了茶來再舀水去。」說著倒茶去了。

7.餳—精神不振，眼睛半睜半閉。

8.榧（音匪）子—拇指和中指緊捏，猛然相捻發出聲響，俗稱「榧子」。向對方打榧子，有輕佻玩笑的意思。

寶玉笑道：「好丫頭，『若共妳多情小姐同鴛帳，怎捨得疊被鋪床？』」

林黛玉登時撂下臉來，說道：「二哥哥，你說什麼？」

寶玉笑道：「我何嘗說什麼。」

黛玉便哭道：「如今新興的，外頭聽了村話來，也說給我聽；看了混帳書，也來拿我取笑兒。我成了爺們解悶的。」一面哭著，一面下床來，往外就走。

寶玉不知要怎樣，心下慌了，忙趕上來，笑道：「好妹妹，我一時該死，你別告訴去！我再要敢，嘴上就長個疔，爛了舌頭。」

正說著，只見襲人走來說道：「快回去穿衣服，老爺叫你呢。」寶玉聽了，不覺打了個焦雷一般，也顧不得別的，急忙回來穿衣服。出園來，只見茗煙在二門前等著，寶玉便問道：「是作什麼？」

茗煙道：「爺快出來罷，橫豎是見去的，到那裡就知道了。」一面說，一面催著寶玉。

……轉過大廳，寶玉心裡還自狐疑，只聽牆角邊一陣呵呵大笑，回頭只時，見是薛蟠拍著手笑了出來，笑道：「要不說姨夫叫你，你哪裡出來得這麼快。」茗煙也笑著跪下了。寶玉怔了半天，方解過來，是薛蟠哄他出來。薛蟠連忙打恭作揖陪不是，又求「不要難為了小子，都是我逼他去的」。

寶玉也無法了，只好笑，因問說道：「你哄我也罷了，怎麼說我父親呢？我告訴姨娘去，評評這個理，可使得麼？」

薛蟠忙道：「好兄弟，我原為求你快些出來，就忘了忌諱這句話。改日你也哄我，說我的父親就完了。」

寶玉道：「噯，噯，越發該死了！」又向茗煙道：「反叛肏的，還跪著作什麼！」茗煙連忙叩頭起來。

……薛蟠道：「要不是我也不敢驚動，只因明兒五月初三日是我的生日，誰知古董行的程日興，他不知哪裡尋了來的這麼粗這麼長粉脆的鮮藕，這麼大的大西瓜，這麼長一尾新鮮的鱘魚，這麼大的一個暹羅國進貢的靈柏香熏的暹豬。你說，他這四樣禮可難得不難得？

「那魚、豬不過貴而難得，這藕和瓜虧他怎麼種出來的。我連忙孝敬了母親，趕著給你們老太太、姨父、姨母送了些去。如今留了些，我要自己吃，恐怕折福，左思右想，除我之外，惟有你還配吃，所以特請你來。可巧唱曲兒的一個小子又才來了，我同你樂一天何如？」

……一面說，一面來至他書房裡。只見詹光、程日興、胡斯來、單聘仁等並唱曲兒的都在這裡，見他進來，請安的，問好的，都彼此見過了。吃了茶，薛蟠即命人擺酒來。說猶未了，眾小廝七手八腳擺了半天，才停當歸坐。

寶玉果見瓜藕新異，因笑道：「我的壽禮還未送來，倒先擾了。」

薛蟠道：「可是呢，明兒你送我什麼？」

寶玉道：「我可有什麼可送的？若論銀錢吃穿等類的東西，究竟還不是我的，惟有或寫一張字，畫一張畫，才算是我的。」

薛蟠笑道：「你提畫兒，我才想起來了。昨兒我看人家一張春宮，畫得著實好。上面還有許多的字，我也沒細看，只看落的款，是『庚黃』畫的。真真好得了不得！」

寶玉聽說，心下猜疑道：「古今字畫也都見過些，哪裡有個『庚黃』？」

想了半天，不覺笑將起來，命人取過筆來，在手心裡寫了兩個字，又問薛蟠道：「你看真了是『庚黃』？」

薛蟠道：「怎麼看不真！」寶玉將手一撒，與他看道：「別是這兩字罷？其實與『庚黃』相去不遠。」

眾人都看時，原來是「唐寅」兩個字，都笑道：「想必是這兩字，大爺一時眼花了也未可知。」薛蟠只覺沒意思，笑道：「誰知他『糖銀』『果銀』的！」

正說著，小廝來回「馮大爺來了」。寶玉便知是神武將軍馮唐之子馮紫英來了。薛蟠等一齊都叫「快請」。說猶未了，只見馮紫英一路說笑，已進來了。眾人忙起席讓坐。

馮紫英笑道：「好呀！也不出門了，在家裡高樂罷。」

寶玉、薛蟠都笑道：「一向少會，老世伯身上康健？」

紫英答道：「家父倒也托庇康健。近來家母偶著了些風寒，不好了兩天。」

……薛蟠見他面上有些青傷，便笑道：「這臉上又和誰揮拳的？掛了幌子了。」

馮紫英笑道：「從那一遭把仇都尉的兒子打傷了，我就記了再不慪氣，如何又揮拳？這個臉上，是前日打圍，在鐵網山教兔鶻[9]捎一翅膀。」

寶玉道：「幾時的話？」

紫英道：「三月二十八日去的，前兒也就回來了。」

寶玉道：「怪道前兒初三四兒，我在沈世兄家赴席不見你呢。我要問，不知怎麼就忘了。單你去了，還是老世伯也去了？」

紫英道：「可不是家父去，我沒法兒，去罷了。難道我閒瘋了，咱們幾個人吃酒聽唱的不樂，尋那個苦惱去？這一次，大不幸之中又大幸。」

……薛蟠眾人見他吃完了茶，都說道：「且入席，有話慢慢的說。」馮紫英聽說，便立起身來說道：「論理，我該陪飲幾杯才是，只是今兒有一件大大要緊的事，回去還要見家父面

9. 兔鶻——一種善襲鳥、兔的獵鷹。

回，實不敢領。」薛蟠、寶玉眾人哪裡肯依，死拉著不放。馮紫英笑道：「這又奇了。你我這些年，哪一回有這個道理的？果然不能遵命。若必定叫我領，拿大杯來，我領兩杯就是了。」眾人聽說，只得罷了。薛蟠執壺，寶玉把盞，斟了兩大海。那馮紫英站著，一氣而盡。

……寶玉道：「你到底把這個『不幸之幸』說完了再走。」馮紫英笑道：「今兒說得也不盡興。我為這個，還要特治一東，請你們去細談一談；二則還有所懇之處。」說著執手就走。薛蟠道：「越發說得人熱刺刺的丟不下。多早晚才請我們，告訴了，也免的人猶疑。」馮紫英道：「多則十日，少則八天。」一面說，一面出門上馬去了。眾人回來，依席又飲了一回方散。

……寶玉回至園中，襲人正記掛著他去見賈政，不知是禍是福，只見寶玉醉醺醺的回來，問其原故，寶玉一一向她說了。襲人道：「人家牽腸掛肚的等著，你且高樂去，也到底打發人來給個信兒。」寶玉道：「我何嘗不要送信兒，只因馮世兄來了，就混忘了。」

正說著，只見寶釵走進來笑道：「偏了我們新鮮東西了。」寶玉笑道：「姐姐家的東西，自然先偏了我們了。」寶釵搖頭笑道：「昨兒哥哥倒特特的請我吃，我不吃空，叫他留著請人送人罷。我知道我的命小福薄，不配吃那個。」說著，丫鬟倒了茶來，吃茶說閒話兒，不在話下。

……※……※……※……

……卻說那林黛玉聽見賈政叫了寶玉去了，一日不回來，心中也替他憂慮。至晚飯後，聞聽寶玉來了，心裡要找他問問是怎麼樣了。一步步行來，見寶釵進寶玉的院內去了，自己也便隨後走了來。剛到了沁芳橋，只見各色水禽都在池中浴水，也認不出名色來。但見一個個文彩炫耀，好看異常，因而站住看了一會。再往怡紅院來，只見院門關著，黛玉便以手扣門。

……誰知晴雯和碧痕正拌了嘴，沒好氣，忽見寶釵來了，那晴雯正把氣移在寶釵身上，正在院內抱怨說：「有事沒事跑了來坐著，叫我們三更半夜的不得睡覺！」忽聽又有人叫門，晴雯越發動了氣，也並不問是誰，便說道：「都睡下了，明兒再來罷！」

林黛玉素知丫頭們的情性，她們彼此玩耍慣了，恐怕院內的丫頭沒聽真是她的聲音，只當是別的丫頭們了，所以不開門。因而又高聲說道：「是我，還不開麼？」

晴雯偏生還沒聽出來，便使性子說道：「憑妳是誰，二爺吩咐的，一概不許放人進來呢！」

……林黛玉聽了，不覺氣怔在門外，待要高聲問她，鬥起氣來，自己又回思一番：「雖說是舅母家如同自己家一樣，到底是客邊[10]。如今父母雙亡，無依無靠，現在他家依栖。如今認真淘氣[11]，也覺沒趣。」一面想，一面又滾下淚珠來。正是回去不是，站著不是。

……正沒主意。只聽裡面一陣笑語之聲，細聽一聽，竟是寶玉、寶釵二人。林黛玉心中越發動了氣，左思右想，忽然想起早起的事來：「必定是寶玉惱我要告他的原故。但只我何嘗告你了！你也不打聽打聽，就惱我到這步田地。你今兒不叫我進來，難道明兒就不見面了！」

10. 客邊——以客人的身分寄居在別人家裡。

11. 淘氣——此是慪氣的意思。

越想越傷感，也不顧蒼苔露冷，花徑風寒，獨立牆角邊花陰之下，悲悲戚戚嗚咽起來。

……原來這林黛玉秉絕代姿容，具希世俊美，不期這一哭，那附近柳枝花朵上的宿鳥棲鴉一聞此聲，俱忒楞楞[12]飛起遠避，不忍再聽。真是：

花魂默默無情緒，鳥夢痴痴何處驚！

因有一首詩道：

顰兒才貌世應希，獨抱幽芳出繡閨；
嗚咽一聲猶未了，落花滿地鳥驚飛。

那林黛玉正自啼哭，忽聽「吱嘍」一聲，院門開處，不知是哪一個出來。且看下回。

12.忒楞楞——象聲詞，形容鳥飛的聲音。

◎第二七回◎

滴翠亭楊妃戲彩蝶
埋香塚飛燕泣殘紅

⋯話說林黛玉正自悲泣，忽聽院門響處，只見寶釵出來了，寶玉、襲人一群人送了出來。

待要上去問著寶玉，又恐當著眾人問，羞了他倒不便，因而閃過一旁，讓寶釵去了，寶玉等進去關了門，方轉過來，猶望著門洒了幾點淚。自覺無味，便轉身回來，無精打彩的卸了殘妝。

⋯紫鵑、雪雁素日知道她的情性：無事悶坐，不是愁眉，便是長嘆，且好端端的不知為了什麼，便常常的自淚自乾的。先時還解勸，怕她思父母，想家鄉，受了委曲，用話來寬慰解勸。誰知後來一年一月的竟常常的如此，把這個樣兒看慣，也都不理論了。所以也沒人理，由她去悶坐，只管睡覺去了。

那林黛玉倚著床欄杆，兩手抱著膝，眼睛含著淚，好似木雕泥塑的一般，直坐到三更多天，方才睡了。一宿無話。

※……※……※

……至次日，乃是四月二十六日，原來這日未時交芒種節。尚古風俗：凡交芒種節的這日，都要設擺各色禮物，祭餞花神，言芒種一過，便是夏日了，眾花皆卸，花神退位，須要餞行。然閨中更興這件風俗，所以大觀園中之人都早起來了。那些女孩子們或用花瓣、柳枝編成轎馬的，或用綾錦紗羅疊成干旄旌幢[1]的，都用彩線繫了。每一棵樹上，每一枝花上，都繫了這些物事。滿園裡繡帶飄颻，花枝招展，更兼這些人打扮得桃羞杏讓，燕妒鶯慚，一時也道不盡。

1. 干旄旌幢——
干，盾牌。
旄、**旌**、**幢**都是古代的旗子。
旄，旗杆頂端綴有牦牛尾的旗。
旌，與旄相似，另有五彩折羽裝飾。
幢，形狀像傘。

……且說寶釵、迎春、探春、惜春、李紈、鳳姐等並大姐、香菱與眾丫鬟們在園內玩耍，獨不見林黛玉。

迎春因說道：「林妹妹怎麼不見？好個懶丫頭！這會子還睡覺不成？」

寶釵道：「妳們等著，我去鬧了她來。」說著便丟下眾人，一直往瀟湘館來。

正走著，只見文官等十二個女孩子也來了，見寶釵問了好，說了一回閒話。

寶釵回身指道：「她們都在那裡呢，妳們找去罷。我叫林姑娘去就來。」說著便往瀟湘館來。

忽然抬頭見寶玉進去了，寶釵便站住，低頭想了一想：寶玉和林黛玉是從小一處長大，他二人間多有不避嫌疑之處，嘲笑喜怒無常；況且黛玉素習猜忌，好弄小性兒。此刻自己也跟了進去，一則寶玉不便，二則黛玉嫌疑。倒是回來的妙。想畢，抽身回來。

……剛要尋別的姊妹去，忽見面前一雙玉色蝴蝶，大如團扇，一上一下的迎風翩躚，十分有趣。寶釵意欲撲了來玩耍，遂向袖中取出扇子來，向草地下來撲。只見那一雙蝴蝶忽起忽落，來來往往，穿花度柳，將欲過河。倒引得寶釵躡手躡腳的，一直跟到池中的滴翠亭，香汗淋漓，嬌喘細細，也無心撲了。剛欲回來，只聽亭子裡邊嘁嘁喳喳有人說話。原來這亭子四面俱是遊廊曲橋，蓋造在池中，周圍都是雕鏤槅子糊著紙。

……寶釵在亭外聽見說話，便煞住腳，往裡細聽，只聽說道：「妳瞧瞧這手帕子，果然是妳丟的那塊，妳就拿著；要不是，就還芸二爺去。」

又有一人道：「可不是我那塊！拿來給我罷。」
又聽說道：「妳拿了什麼謝我呢？難道白尋了來不成？」
又答道：「我既許了謝妳，自然不哄妳。」
又聽說道：「我尋了來給妳，自然謝我；但只是揀的人，妳就不拿什麼謝他？」
又回道：「妳別胡說！他是個爺們家，揀了我們的東西，自然該還的。叫我拿什麼謝他呢？」
又聽說道：「妳不謝他，我怎麼回他呢？況且他再三再四的和我說了，若沒謝的，不許我給妳呢。」
半晌，又聽答道：「也罷，拿我這個給他，就算謝他的罷。——妳要告訴別人呢？須說個誓來。」
又聽說道：「我要告訴一個人，就長一個疔，日後不得好死！」
又聽說道：「噯呀！咱們只顧說話，看有人來悄悄在外頭聽見。不如把這槅子都推開了，便是有人見咱們在這裡，他們只當我們說頑話呢。若走到跟前，咱們也看得見，就別說了。」

……寶釵在外面聽見這話，心中吃驚，想道：「怪道從古至今那些奸淫狗盜的人，心機都不錯。這一開了，見我在這裡，她們豈不臊了。況才說話的語音兒，大似寶玉房裡的紅兒。她素昔眼空心大，最是個頭等刁鑽古怪的東西。今兒我聽了她的短兒，一時人急造反，狗急跳牆，不但生事，而且我還沒趣。如今便趕著躲了，料也躲不及，少不得要使個『金蟬脫殼』的法子。」

猶未想完，只聽「咯吱」一聲，寶釵便故意放重了腳步，笑著叫道：「顰兒，我看妳往哪裡藏！」一面說，一面故意往前趕。

那亭內的紅玉、墜兒剛一推窗，只聽寶釵如此說著往前趕，兩個人都唬怔了。

寶釵反向她二人笑道：「妳們把林姑娘藏在哪裡了？」

墜兒道：「何曾見林姑娘了？」

寶釵道：「我才在河那邊看著她在這裡蹲著弄水兒的。我要悄悄的唬她一跳，還沒有走到跟前，她倒看見我了，朝東一繞就不見了。別是藏在這裡頭了。」

一面說，一面故意進去尋了一尋，抽身就走，口內說道：「一定又是鑽在那山子洞裡去。遇見蛇，咬一口也罷了。」一面說一面走，心中又好笑：這件事算遮過去了，不知她二人是怎麼樣。

……誰知紅玉聽了寶釵的話，便信以為真，讓寶釵去遠，便拉墜兒道：「了不得了！林姑娘蹲在這裡，一定聽了話去了！」

墜兒聽說，也半日不言語。

紅玉又道：「這可怎麼樣呢？」
墜兒道：「便是聽了，管誰筋疼，各人幹各人的就完了。」
紅玉道：「若是寶姑娘聽見還倒罷了。林姑娘嘴裡又愛刻薄人，心裡又細，她一聽見了，倘或走漏了風聲，怎麼樣呢？」
二人正說著，只見文官、香菱、司棋、待書等上亭子來了。二人只得掩住這話，且和她們玩笑。

……只見鳳姐兒站在山坡上招手叫紅玉，紅玉連忙棄了眾人，跑至鳳姐跟前，堆著笑問：「奶奶使喚作什麼？」
鳳姐打量了一打量，見她生得乾淨俏麗，說話知趣，因說道：「我的丫頭今兒沒跟進來。我這會子想起一件事來，要使喚個人出去，可不知妳能幹不能幹，說得齊全不齊全？」
紅玉道：「奶奶有什麼話，只管吩咐我說去。若說不齊全，誤了奶奶的事，憑奶奶責罰罷了。」

鳳姐笑道：「妳是哪房裡的？我使妳出去，他回來找妳，我好替你答應。」

紅玉道：「我是寶二爺房裡的。」

鳳姐聽了笑道：「噯喲！妳原來是寶玉房裡的，怪道呢。也罷了，等他問，我替妳說。妳到我家，告訴妳姐姐：外頭屋裡桌子上汝窯盤子架兒底下放著一卷銀子，那是一百六十兩，給繡匠的工價，等張材家的來要，當面稱給她瞧了，再給她拿去。再裡頭屋裡床頭間有一個小荷包拿了來給我。」

……紅玉聽說，撤身去了。回來只見鳳姐不在這山坡子了。因見司棋從山洞裡出來，站著繫裙子，便趕上來問道：「姐姐不知道二奶奶往哪裡去了？」司棋道：「沒理論。」紅玉聽了，又往四下裡看，只見那邊探春、寶釵在池邊看魚。

紅玉便走來陪笑問道：「姑娘們可看見二奶奶沒有？」

探春道：「往大奶奶院裡找去。」
紅玉聽了，才往稻香村來，頂頭只見晴雯、綺霰、碧痕、紫綃、麝月、待書、入畫、鶯兒等一群人來了。
晴雯一見了紅玉，便說道：「妳只是瘋罷！花兒也不澆，雀兒也不喂，茶爐子也不攏[2]，就只在外頭逛。」
紅玉道：「昨兒二爺說了，今兒不用澆花，過一日再澆罷。我喂雀兒的時侯，姐姐還睡覺呢。」
碧痕道：「茶爐子呢？」
紅玉道：「今兒不該我攏的班兒，有茶沒茶別問我。」
綺霰道：「妳聽聽她的嘴！妳們別說了，讓她逛去罷。」
紅玉道：「妳們再問問我，逛了沒有。二奶奶才使喚我說話取東西去的。」說著將荷包舉給她們看，方沒言語了，大家分路走開。

2. **攏**（音隆）——即生火。

……晴雯冷笑道：「怪道呢！原來爬上高枝兒去了，把我們不放在眼裡。不知說了一句話半句話，名兒姓兒知道了不曾呢，就把她興得這樣！這一遭兒半遭兒的算不得什麼，過了後兒還得聽呵！有本事的從今兒出了這園子，長長遠遠的在高枝兒上才算得。」一面說著去了。

……這裡紅玉聽說，也不便分證[3]，只得忍著氣來找鳳姐，到了李氏房中，果見鳳姐在那裡和李氏說話兒呢。

紅玉便上來回道：「平姐姐說，奶奶剛出來了，她就把銀子收起來了，才張材家的來討，當面稱了給她拿去了。」說著將荷包遞了上去。

又道：「平姐姐叫回奶奶說：旺兒進來討奶奶的示下，好往那家子去的。平姐姐就把那話按著奶奶的主意打發他去了。」

鳳姐笑道：「她怎麼按我的主意打發去了？」

3. 分證——猶分辯。

紅玉道：「平姐姐說：我們奶奶問這裡奶奶好。原是我們二爺不在家，雖然遲了兩天，只管請奶奶放心。等五奶奶好些，我們奶奶還會了五奶奶來瞧奶奶呢。五奶奶前兒打發了人來說，舅奶奶帶了信來了，問奶奶好，還要和這裡的姑奶奶尋兩丸延年神驗萬全丹。若有了，奶奶打發人來，只管送在我們奶奶這裡。明兒有人去，就順路給那邊舅奶奶帶去的。」

……話未說完，李氏道：「噯喲喲！這話我就不懂了。什麼『奶奶』『爺爺』的一大堆。」

鳳姐笑道：「怨不得妳不懂，這是四五門子的話呢。」說著又向紅玉笑道：「好孩子，倒難為妳說得齊全。別像她們扭扭捏捏的蚊子似的。嫂子妳不知道，如今除了我隨手使的幾個人之外，我就怕和她們說話。她們必定把一句話拉長了作兩三截兒，咬文咬字，拿著腔兒，哼哼唧唧，急得我冒火。先時我們平兒也是這麼著，我就問著她：難道必定裝蚊子哼哼就是美人了？說了幾遭，才好些兒了。」

李宮裁笑道：「都像妳潑皮破落戶才好。」

鳳姐又道：「這個丫頭就好。方才說話雖不多，聽那口聲就簡斷[4]。」說著又向紅玉笑道：「妳明兒服侍我去罷。我認妳作女兒，我再調理調理，妳就出息了。」

…紅玉聽了，噗哧一笑。鳳姐道：「妳怎麼笑？妳說我年輕，比妳能大幾歲，就作妳的媽了？妳別做春夢呢！妳打聽打聽，這些人裡頭比妳大的大的，趕著我叫媽，我還不理呢！」

紅玉笑道：「我不是笑這個，我笑奶奶認錯了輩數了。我媽是奶奶的女兒，這會子又認我作女兒。」

鳳姐道：「誰是妳媽？」

李宮裁笑道：「妳原來不認得她？她是林之孝之女。」

4. 簡斷—形容幹練。

鳳姐聽了，十分詫異，因笑問道：「哦！原來是他的丫頭！」又笑道：「林之孝兩口子都是錐子扎不出一聲兒來的。我成日家說，他們倒是配就了的一對，夫妻一雙天聾地啞。哪裡承望養出這麼個伶俐丫頭來！妳十幾歲了？」

紅玉道：「十七了。」又問名字，紅玉道：「原叫紅玉的，因為重了寶二爺，如今叫紅兒了。」

……鳳姐聽了，將眉一皺，把頭一回，說道：「討人嫌得很！得了玉的便宜似的，你也玉，我也玉。」因說道：「既這麼著，上月我還和她媽說，『賴大家的如今事多，也不知這府裡誰是誰，妳替我好好的挑兩個丫頭我使』，她一般的答應著。她饒不挑，倒把她這女孩子送了別處去。難道跟我必定不好？」

李氏笑道：「妳可是又多心了。她進來在先，妳說話在後，怎麼怨得她媽！」

鳳姐道：「既這麼著，明兒我和寶玉說，叫他再要人，叫這丫頭跟我去。可不知本人願意不願意？」

紅玉笑道：「願意不願意，我們不敢說。只是跟著奶奶，我們也學些眉眼高低、出入上下，大小的事也得見識見識。」剛說著，只見王夫人的丫頭來請，鳳姐便辭了李宮裁去了。紅玉回怡紅院去，不在話下。

※……※……※

……如今且說林黛玉因夜間失寐，次日起遲了，聞得眾姊妹都在園中作餞花會，恐人笑痴懶，連忙梳洗了出來。剛到了院中，只見寶玉進門來了，笑道：「好妹妹，昨兒可告我不曾？教我懸了一夜心。」

林黛玉便回頭叫紫鵑道：「把屋子收拾了，下一扇紗屜；看那大燕子回來，把簾子放下來，拿獅子[5]倚住；燒了香，就把爐罩上。」一面說一面仍往外走。

寶玉見她這樣，還認作是昨日中晌的事，哪知晚間的這段公案，還打躬作揖的。林黛玉正眼也不看，各自出了院門，一直找別的姊妹去了。

寶玉心中納悶，自己猜疑：看起這個光景來，不像是為昨日的事；但只昨日我回來得晚了，又沒有見她，再沒有衝撞了她的去處了。一面想，一面走，又由不得隨後面追了來。

……只見寶釵、探春正在那邊看鶴舞，見黛玉來了，三個一同站著說話兒。又見寶玉來了，探春便笑道：「寶哥哥，身上好？整整三天沒見了。」

寶玉笑道：「妹妹身上好？我前兒還在大嫂子跟前問妳呢。」

探春道：「寶哥哥，往這裡來，我和你說話。」

5. **獅子**——這裡是一種壓簾用的帶座的石獅子。

寶玉聽說，便跟了她，來到一棵石榴樹下。探春因說道：「這幾天老爺可叫你沒有？」

寶玉道：「沒有叫。」

探春說：「昨兒我恍惚聽見說老爺叫你出去的。」

寶玉笑道：「那想是別人聽錯了，並沒叫的。」

探春又笑道：「這幾個月，我又攢下有十來吊錢了。你還拿去，明兒出門逛去的時侯，或是好字畫，好輕巧玩意兒，給我帶些來。」

寶玉道：「我這麼城裡城外、大廊小廟的逛，也沒見個新奇精緻東西，左不過是金玉銅磁、沒處擱的古董，再就是綢緞、吃食、衣服了。」

探春道：「誰要那些！像你上回買的那柳條兒編的小籃子，整竹子根摳的香盒子，膠泥垛的風爐兒，這就好。我喜歡得什麼似的，誰知她們都愛上了，都當寶貝似的搶了去了。」

寶玉笑道：「原來要這個。這不值什麼，拿五百錢出去給小子們，管拉兩車來。」

探春道：「小廝們知道什麼！你揀那樸而不俗、直而不拙者，這些東西，你多多的替我帶了來。我還像上回的鞋作一雙你穿，比那一雙還加工夫，如何呢？」

……寶玉笑道：「妳提起鞋來，我想起個故事來了：那一回我穿著，可巧遇見了老爺，老爺就不受用，問是誰做的。我哪裡敢提『三妹妹』三個字，我就回說是前兒我生日，是舅母給的。老爺聽了是舅母給的，才不好說什麼，半日還說：『何苦來！虛耗人力，作踐綾羅，作這樣的東西。』

「我回來告訴了襲人，襲人說，這還罷了，趙姨娘氣得抱怨得了不得：『正經兄弟，鞋搭拉襪搭拉的沒人看見，且作這些東西！』」

探春聽說，登時沉下臉來道：「你說這話糊塗到什麼田地！怎麼我是該做鞋的人麼？環兒難道沒有分例的，沒有人的？衣裳是衣裳，鞋襪是鞋襪，丫頭老婆一屋子，怎麼抱怨這些話！給誰聽呢？我不過是閒著沒有事，做一雙半雙的，愛給哪個哥哥兄弟，隨我的心。誰敢管我不成！這也她氣的？」

寶玉聽了，點頭笑道：「妳不知道，她心裡自然又有個想頭了。」

探春聽說，益發動了氣，將頭一扭，說道：「連你也糊塗了！她那想頭自然是有的，不過是那陰微鄙賤的見識。她只管這麼想，我只管認得老爺、太太兩個人，別人我一概不管。就是姊妹兄弟跟前，誰和我好，我就和誰好，什麼偏的庶的，我也不知道。論理我不該說她，但她忒昏憒得不像了！「還有笑話兒呢：就是上回我給你那錢，替我帶那玩的東西。過了兩天，她見了我，也是說沒錢使，怎麼難，我也不理論。誰知後來丫頭們出去了，她就抱怨起我來，說我攢了錢為什麼給你使，倒不給環兒使呢。我聽見這話，又好笑又好氣，我就出來往太太屋裡去了。」

正說著，只見寶釵那邊笑道：「說完了，來罷。顯見得是哥哥妹妹了，丟下別人，且說梯己去。我們聽一句兒就使不得了！」說著，探春、寶玉二人方笑著來了。

……寶玉因不見了林黛玉，便知她躲了別處去了，想了一想，索性遲兩日，等她的氣消一消再去也罷了。因低頭看見許多鳳仙石榴等各色落花，錦重重的落了一地，因嘆道：「這是她心裡生了氣，也不收拾這花兒來了。待我送了去，明兒再問著她。」說著，只見寶釵約著她們往外頭去。

寶玉道：「我就來。」說畢，等她二人去遠了，便把那花兜了起來，登山渡水，過柳穿花，一直奔了那日同林黛玉葬桃花的去處。猶未轉過山坡，只聽山坡那邊有嗚咽之聲，一行數落著，哭得好不傷感。寶玉心中想道：「這不知是那房裡的丫頭，受了委曲，跑到這個地方來哭。」一面想，一面煞住腳步，聽她哭道是：

花謝花飛花滿天，紅消香斷有誰憐？
游絲軟繫飄春榭，落絮輕沾撲繡簾。
閨中女兒惜春暮，愁緒滿懷無釋處，
手把花鋤出繡閨，忍踏落花來復去。
柳絲榆莢自芳菲，不管桃飄與李飛。
桃李明年能再發，明年閨中知有誰？
三月香巢已壘成，樑間燕子太無情。
明年花發雖可啄，卻不道人去樑空巢也傾。
一年三百六十日，風刀霜劍嚴相逼。
明媚鮮妍能幾時，一朝飄泊難尋覓。

花開易見落難尋，階前悶殺葬花人。
獨倚花鋤淚暗灑，灑上空枝見血痕。
杜鵑無語正黃昏，荷鋤歸去掩重門。
青燈照壁人初睡，冷雨敲窗被未溫。
怪奴底事[6]倍傷神，半為憐春半惱春：
憐春忽至惱忽去，至又無言去不聞。
昨宵庭外悲歌發，知是花魂與鳥魂？
花魂鳥魂總難留，鳥自無言花自羞。
願奴脅下生雙翼，隨花飛到天盡頭。
天盡頭，何處有香丘？
未若錦囊收艷骨，一抔淨土掩風流。
質本潔來還潔去，強於汙淖陷渠溝。
爾今死去儂[7]收葬，未卜儂身何日喪？
儂今葬花人笑痴，他年葬儂知是誰？

6. 底事——什麼事。

7. 儂——我。

試看春殘花漸落，便是紅顏老死時。
一朝春盡紅顏老，花落人亡兩不知。

寶玉聽了不覺痴倒。要知端詳，且聽下回分解。

◎第二八回◎

蔣玉菡情贈茜香羅
薛寶釵羞籠紅麝串

…話說林黛玉只因昨夜晴雯不開門一事，錯疑在寶玉身上。至次日，又可巧遇見餞花之期，正是一腔無明[1]正未發泄，又勾起傷春愁思，因把些殘花落瓣去掩埋，由不得感花傷己，哭了幾聲，便隨口念了幾句。

不想寶玉在山坡上聽見是黛玉之聲，先不過點頭感嘆；次後聽到「儂今葬花人笑痴，他年葬儂知是誰」，「一朝春盡紅顏老，花落人亡兩不知」等句，不覺慟倒山坡之上，懷裡兜的落花撒了一地。

試想林黛玉的花顏月貌，將來亦到無可尋覓之時，寧不心碎腸斷！既黛玉終歸無可尋覓之時，推之於他人，如寶釵、香菱、襲人等，亦可到無可尋覓之時矣。寶釵等終歸無可尋覓之時，則自己又安在哉？且自身尚不知何在何往，則斯處、斯園、斯花、斯柳，又不知當屬誰姓矣！

因此一而二，二而三，反復推求了去，真不知此時此際欲為何等蠢物，杳無所知，逃大造，出塵網[2]，使可解釋這段悲傷。

正是：花影不離身左右，鳥聲只在耳東西。

…那黛玉正自悲傷，忽聽山坡上也有悲聲，心下想道：「人人都笑我有些痴病，難道還有一個痴子不成？」想著，抬頭一看，見是寶玉。林黛玉看見，便道：「啐！我當是誰，原來是這個狠心短命的……」剛說到「短命」二字，又把口掩住，長嘆了一聲，自己抽身便走了。

…這裡寶玉悲慟了一回，見黛玉去了，便知黛玉看見他躲開了，

1. 無明—佛教用語，意譯為「**痴**」，即「沒有智慧」。佛家認為，人的種種煩惱痛苦，是由「**無明**」引起的。後也稱發火動怒為「**無明火起**」。

2. 大造、塵網—皆泛指人間。

自己也覺無味，抖抖土起來，下山尋歸舊路，往怡紅院來。

可巧看見林黛玉在前頭走，連忙趕上去說道：「妳且站住。我知妳不理我，我只說一句話，從今後撂開手。」

林黛玉回頭，見是寶玉，待要不理他，聽他說：「只說一句話，從此撂開手」，這話裡有文章，少不得站住說道：「有一句話，請說來。」

寶玉笑道：「兩句話，說了妳聽不聽？」

黛玉聽說，回頭就走。

…寶玉在身後面嘆道：「既有今日，何必當初！」

林黛玉聽見這話，由不得站住，回頭道：「當初怎麼樣？今日怎麼樣？」

寶玉嘆道：「當初姑娘來了，那不是我陪著玩笑？憑我心愛的，姑娘要，就拿去；我愛吃的，聽見姑娘也愛吃，連忙乾乾淨淨收著等姑娘吃。一桌子吃飯，一床上睡覺。丫頭們想不到的，我怕姑娘生氣，我替丫頭們想到了。我心裡想著：姊妹們從小兒長大，親也罷，熱也罷，和氣到了兒，才見得比人好。「如今誰承望姑娘人大心大，不把我放在眼裡，倒把外四路[3]的什麼寶姐姐、鳳姐姐的放在心坎兒上，倒把我三日不理四日不見的。我又沒個親兄弟、親姊妹。——雖然有兩個，妳難道不知道是和我隔母的？我也和妳是獨出，只怕同我的心一樣。誰知我是白操了這個心，弄得我有冤無處訴！」說著，不覺滴下眼淚來。

……黛玉耳內聽了這話，眼內見了這形景，心內不覺灰了大半，也不覺滴下淚來，低頭不語。

寶玉見她這般形景，遂又說道：「我也知道我如今不好了，但只憑著怎麼不好，萬不敢在妹妹跟前有錯處。便有一二分錯

3. **外四路**——指血緣關係疏遠的親戚。

處，妳倒是或教導我，戒我下次，或罵我兩句，打我兩下，我都不灰心。誰知妳總不理我，叫我摸不著頭腦，少魂失魄，不知怎麼樣才是。就便死了，也是個屈死鬼，任憑高僧高道懺悔，也不能超生，還得妳申明了緣故，我才得托生呢！」

……黛玉聽了這話，不覺將昨晚的事都忘在九霄雲外了，便說道：「你既這麼說，昨兒為什麼我去了，你不叫丫頭開門？」

寶玉詫異道：「這話從哪裡說起？我要是這麼樣，立刻就死了！」

林黛玉啐道：「大清早起死呀活的，也不忌諱！你說有呢就有，沒有就沒有，起什麼誓呢。」

寶玉道：「實在沒有見妳去。就是寶姐姐坐了一坐，就出來了。」

林黛玉想了一想，笑道：「想必是妳的丫頭們懶待動，喪聲歪氣的也是有的。」

寶玉道：「想必是這個原故。等我回去問了是誰，教訓教訓她們就好了。」

黛玉道：「妳的那些姑娘們也該教訓教訓，只是論理我不該說。今兒得罪了我的事小，倘或明兒寶姑娘來，什麼貝姑娘來，也得罪了，事情豈不大了！」說著抿著嘴笑。

寶玉聽了，又是咬牙，又是笑。二人正說話，只見丫頭來請吃飯，遂都往前頭來了。

……王夫人見了林黛玉，因問道：「大姑娘，妳吃那鮑太醫的藥可好些？」

林黛玉道：「也不過這麼著，老太太還叫我吃王大夫的藥呢。」

寶玉道：「太太不知道，林妹妹是內症，先天生得弱，所以禁不住一點風寒，不過吃兩劑煎藥疏散了風寒，還是吃丸藥的好。」

王夫人道：「前兒大夫說了個丸藥的名字，我也忘了。」
寶玉道：「我知道那些丸藥，不過叫她吃什麼人參養榮丸。」
王夫人道：「不是。」
寶玉又道：「八珍益母丸？左歸？右歸？再不，就是麥味地黃丸。」
王夫人道：「都不是。我只記得有個『金剛』兩個字的。」
寶玉扎手[4]笑道：「從來沒聽見有個什麼『金剛丸』。若有了『金剛丸』，自然有『菩薩散』了！」說得滿屋裡人都笑了。
寶釵笑道：「想是天王補心丹[5]。」
王夫人笑道：「是這個名兒。如今我也糊塗了。」
寶玉道：「太太倒不糊塗，都是叫『金剛』『菩薩』支使糊塗了。」
王夫人道：「扯你娘的臊！又欠你老子捶你了。」
寶玉笑道：「我老子再不為這個捶我的。」

4. **扎手**——兩手攤開隨意擺動，是一種不大禮貌的姿勢。

5. **天王補心丹**——由酸棗仁等十三味藥配製成的丸藥，補養心神。

王夫人又道：「既有這個名兒，明日就叫人買些來。」

寶玉笑道：「這些都是不中用的。太太給我三百六十兩銀子，我替妹妹配一料丸藥，包管一料不完就好了。」

王夫人道：「放屁！什麼藥就這麼貴？」

寶玉笑道：「當真的呢，我這個方子比別的不同。那個藥名兒也古怪，一時也說不清。只講那頭胎紫河車、人形帶葉參，三百六十兩不足，龜大何首烏、千年松根茯苓膽，諸如此類都不算為奇，只在群藥裡算。那為君[6]的藥，說起來唬人一跳。前兒薛大哥哥求了我一二年，我才給了他這方子。他拿了方子去又尋了二三年，花了有上千的銀子，才配成了。太太不信，只問寶姐姐。」

寶釵聽說，笑著搖手兒說：「我不知道，也沒聽見。你別叫姨娘問我。」

王夫人笑道：「到底是寶丫頭，好孩子，不撒謊。」

6.為君的藥——中醫處方中的各味藥，根據不同的作用，分為君、臣、佐、使。其中一種起主要作用的藥，叫「君藥」。

寶玉站在當地，聽見如此說，一回身把手一拍，說道：「我說的倒是真話呢，倒說我撒謊。」說著一回身，只見林黛玉坐在寶釵身後抿著嘴笑，用手指在臉上畫著羞他。

……鳳姐因在裡間屋裡看著人放桌子，聽如此說，便走來笑道：「寶兄弟不是撒謊，這倒是有的。上日薛大哥親自和我來尋珍珠，我問他作什麼，他說是配藥。他還抱怨說，不配也罷了，如今那裡知道這麼費事。我問他什麼藥，他說是寶兄弟的方子，說了多少藥，我也沒工夫聽。「他說，不然我也買幾顆珍珠了，只是定要頭上帶過的，所以來和我尋。他說：『妹妹若沒散的，花兒上也得，掐下來，過後兒我揀好的再給妹妹穿了來。』我沒法兒，把兩枝珠花兒現拆了給他。還要了一塊三尺大紅上用庫紗去，乳缽乳了隔面子[7]呢。」

7. 乳缽乳了隔面子——用乳缽把藥研成碎末，再篩出細面。把藥研細叫「乳」。**隔面子**，篩藥面子，這裡用大紅紗篩藥面子。

鳳姐說一句，那寶玉念一句佛，說：「太陽在屋子裡呢！」

鳳姐說完了，寶玉又道：「太太想，這不過是將就呢。正經按那方子，這珍珠寶石定要在古墳裡的，有那古時富貴人家裝裹的頭面[8]，拿了來才好。如今哪裡為這個去刨墳掘墓，所以只要活人戴過的，也可以使得。」

王夫人道：「阿彌陀佛，不當家花花的[9]！就是墳裡有這個，人家死了幾百年，如今翻屍盜骨的，作了藥也不靈！」

……寶玉向黛玉說道：「妳聽見了沒有，難道二姐姐也跟著我撒謊不成？」臉望著黛玉說，卻拿眼睛瞟著寶釵。

黛玉便拉王夫人道：「舅母聽聽，寶姐姐不替他圓謊，他直問著我。」

王夫人也道：「寶玉很會欺負你妹妹。」

寶玉笑道：「太太不知道原故。寶姐姐先在家裡住著，那薛大

8. 裝裹的頭面——指死人戴的珠寶。裝裹，裝殮。頭面，此指死人頭上戴的首飾。

9. 不當家花花的——擔當不起的意思。

哥哥的事，她就不知道，何況如今在裡頭住著呢，自然是越發不知道了。林妹妹才在背後羞我，打量是我撒謊呢。」

……說著，只見賈母房裡的丫頭找寶玉、黛玉吃飯。林黛玉也不叫寶玉，便起身拉了那丫頭就走。那丫頭說等著寶玉一塊兒走。林黛玉道：「他不吃飯了，咱們走。我先走了。」說著便出去了。

寶玉道：「我今兒還跟著太太吃罷。」

王夫人道：「罷，罷，我今兒吃齋，你正經吃你的去罷。」

寶玉道：「我也跟著吃齋。」說著便叫那丫頭「去罷」，自己先跑到炕子上坐了。

王夫人向寶釵道：「妳們只管吃妳們的，由他去罷。」

寶釵因笑道：「你正經去罷。吃不吃，陪著林姑娘走一趟，她心裡打緊的不自在呢。」

寶玉道：「理她呢，過一會子就好了。」

一時吃過飯，寶玉一則怕賈母記掛，二則也記掛著黛玉，忙忙的要茶漱口。

探春、惜春都笑道：「二哥哥，你成日家忙些什麼？吃飯、吃茶也是這麼忙碌碌的。」寶釵笑道：「妳叫他快吃了，瞧林妹妹去罷，叫他在這裡胡羼[10]些什麼。」

寶玉吃了茶，便出來，直往西院走。可巧走到鳳姐兒院前，只見鳳姐蹬著門檻子拿耳挖子剔牙，看著十來個小廝們挪花盆呢。

見寶玉來了，笑道：「你來正好。進來，進來，替我寫幾個字兒。」寶玉只得跟了進來。

到了房裡，鳳姐命人取過筆硯紙來，向寶玉道：「大紅妝緞四十匹、蟒緞四十匹、上用紗各色一百匹、金項圈四個。」

10. 胡羼——猶言鬼混。

寶玉道：「這算什麼？又不是賬，又不是禮物，怎麼個寫法？」

鳳姐道：「你只管寫上，橫豎我自己明白就罷了。」寶玉聽說，只得寫了。

鳳姐收起來，笑道：「還有句話告訴你，不知你依不依？你屋裡有個丫頭叫紅玉，我和你說說，要叫了來使喚，也總沒說得，今兒見你，才想起來。」

寶玉道：「我屋裡的人也多得很，姐姐喜歡誰，只管叫了來，何必問我。」

鳳姐笑道：「既這麼著，我就叫人帶她去了。」

寶玉道：「只管帶去。」說著便要走。

……鳳姐道：「你回來，我還有一句話說。」

寶玉道：「老太太叫我呢，有話等我回來罷。」說著，便來至賈母這邊，已經都吃完飯了。

賈母因問他：「跟著你母親吃了什麼好的了？」

寶玉笑道：「也沒什麼好的，我倒多吃了一碗飯。」

因問：「林妹妹在哪裡？」

賈母道：「裡頭屋裡呢。」

寶玉進來，只見地下一個丫頭吹熨斗，炕上兩個丫頭打粉線，黛玉彎著腰，拿著剪子裁什麼呢。寶玉走進來笑道：「哦，這是作什麼呢？才吃了飯，這麼空著頭[11]，一會子又頭疼了。」

黛玉並不理，只管裁她的。有一個丫頭道：「這塊綢子角兒還不好呢，再熨他一熨。」黛玉便把剪子一撂，說道：「理他呢，過一會子就好了。」寶玉聽了，只是納悶。

……只見寶釵、探春等也來了，和賈母說了一會話。

寶釵也進來問：「林妹妹作什麼呢？」見黛玉裁剪，因笑道：

「越發能幹了，連裁剪都會了。」

11. 空著頭——俯身倒懸著頭。

黛玉笑道：「這也不過是撒謊哄人罷了。」

寶釵笑道：「我告訴妳個笑話兒，才剛為那個藥，我說了個不知道，寶兄弟心裡不受用了。」

林黛玉道：「理他呢，過會子就好了。」

寶玉向寶釵道：「老太太要抹骨牌，正沒人，妳抹骨牌去罷。」

寶釵聽說，便笑道：「我是為抹骨牌才來的？」說著便走了。

林黛玉道：「你倒是去罷，這裡有老虎，看吃了你！」說著又裁。

寶玉見她不理，只得還陪笑說道：「妳也去逛逛再裁不遲。」黛玉總不理。

寶玉便問丫頭們：「這是誰叫裁的？」

黛玉見問丫頭們，便說道：「憑他誰叫裁，也不管二爺的事！」

寶玉聽了，方欲說話，只見有人進來回說「外頭有人請」。寶玉聽了，忙撤身出來。黛玉向外頭說道：「阿彌陀佛！趕你回來，我死了也罷了！」

※……※……※

……寶玉出來到外頭，只見焙茗說道：「馮大爺家請。」寶玉聽了，知道是昨日的話，便說要衣裳去，自己便往書房裡來。焙茗一直到了二門前等人，只見出來個老婆子，焙茗上去說道：「寶二爺在書房裡等出門的衣裳，妳老人家進去帶個信兒。」那婆子道：「放你娘的屁！倒好，寶二爺如今在園子裡住著，跟他的人都在園子裡，你又跑了這裡來帶信兒來了！」焙茗聽了笑道：「罵得是，我也糊塗了。」說著一逕往東邊二門前來。可巧門上小廝在甬路底下踢球，焙茗將原故說了。小廝跑了進去，半日抱了一個包袱出來，遞與焙茗。回到書房裡，寶玉換了，命人備馬，只帶著焙茗、鋤藥、雙瑞、雙壽四個小廝去了。

一逕到了馮紫英家門口，有人報與馮紫英，出來迎接進去。只見薛蟠早已在那裡久候，還有許多唱曲兒的小廝並唱小旦的蔣玉菡、錦香院的妓女雲兒。大家都見過了，然後吃茶。寶玉擎茶，笑道：「前兒所言幸與不幸之事，我晝懸夜想，今日一聞呼喚即至。」馮紫英笑道：「你們令表兄弟倒都心實。前日不過是我的設辭，誠心請你們一飲，恐又推托，故說下這句話。今日一邀即至，誰知都信真了。」說畢，大家一笑，然後擺上酒來，依次坐定。馮紫英先命唱曲兒的小廝過來讓酒，然後命雲兒也來敬。

……那薛蟠三杯下肚，不覺忘了情，拉著雲兒的手笑道：「妳把那梯己新樣兒的曲子唱個我聽，我吃一罈如何？」雲兒聽說，只得拿起琵琶來唱道：

兩個冤家，都難丟下，想著你來又記掛著他。
兩個人形容俊俏，都難描畫。
想昨宵幽期私訂在荼蘼架，一個偷情，一個尋拿，
拿住了三曹對案[12]，我也無回話。

唱畢笑道：「你喝一罈子罷了。」薛蟠聽說，笑道：「不值一罈，再唱好的來。」

……寶玉笑道：「聽我說來，如此濫飲，易醉而無味。我先喝一大海[13]，發一新令，有不遵者，連罰十大海，逐出席外與人斟酒。」

馮紫英、蔣玉菡等都道：「有理，有理。」

寶玉拿起海來，一氣飲乾，說道：「如今要說悲、愁、喜、樂四字，都要說出『女兒』來，還要注明這四字原故。說完了，

12. 三曹對案——三曹原作「三造」。指訴訟案件中的原告、被告和證人。審案件時三方到場對證，叫做「三曹對案」。

13. 海——容量大的器皿。

飲門杯。酒面要唱一個新鮮時樣曲子；酒底要席上生風[14]一樣東西，或古詩、舊對、《四書》、《五經》成語。」

薛蟠未等說完，先站起來攔道：「我不來，別算我。這竟是捉弄我呢！」

雲兒便站起來，推他坐下，笑道：「怕什麼？這還虧你天天吃酒呢，難道連我也不如！我回來還說呢。說是了，罷；不是了，不過罰上幾杯，哪裡就醉死了！你如今一亂令，倒喝十大海，下去給人斟酒不成？」眾人都拍手道妙。

薛蟠聽說，無法可治，只得坐了。

…聽寶玉說道：

女兒悲，青春已大守空閨。

女兒愁，悔教夫婿覓封侯。

女兒喜，對鏡晨妝顏色美。

14.席上生風—借酒席上的食品或裝飾等現成東西，說一句與此有關的古詩或古文。

女兒樂，鞦韆架上春衫薄。

眾人聽了都道：「說得有理。」

薛蟠獨揚著臉搖頭說：「不好，該罰！」

眾人問道：「如何該罰？」

薛蟠道：「他說的我通不懂，怎麼不該罰？」

雲兒便擰他一把，笑道：「你悄悄的想你的罷。回來說不出，才是該罰呢。」於是拿琵琶，聽寶玉唱道：

滴不盡相思血淚拋紅豆[15]，開不完春柳春花滿畫樓，

睡不穩紗窗風雨黃昏後，忘不了新愁與舊愁，

咽不下玉粒金蒓[16]噎滿喉，照不見菱花鏡[17]裡形容瘦。

展不開的眉頭，捱不明的更漏。

呀！恰便似遮不住的青山隱隱，流不斷的綠水悠悠。

15.紅豆——又名相思豆，大如豌豆，色鮮紅。這裡用以代指眼淚。

16.玉粒金蒓——玉粒，指上好的米飯。**蒓**，江南生長的一種睡蓮科水生植物，嫩葉是一種名菜。**金蒓**，泛指美味的菜肴。

17.菱花鏡——古代銅鏡。以其鏡面平亮，映光日影如菱花，故稱。

唱完，大家齊聲喝彩，獨薛蟠說無板。寶玉飲了門杯，便拈起一片梨來，說道：

雨打梨花深閉門。

完了令，下該馮紫英，說道：

女兒悲，兒夫染病在垂危。
女兒愁，大風吹倒梳妝樓。
女兒喜，頭胎養了雙生子。
女兒樂，私向花園掏蟋蟀。

說畢，端起酒來唱道：

你是個可人，你是個多情，你是個刁鑽古怪鬼靈精，
你是個神仙也不靈。我說的話兒你全不信，
只叫你去背地裡細打聽，才知道我疼你不疼！

唱完飲了門杯，說道：「雞聲茅店月。」令完，下該雲兒。雲兒便說道：

女兒悲，將來終身指靠誰？

薛蟠嘆道：「我的兒，有妳薛大爺在，妳怕什麼！」眾人都道：「別混他，別混他！」雲兒又道：

女兒愁，媽媽[18]打罵何時休！

薛蟠道：「前兒我見了妳媽，還吩咐她不叫她打妳呢。」眾人都道：「再多言者罰酒十杯。」薛蟠連忙自己打了一個嘴巴子，說道：「沒耳性，再不許說了。」雲兒又道：

女兒喜，情郎不捨還家裡。

女兒樂，住了簫管弄弦索。

18.媽媽——這裡指妓女的養母。

說完便唱道：

荳蔻開花三月三，一個蟲兒往裡鑽。

鑽了半日不得進去，爬到花兒上打鞦韆。

肉兒小心肝，我不開了你怎麼鑽？

唱畢，飲了門杯，說道：「桃之夭夭。」令完了，下該薛蟠。

⋯薛蟠道：「我可要說了：女兒悲……」

說了半日，不見說底下的。馮紫英笑道：「悲什麼？快說來。」

薛蟠登時急得眼睛鈴鐺一般，瞪了半日，才說道：「女兒悲……」

又咳嗽了兩聲，說道：

女兒悲，嫁了個男人是烏龜。

眾人聽了，都大笑起來。薛蟠道：「笑什麼，難道我說的不是？一個女兒嫁了漢子，要當忘八[19]，她怎麼不傷心呢？」

19. 忘八——稱其妻有外遇的男子。

眾人笑得彎腰，說道：「你說得很是，快說底下的。」薛蟠瞪了一瞪眼，又說道：

女兒愁……

說了這句，又不言語了。眾人道：「怎麼愁？」薛蟠道：

女兒愁，繡房攛出個大馬猴[20]。

眾人呵呵笑道：「該罰，該罰！這句更不通，先還可恕。」說著便要篩酒[21]。寶玉笑道：「押韻就好。」薛蟠道：「令官都准了，你們鬧什麼！」眾人聽說，方才罷了。

雲兒笑道：「下兩句越發難說了，我替你說罷。」

薛蟠道：「胡說！當真我就沒好的了！聽我說罷：

女兒喜，洞房花燭朝慵起。

20. 馬猴——即獼猴。

21. 篩酒——斟酒。

眾人聽了都詫異道：「這句何其太韻？」薛蟠又道：

女兒樂，一根𣯶毛往裡戳。

眾人聽了，都扭著臉說：「該死，該死！快唱了罷。」薛蟠便唱道：

一個蚊子哼哼哼。

眾人都怔了，說道：「這是個什麼曲兒？」薛蟠還唱道：

兩個蒼蠅嗡嗡嗡。

眾人都道：「罷，罷，罷！」

薛蟠道：「愛聽不聽！這是新鮮曲兒，叫作哼哼韻。你們要懶待聽，連酒底都免了，我就不唱。」眾人都道：「免了罷，免了罷，倒別耽誤了別人家。」於是蔣玉菡說道：

女兒悲，丈夫一去不回歸。
女兒愁，無錢去打桂花油。
女兒喜，燈花並頭結雙蕊。
女兒樂，夫唱婦隨真和合。

說畢，唱道：

可喜你天生成百媚嬌，恰便似活神仙離碧霄。
度青春，年正小；配鸞鳳，真也著。
呀！看天河正高，聽譙樓鼓敲，剔銀燈同入鴛幃悄。

唱畢，飲了門杯。笑道：「這詩詞上我倒有限。幸而昨日見了一副對子，可巧只記得這句，幸而席上還有這件東西。」說畢，便飲乾了酒，拿起一朵木樨[22]來，念道：「花氣襲人知晝暖。」

眾人倒都依了，完令。薛蟠又跳了起來，喧嚷道：「了不得，

22. 木樨——即桂花。

了不得！該罰，該罰！這席上並沒有寶貝，你怎麼念起寶貝來？」

蔣玉菡怔了，說道：「何曾有寶貝？」

薛蟠道：「你還賴呢！你再念來。」蔣玉菡只得又念了一遍。

薛蟠道：「襲人可不是寶貝是什麼！你們不信，只問他。」說著，指著寶玉。

寶玉沒好意思起來，說道：「薛大哥，你該罰多少？」

薛蟠道：「該罰，該罰！」說著拿起酒來，一飲而盡。

馮紫英與蔣玉菡等不知原故，猶問原故，雲兒便告訴了出來。

蔣玉菡忙起身陪罪，眾人都道：「不知者不作罪。」

……少刻，寶玉出席外解手，蔣玉菡便隨了出來。二人站在廊檐下，蔣玉菡又陪不是。寶玉見他嫵媚溫柔，心中十分留戀，便緊緊的搭著他的手，叫他：「閒了往我們那裡去。還有一句話借問：也是你們貴班中，有一個叫琪官的，他在哪裡？如今名馳天下，我獨無緣一見。」

蔣玉菡笑道：「就是我的小名兒。」

寶玉聽說，不覺欣然跌足笑道：「有幸，有幸！果然名不虛傳。今兒初會，便怎麼樣呢？」想了一想，向袖中取出扇子，將一個玉玦扇墜[23]解下來，遞與琪官道：「微物不堪，略表今日之誼。」

琪官接了，笑道：「無功受祿，何以克當！也罷，我這裡也得了一件奇物，今日早起方繫上，還是簇新的，聊可表我一點親熱之意。」

說著，將繫小衣兒一條大紅汗巾子解下來，遞與寶玉道：「這汗巾子是茜香國女國王進貢來的，夏天繫著，肌膚生香，不生汗漬。昨日北靜王給我的，今日才上身。若是別人，我斷不肯相贈。二爺請把自己繫的給我繫著。」

23.玉玦扇墜——繫在扇軸上的飾物。玉玦，古玉器名，環狀有缺口。

寶玉聽說，喜不自禁，連忙接了，將自己一條松花汗巾解了下來，遞與琪官。二人方束好，只見一聲大叫：「我可拿住了！」只見薛蟠跳了出來，拉著二人道：「放著酒不吃，兩個人逃席出來幹什麼？快拿出來我瞧瞧！」二人都道：「沒有什麼。」薛蟠那裡肯依，還是馮紫英出來才解開了。於是復又歸坐飲酒，至晚方散。

……寶玉回至園中，寬衣吃茶。襲人見扇子上的墜兒沒了，便問他：「往那裡去了？」寶玉道：「馬上丟了。」睡覺時，只見腰裡一條血點似的大紅汗巾子，襲人便猜了八九分，因說道：「你有了好的繫褲子，把我那條還我罷。」寶玉聽說，方想起那條汗巾子原是襲人的，不該給人才是，心裡後悔，口裡說不出來，只得笑道：「我賠妳一條罷。」襲人聽了，點頭嘆道：「我就知道又幹這些事！也不該拿著我的東西給那起混帳人去。也難為你心裡沒個算計兒。」再要說上幾句，又恐慪上他的酒來，少不得也睡了，一宿無話。

…至次日天明起來，只見寶玉笑道：「夜裡失了盜也不曉得，妳瞧瞧褲子上。」襲人低頭一看，只見昨日寶玉繫的那條汗巾子繫在自己腰裡，便知是寶玉夜間換了，忙一頓把解下來，說道：「我不希罕這行子[24]，趁早兒拿了去！」寶玉見她如此，只得委婉解勸了一回。襲人無法，只得繫上。過後，寶玉出去，終久解下來，擲在個空箱子裡，自己又換了一條繫著。

…寶玉並不理論，因問起昨日可有什麼事情。襲人便回說道：「二奶奶打發人叫了紅玉去了。她原要等你來的，我想什麼要緊，我就作了主，打發她去了。」

24. 行子—貶稱自己不喜歡的人或東西。

寶玉道：「很是。我已知道了，不必等我罷了。」

襲人又道：「昨兒貴妃差了夏太監出來，送了一百二十兩銀子。叫在清虛觀初一到初三打三天平安醮[25]，唱戲獻供，叫珍大爺領著眾位爺們跪香拜佛呢。還有端午兒的節禮也賞了。」說著命小丫頭來，將昨日的所賜之物取了出來，只見上等宮扇兩柄、紅麝香珠[26]二串、鳳尾羅二端、芙蓉簟[27]一領。

寶玉見了，喜不自勝，問道：「別人的也都是這麼個？」

襲人道：「老太太的多著一個香如意、一個瑪瑙枕。太太、老爺、姨太太的只多著一個如意。你的同寶姑娘的一樣。林姑娘同二姑娘、三姑娘、四姑娘只單有扇子同數珠兒，別人都沒了。大奶奶、二奶奶她兩個是每人兩匹紗、兩匹羅、兩個香袋、兩個錠子藥。」

⋯寶玉聽了，笑道：「這是怎麼個原故？怎麼林姑娘的倒不同

25. 打平安醮——舊時因病或喪事延請僧道誦經的活動。為一般祈福消災舉行的打醮儀式叫「打平安醮」。

26. 紅麝香珠——用麝香加上其他配料做成的紅色念珠，穿成串子，戴在手腕上做裝飾。

27. 芙蓉簟——編有芙蓉花圖案的細竹席。

我的一樣，倒是寶姐姐的同我一樣？別是傳錯了罷？」

襲人道：「昨兒拿出來，都是一份一份的寫著簽子，怎麼就錯了！你的是在老太太屋裡來著，我去拿了來了。老太太說，明兒叫你一個五更天進去謝恩呢。」

寶玉道：「自然要走一趟。」說著便叫紫綃來：「拿了這個到林姑娘那裡去，就說是昨兒我得的，愛什麼留下什麼。」

紫綃答應了，拿了去，不一時回來說：「林姑娘說了，昨兒也得了，二爺留著罷。」

……寶玉聽說，便命人收了。剛洗了臉出來，要往賈母那裡請安去，只見林黛玉頂頭來了。寶玉趕上去，笑道：「我的東西叫妳揀，妳怎麼不揀？」

林黛玉昨日所惱寶玉的心事早又丟開，又顧今日的事了，因說道：「我沒這麼大福禁受，比不得寶姑娘，什麼金什麼玉的，我們不過是草木之人！」

寶玉聽她提出「金玉」二字來，不覺心動疑猜，便說道：「除了別人說什麼金什麼玉，我心裡要有這個想頭，天誅地滅，萬世不得人身！」

林黛玉聽他這話，便知他心裡動了疑，忙又笑道：「好沒意思，白白的說什麼誓！管你什麼金什麼玉的呢！」

寶玉道：「我心裡的事也難對你說，日後自然明白。除了老太太、老爺、太太這三個人，第四個就是妹妹了。要有第五個人，我也說個誓。」

黛玉道：「你也不用說誓，我很知道，你心裡有『妹妹』。但只是見了姐姐，就把妹妹忘了。」

寶玉道：「那是妳多心，我再不的。」

黛玉道：「昨兒寶丫頭不替你圓謊，為什麼問著我呢？那要是我，你又不知怎麼樣了。」

……正說著，只見寶釵從那邊來了，二人便走開了。寶釵分明看見，只裝看不見，低著頭過去了，到了王夫人那裡，坐了一會，然後到了賈母這邊，只見寶玉在這裡呢。

寶釵因往日母親對王夫人等曾提過「金鎖是個和尚給的，等日後有玉的方可結為婚姻」等語，所以總遠著寶玉。昨兒見了元春所賜的東西，獨她與寶玉一樣，心裡越發沒意思起來。幸虧寶玉被一個黛玉纏綿住了，心心念念只記掛著黛玉，並不理論這事。

此刻忽見寶玉笑問道：「寶姐姐，我瞧瞧妳的紅麝串子[28]。」可巧寶釵左腕上籠著一串，見寶玉問她，少不得褪了下來。寶釵生得肌膚豐澤，容易褪不下來。寶玉在旁看著雪白一段酥臂，不覺動了羨慕之心，暗暗想道：「這個膀子要長在林妹妹身上，或者還得摸一摸，偏生長在她身上。」正是恨沒福得摸，忽然想起「金玉」一事來，再看看寶釵形容，

28. 串子——連貫起來的東西。

只見臉若銀盆，眼似水杏，唇不點而紅，眉不畫而翠，比黛玉另具一種嫵媚風流，不覺就呆了，寶釵褪了串子來遞與他也忘了接。

……寶釵見他怔了，自己倒不好意思的，丟下串子，回身才要走，只見黛玉蹬著門檻子，嘴裡咬著手帕子笑呢。寶釵道：「妳又禁不得風兒吹，怎麼又站在那風口裡呢？」黛玉笑道：「何曾不是在屋裡呢。只因聽見天上一聲叫，出來瞧了一瞧，原來是個呆雁。」寶釵道：「呆雁在哪裡呢？我也瞧瞧。」林黛玉道：「我才出來，他就『忒兒』一聲飛了。」口裡說著，將手裡的帕子一甩，向寶玉臉上甩來。寶玉不防，正打在眼上，「噯喲」了一聲。要知端的，且聽下回分解。

◎第二九回◎

享福人福深還禱福
痴情女情重愈斟情

……話說寶玉正自發怔，不想黛玉將手帕子甩了來，正碰在眼睛上，倒唬了一跳，問是誰。黛玉搖著頭兒笑道：「不敢，是我失了手。因為寶姐姐要看呆雁，我比給她看，不想失了手。」寶玉揉著眼睛，待要說什麼，又不好說的。

※……※……※

……一時，鳳姐兒來了，因說起初一日在清虛觀打醮[1]的事來，遂約著寶釵、寶玉、黛玉等看戲去。

寶釵笑道：「罷，罷，怪熱的。什麼沒看過的戲，我就不去了。」

鳳姐兒道：「他們那裡涼快，兩邊又有

樓。咱們要去，我頭幾天打發人去，把那些道士都趕出去，把樓打掃乾淨了，掛起簾子來，一個閒人不許放進廟去，才是好呢。我已經回了太太了，你們不去我去。這些日子也悶得很了。家裡唱動戲，我又不得舒舒服服的看。」

……賈母聽說，笑道：「既這麼著，我同妳去。」

鳳姐聽說，笑道：「老祖宗也去，敢情好了！就只是我又不得受用了。」

賈母道：「到明兒，我在正樓上，妳在旁邊樓上，妳也不用到我這邊來立規矩[2]，好不好？」

鳳姐笑道：「這就是老祖宗疼我了。」

賈母因又向寶釵道：「妳也去逛逛，連妳母親也去。長天老日的，在家裡也是睡覺。」寶釵只得答應著。

1.打醮——道士為人做法事，求福禳災。

2.立規矩——舊時習俗。長者起居，幼者在其旁侍立。

……賈母又打發人去請了薛姨媽，順路告訴王夫人，要帶了她們姊妹去。王夫人因一則身上不好，二則預備著元春有人出來，早已回了不去的；聽賈母如此說，遂笑道：「還是這麼高興。」

因打發人去到園裡告訴：「有要逛去的，只管初一跟了老太太逛去。」這句話一傳開了，別人都還可以，只是那些丫頭們天天不得出門檻兒的，聽了這話，誰不愛去。便是各人的主子懶怠去，她也百般的攛掇了去，因此李宮裁等都說去。賈母越發心中歡喜，早已吩咐人去打掃安置，都不必細說。

……單表到了初一這一日，榮國府門前車輛紛紛，人馬簇簇。那底下凡執事人等，聞得是貴妃作好事，賈母親去拈香，正是初一日乃月之首日，況是端陽節間，因此凡動用的什物，一色都是齊全的，不同往日一樣。

少時，賈母等出來。賈母獨坐一乘八人大轎，李氏、鳳姐兒、薛姨媽，每人一乘四人轎，寶釵、黛玉二人共坐一輛翠蓋珠纓八寶車，迎春、探春、惜春三人共坐一輛朱輪華蓋車。然後賈母的丫頭鴛鴦、鸚鵡、琥珀、珍珠，林黛玉的丫頭紫鵑、雪雁、春纖，寶釵的丫頭鶯兒、文杏，迎春的丫頭司棋、繡桔，探春的丫頭待書、翠墨，惜春的丫頭入畫、彩屏，薛姨媽的丫頭同喜、同貴，外帶著香菱、香菱的丫頭臻兒，李氏的丫頭素雲、碧月，鳳姐兒的丫頭平兒、豐兒、小紅，並王夫人的兩個丫頭也要跟了鳳姐兒去的是金釧、彩雲，奶子抱著大姐兒另在一車，還有兩個丫頭，一共再連上各房的老嬤嬤、奶娘並跟出門的家人媳婦子，烏壓壓的占了一街的車。

賈母等已經坐轎去了多遠，這門前尚未坐完。這個說「我不同妳在一處」，那個說「妳壓了我們奶奶的包袱」，那邊車上又說「蹭了我的花兒」，這邊又說「碰折了我的扇子」，咭咭呱呱，說笑不絕。周瑞家的走來過去的說道：「姑娘們，這是街上，看人笑話！」說了兩遍，方覺好了。前頭的全副執事擺開，早已到了清虛觀門口。寶玉騎著馬，在賈母轎前。街上的人都站在兩邊。

……將至觀前，只聽鐘鳴鼓響，早有張法官[3]執香披衣，帶領眾道士在路旁請安。賈母的轎剛至山門以內，賈母在轎內因看見有守門大帥並千里眼、順風耳、當方土地、本境城隍各位泥胎聖像，便命住轎。賈珍帶領各子弟上來迎接。

……鳳姐知道鴛鴦等在後面，趕不上來攙賈母，自己下了轎，忙要上來攙。可巧有個十二三歲的小道士兒，拿著剪筒[4]，照管剪各處的蠟花。正欲得便且藏出去，不想一頭撞在鳳姐兒懷裡。鳳姐便一揚手，照臉一下，把那小孩子打了一個筋

3. 法官——這裡是對有職位的道士的尊稱。

4. 剪筒——存納蠟燼的用具。

斗，罵道：「野牛肏的，朝哪裡跑！」

那小道士也不顧拾燭剪，爬起來往外還要跑。正值寶釵等下車，眾婆娘媳婦正圍隨得風雨不透，但見一個小道士滾了出來，都喝聲叫「拿，拿，拿！打，打，打！」

……賈母聽了，忙問道：「是怎麼了？」賈珍忙出來問。鳳姐兒上去攙住賈母，就回說：「一個小道士兒，剪燈花的，沒躲出去，這會子混鑽呢。」

賈母聽說，忙道：「快帶了那孩子來，別唬著他！小門小戶的孩子，都是嬌生慣養的慣了，哪裡見得這個勢派。可憐見的，倘或一時唬著了他，他老子娘豈不疼得慌？」說著，便叫賈珍去好生帶了來。賈珍只得去拉了那孩子來。

……那孩子還一手拿著蠟剪，跪在地下亂顫。賈母命賈珍拉他來，叫他不要怕，問他幾歲了。那孩子通說不出話來。賈母還說「可憐見的」，又向賈珍道：「珍哥兒，帶他去罷。給他些錢買果子吃，別叫人難為了他。」

賈珍答應了，領他去了。這裡賈母帶著眾人，一層一層的瞻拜觀玩。外面小廝們見賈母等進入二層山門，忽見賈珍領了一個小道士出來，叫人來帶去，給他幾百錢，不要難為了他。家人聽說，忙上來幾個，領了下去。

……賈珍站在階磯上，因問：「管家在哪裡？」底下站的小廝們見問，都一齊喝聲說：「叫管家！」登時林之孝一手整理著帽子跑了來，到賈珍跟前。

賈珍道：「雖說這裡地方大，今兒不承望來這麼些人。你使的人，你就帶了往你的院子裡去；使不著的，打發到那院裡去。把小么兒們挑幾個在這二層門上同兩邊角門上，伺候著要東西傳話。你可知道不知道，今兒小姐奶奶們都出來了，一個閒人也不許到這裡來！」林之孝忙答應「曉得」，又說了幾個「是」。

賈珍道：「去罷。」又問：「怎麼不見蓉兒？」一聲未了，只見賈蓉從鐘樓裡跑了出來。賈珍道：「你瞧瞧他，我這裡也還沒敢說熱，他倒乘涼去了！」喝命家人啐他。那小廝們都知道賈珍素日的性子違拗不得，有個小廝便上來向賈蓉臉上啐了一口。

賈珍又道：「問著他！」

那小廝便問賈蓉道：「爺還不怕熱，哥兒怎麼先乘涼去了？」賈蓉垂著手，一聲不敢說。那賈芸、賈萍、賈芹等聽見了，不但他們慌了，亦且連賈璜、賈㻞、賈瓊等也都忙戴了帽子，一個一個從牆根下慢慢的溜上來。賈珍又向賈蓉道：「你站著作什麼？還不騎了馬跑到家裡，告訴你娘母子去！老太太同姑娘們都來了，叫她們快來伺候。」

……賈蓉聽說，忙跑了出來，一疊連聲要馬，一面抱怨道：「早都不知作什麼的，這會子尋趁[5]我！」一面又罵小子：「捆著手呢？馬也拉不來。」待要打發小子去，又恐怕後來對出來，說不得親自走一趟，騎馬去了，不在話下。

……且說賈珍方要抽身進去，只見張道士站在旁邊陪笑說道：「我論理比不得別人，應該在裡頭伺候。只因天氣炎熱，眾位千金都出來了，法官不敢擅入，請爺的示下。恐老太太問，或要隨喜那裡，我只在這裡伺候罷。」

賈珍知道這張道士雖然是當日榮國府國公的替身[6]，曾經先皇御口親呼為「大幻仙人」，如今現掌「道錄司」[7]印，又是當今封為「終了真人」，現今王公藩鎮都稱他為「神仙」，所以

5.尋趁—本意是尋找，這裡是找碴的意思。

6.替身—舊時王公貴族有寄名為僧道的，本人不在寺觀，而由別人代替，這種代人為僧道者，稱為「替身」。

7.道錄司—明洪武十三年設，清沿之。管理道教事務，發給道士「度牒」。

不敢輕慢。二則他又常往兩個府裡去，凡夫人小姐都是見的。今見他如此說，便笑道：「咱們自己，你又說起這話來。再多說，我把你這鬍子還撏[8]了呢！還不跟我進來。」那張道士呵呵大笑，跟了賈珍進來。

……賈珍到賈母跟前，控身[9]陪笑說道：「張爺爺進來請安。」

賈母聽了，忙道：「攙他來。」賈珍忙去攙了過來。

那張道士先呵呵笑道：「無量壽佛！老祖宗一向福壽康寧？眾位奶奶小姐納福？一向沒到府裡請安，老太太氣色越發好了。」

賈母笑道：「老神仙，你好？」

張道士笑道：「托老太太萬福萬壽，小道也還康健。別的倒罷，只記掛著哥兒，一向身上好？前日四月二十六日，我這裡做遮天大王的聖誕，人也來的少，東西也很乾淨，我說請哥兒

8. 撏——拔毛髮。撏，音尋。

9. 控身——半彎腰的姿勢，表示恭敬。

來逛逛，怎麼說不在家？」

賈母笑道：「果真不在家。」一面回頭叫寶玉。

誰知寶玉解手去了才來，忙上前問：「張爺爺好？」

張道士忙抱住問了好，又向賈母笑道：「哥兒越發發福了。」

賈母道：「他外頭好，裡頭弱。又搭著他老子逼著他念書，生生的把個孩子逼出病來了。」

張道士道：「我前日在好幾處看見哥兒寫的字，作的詩，都好的了不得，怎麼老爺還抱怨說哥兒不大喜歡讀書呢？依小道看來，也就罷了。」又嘆道：「我看見哥兒的這個形容身段、言談舉動，怎麼就同當日國公爺一個稿子！」說著兩眼流下淚來。

賈母聽說，也由不得滿臉淚痕，說道：「正是呢，我養了這些兒子孫子，也沒個像他爺爺的，就只這玉兒像他爺爺。」

……那張道士又向賈珍道：「當日國公爺的模樣兒，爺們一輩的不用說，自然沒趕上，大約連大老爺、二老爺也記不清楚了。」說畢，呵呵又一大笑道：「前日在一個人家看見一位小姐，今年十五歲了，生得倒也好個模樣兒。我想著哥兒也該尋親事了。若論這個小姐模樣兒，聰明智慧，根基家當，倒也配得過。但不知老太太怎麼樣，小道也不敢造次。等請了老太太的示下，才敢向人去張口。」

賈母道：「上回有個和尚說了，這孩子命裡不該早娶，等再大一點兒再定罷。你可如今也打聽著，不管她根基富貴，只要模樣配得上就好，來告訴我。便是那家子窮，不過給他幾兩銀子也罷了。只是模樣兒性格兒難得好的。」

……說畢，只見鳳姐兒笑道：「張爺爺，我們丫頭的寄名符你也不換了去。前兒虧你還有那麼大臉，打發人和我要鵝黃緞子去！我要不給你，又怕你那老臉上過不去。」

張道士呵呵大笑道：「你瞧，我眼花了，也沒看見奶奶在這裡，也沒道多謝。符早已有了，前日原要送去的，不料娘娘來作好事，就混忘了，還在佛前鎮著。待我取來。」說著跑到大殿上去，一時拿了一個茶盤子，搭著大紅蟒緞經袱子[10]，托出符來。大姐兒的奶子接了符。

……張道士方欲抱過大姐兒來，只見鳳姐笑道：「你就手裡拿出來罷了，又用個盤子托著。」

張道士道：「手裡不乾不淨的，怎麼拿，用盤子潔淨些。」

鳳姐兒笑道：「你只顧拿出盤子來，倒唬我一跳。我不說你是為送符，倒像是和我們化布施來了。」眾人聽說，哄然一笑，連賈珍也撐不住笑了。

賈母回頭道：「猴兒，猴兒！妳不怕下割舌頭地獄？」

10. 經袱子——過去稱包裹書卷的布、帛為「袱子」；僧道用以包裹經卷的叫「經袱子」。

鳳姐兒笑道：「我們爺兒們不相干。他怎麼常常的說我該積陰騭[11]，遲了就短命呢！」

……張道士也笑道：「我拿出盤子來一舉兩用，卻不為化布施，倒要將哥兒的這玉請了下來，托出去給那些遠來的道友並徒子徒孫們見識見識。」

賈母道：「既這麼著，你老天拔地的跑什麼，就帶他去瞧了，叫他進來，豈不省事？」

張道士道：「老太太不知道，看著小道是八十多歲的人，托老太太的福倒也健朗；二則外面的人多，氣味難聞，況是個暑熱天，哥兒受不慣，倘或哥兒受了腌臢氣味，倒值多了。」

賈母聽說，便命寶玉摘下通靈玉來，放在盤內。那張道士兢兢業業的用蟒袱子墊著，捧了出去。

11. 積陰騭——積陰德。

…這裡賈母與眾人各處遊玩了一回，方去上樓。只見賈珍回說：「張爺爺送了玉來了。」剛說著，只見張道士捧了盤子，走到跟前笑道：「眾人托小道的福，見了哥兒的玉，實在可罕，都沒什麼敬賀之物，這是他們各人傳道的法器[12]，都願意為敬賀之禮。哥兒便不希罕，只留著在房裡頑耍賞人罷。」

賈母聽說，向盤內看時，只見也有金璜[13]，也有玉玦[14]，或有「事事如意」，或有「歲歲平安」，皆是珠穿寶貫，玉琢金鏤，共有三五十件。因說道：「你也胡鬧。他們出家人是那裡來的！何必這樣，這斷不收的。」

張道士笑道：「這是他們一點敬心，小道也不能阻擋。老太太若不留下，豈不叫他們看著小道微薄，不像是門下出身了。」

…賈母聽如此說，方命人接大了。寶玉笑道：「老太太，張爺

12. 法器——道士傳道誦經使用的法器。

13. 璜——半璧形的玉。

14. 玦——半環形有缺口的佩玉。

爺既這麼說，又推辭不得，我要這個也無用，不如叫小子們捧了這個，跟我出去散給窮人罷。」

賈母笑道：「這倒說得是。」

張道士又忙攔道：「哥兒雖要行好，但這些東西雖說不甚希奇，到底也是幾件器皿。若給了乞丐，一則與他們無益，二則反倒糟蹋了這些東西。要捨窮人，何不就散錢與他們。」

寶玉聽說，便命：「收下。等晚間拿錢施捨罷了。」說畢，張道士方退出。

……這裡賈母與眾人上了樓。賈母在正面樓上坐了，鳳姐等占了東樓，眾丫頭等在西樓，輪流伺候。賈珍一時來回：「神前拈了戲[15]，頭一本《白蛇記》[16]。」賈母問「《白蛇記》是什麼故事？」賈珍道：「是漢高祖斬蛇方起首的故事。第二本是《滿床笏》[17]。」賈母笑道：「這倒是第二本上？也罷了。神

15. **神前拈了戲**——打醮演戲是給「神」看的，不能由人指定，要用抽籤的方式，由「神」選出要看的戲。

16. **《白蛇記》**——演劉邦斬白蛇起義的故事。

17. **《滿床笏》**——清代傳奇劇，演唐郭子儀「七子八婿，富貴壽考」的故事。

佛要這樣，也只得罷了。」又問第三本。賈珍道：「第三本是《南柯夢》[18]。」賈母聽了，便不言語。賈珍退了下來，至外邊預備著申表、焚錢糧[19]、開戲，不在話下。

……且說寶玉在樓上，坐在賈母旁邊，因叫個小丫頭子捧著方才那一盤子賀物，自己將玉帶上，用手翻弄尋撥，一件一件的挑與賈母看。

賈母因看見有個赤金點翠的麒麟，便伸手翻弄拿了起來，笑道：「這件東西，好像我看見誰家的孩子也戴著這麼一個。」

寶釵笑道：「史大妹妹有一個，比這個小些。」

賈母道：「原來是雲兒有這個。」

寶玉道：「她這麼往我們家，我也沒看見？」

探春笑道：「寶姐姐有心，不管什麼她都記得。」

林黛玉冷笑道：「她在別的上，心還有限，惟有這些人戴的東

18. 《南柯夢》──明代湯顯祖傳奇劇。

19. 焚錢糧──又名「燒包袱」，用紙糊的口袋，內裝金銀箔紙折疊成的元寶，祭神時與申表同燒。

西上越發留心。」

寶釵聽說，便回頭裝沒聽見。

……寶玉聽見史湘雲有這件東西，便將那麒麟忙拿起來揣在懷裡。一面心裡又想到怕人看見他聽見史湘雲有了，他就留這件，因此手裡揣著，卻拿眼睛瞟人。只見眾人都倒不大理論，惟有林黛玉瞅著他點頭兒，似有贊嘆之意。

寶玉不覺心裡不好意思起來，又掏了出來，向黛玉笑道：「這個東西倒好玩，我替妳留著，到了家穿上妳戴。」

林黛玉將頭一扭，說道：「我不希罕。」寶玉笑道：「妳果然不希罕，我少不得就拿著。」說著又揣了起來。

……剛要說話，只見賈珍、賈蓉的妻子婆媳兩個來了，彼此見過，賈母方說：「妳們又來做什麼？我不過沒事來逛逛。」

一句話沒說了，只見人報：「馮將軍家有人來了。」原來馮紫英家聽見賈府在廟裡打醮，連忙備了豬羊、香燭、茶銀之類的東西送了來。

鳳姐兒聽見了，忙趕過正樓來，拍手笑道：「噯呀！我就不防這個。只說咱們娘兒們來閒逛逛，人家只當咱們大擺齋壇的來送禮。都是老太太鬧的。這又得預備賞封兒。」

剛說了，只見馮家的兩個管家娘子上樓來了。馮家的兩個未去，接著趙侍郎也有禮來了。於是接二連三，都聽見賈府打醮，女眷都在廟裡，凡一應遠親近友、世家相與都來送禮。

賈母才後悔起來，說：「又不是什麼正經齋事，我們不過閒逛逛，就想不到這禮上沒的驚動了人。」因此雖看戲，至下午便回來了，次日便懶怠去。

鳳姐又說：「打牆也是動土，已經驚動了人家，今兒樂得還去逛逛。」

那賈母因昨日張道士提起寶玉說親的事來，誰知寶玉一日心中不自在，回家來生氣，嗔著張道士與他說了親，口口聲聲說，從今以後不再見張道士了，別人也並不知為什麼原故；二則林黛玉昨日回家又中了暑。因此二事，賈母便執意不去了。鳳姐兒見不去，自己帶了人去，也不在話下。

……※……※……※……

……且說寶玉因見林黛玉又病了，心裡放不下，飯也懶去吃，不時來問。

黛玉又怕他有個好歹，因說道：「你只管看你的戲去，在家裡作什麼？」

寶玉因昨日張道士提親，心中大不受用，今聽見黛玉如此說，因想道：「別人不知道我的心還可恕，連她也奚落起我來。」因此心中更比往日的煩惱加了百倍。

若是別人跟前，斷不能動這肝火，只是黛玉說了這話，倒比往日別人說這話不同，由不得立刻沉下臉來道：「我白認得了妳。罷了，罷了！」

林黛玉聽說，便冷笑了兩聲，「我也知道白認得了我，我哪裡像人家，有什麼配得上呢！」

寶玉聽了，便向前來直問到臉上：「妳這麼說，是安心咒我天誅地滅？」

黛玉一時解不過這話來。寶玉又道：「昨兒我還為這個賭了幾回咒，今兒妳到底又准我一句。我便天誅地滅，妳又有什麼益處？」

黛玉一聞此言，方想起上日的話來。今日原是自己說錯了，又是著急，又是羞愧，便顫顫兢兢的說道：「我要安心咒你，我也天誅地滅。何苦來！我知道，昨日張道士說親，你怕阻了你的好姻緣，你心裡生氣，來拿我來煞性子。」

…原來那寶玉自幼生成有一種下流痴病，況從幼時和黛玉耳鬢廝磨，心情相對；及如今稍明時事，又看了那些邪書僻傳，凡遠親近友之家所見的那些閨英闈秀，皆未有稍及黛玉者：所以早存了一段心事，只不好說出來。故每每或喜或怒，變盡法子暗中試探。

那林黛玉偏生也是個有些痴病的，也每用假情試探。因你也將真心真意瞞了起來，只用假意，我也將真心真意瞞了起來，只用假意，如此兩假相逢，終有一真。其間瑣瑣碎碎，難保不有口角之爭。

即如此刻，寶玉的心內想的是：「別人不知我的心，還有可恕，難道妳就不想我的心裡眼裡只有妳！妳不能為我煩惱，反來以這話奚落堵噎我。可見，我心裡一時一刻白有了妳，妳竟心裡沒我。」心裡這意思，只是口裡說不出來。

那林黛玉心裡想著：「你心裡自然有我，雖有『金玉相對』之說，你豈是重這邪說不重我的。我便時常提這『金玉』，你只管了然自若無聞的，方見得是待我重，而毫無此心了。如何我只一提『金玉』的事，你就著急，可知你心裡時時有『金玉』，見我一提，你又怕我多心，故意著急，安心哄我。」

……看來兩個人原本是一個心，但都多生了枝葉，反弄成兩個心了。那寶玉心裡又想著：「我不管怎麼樣都好，只要妳隨意，我便立刻因妳死了也情願。妳知也罷，不知也罷，只由我的心，可見妳方和我近，不和我遠。」

那林黛玉心裡又想著：「你只管你，你好我就好，你何必為我而自失。殊不知你失我自失。可見你是不叫我近你，有意叫我遠你了。」

如此看來，卻都是求近之心，反弄成疏遠之意。如此之話，皆他二人素習所存私心，也難備述。

……如今只述他們外面的形容。那寶玉又聽見她說「好姻緣」三個字，越發逆了己意，心裡乾噎，口裡說不出話來，便賭氣向頸上抓下通靈寶玉來，咬牙恨命往地下一摔道：「什麼撈什子[20]，我砸了你完事！」偏生那玉堅硬非常，摔了一下，竟文風沒動。

寶玉見沒摔碎，便回身找東西來砸，黛玉見他如此，早已哭起來，說道：「何苦來！你又摔砸那啞吧物件。有砸它的，不如來砸我！」

二人鬧著，紫鵑、雪雁等都忙來解勸。後來見寶玉下死力砸玉，忙上來奪，又奪不下來，見比往日鬧得大了，少不得去叫襲人。襲人忙趕了來，才奪了下來。寶玉冷笑道：「我砸我的東西，與妳們什麼相干！」

襲人見他臉都氣黃了，眉眼都變了，從來沒氣的這樣，便拉著他的手笑道：「你同妹妹拌嘴，不犯著砸它。倘或砸壞了，

20. 撈什子——令人厭惡的人或東西。

叫她心裡臉上怎麼過得去！」

林黛玉一行哭著，一行聽了這話說到自己心坎兒上來，可見寶玉連襲人不如，越發傷心大哭起來。心裡一煩惱，方才吃的香薷飲[21]解暑湯便承受不住，「哇」的一聲都吐了出來。紫鵑忙上來用手帕子接住，登時一口一口的把塊手帕子吐濕。雪雁忙上來捶。

紫鵑道：「雖然生氣，姑娘到底也該保重著些。才吃了藥好些，這會子因和寶二爺拌嘴，又了吐出來。倘或犯了病，寶二爺怎麼過得去呢？」寶玉聽了這話說到自己心坎兒上來，可見黛玉不如一紫鵑。

…又見黛玉臉紅頭脹，一行啼哭，一行氣湊[22]，一行是淚，一行是汗，不勝怯弱。寶玉見了這般，又自己後悔方才不該同她較證[23]，這會子她這樣光景，我又替不了她。心裡想著，也

21. 香薷（音如）飲——由香薷、厚朴、扁豆製成的一種藥劑。治傷暑感冒。

22. 氣湊——呼吸急促。

23. 較證——辯駁。

由不得滴下淚來。

襲人見他兩個哭，由不得守著寶玉也心酸起來，又摸著寶玉的手冰涼，待要勸寶玉不哭罷，一則又恐寶玉有什麼委曲悶在心裡，二則又恐薄了林黛玉。不如大家一哭，就丟開手了，因此也流下淚來。

紫鵑一面收拾了吐的藥，一面拿扇子替黛玉輕輕的扇著，見三個人都鴉雀無聲，各自哭各自的，也由不得傷心起來，也拿手帕子擦淚。四個人都無言對泣。

……一時，襲人勉強向寶玉道：「你不看別的，你看看這玉上穿的穗子，也不該同林姑娘拌嘴。」

黛玉聽了，也不顧病，趕來奪過去，順手抓起一把剪子來就剪。襲人、紫鵑剛要奪時，已經剪了好幾段。

黛玉哭道：「我也是白效力。他也不希罕，自有別人替他再穿好的去。」

襲人忙接了玉道：「何苦來！這是我才多嘴的不是了。」

寶玉向林黛玉道：「妳只管剪，我橫豎不戴它也沒什麼。」

……只顧裡頭鬧，誰知那些老婆子們見黛玉大哭大吐，寶玉又砸玉，不知道要鬧到什麼田地，倘或連累了她們，便一齊往前頭回賈母、王夫人知道，好不干連了她們。那賈母、王夫人見她們忙忙的作一件正經事來告訴，也都不知有了什麼大禍，一齊進園來瞧他兄妹。

襲人急得抱怨紫鵑為什麼驚動了老太太、太太；紫鵑又只當是襲人去告訴的，也抱怨襲人。那賈母、王夫人進來，見寶玉也無言，黛玉也無話，問起來又沒為什麼事，便將這禍移到襲人、紫鵑兩個人身上，說：「為什麼妳們不小心服侍？這會子鬧起來都不管了！」

因此，將她二人連罵帶說教訓了一頓。二人都沒話，只得聽著。還是賈母帶出寶玉去了，方才平復。

……過了一日，至初三日，乃是薛蟠生日，家裡擺酒唱戲，來請賈府諸人。寶玉因得罪了林黛玉，二人總未見面，心中正自後悔，無精打彩的，哪裡還有心腸去看戲，因而推病不去。黛玉不過前日中了些暑溽之氣，本無甚大病，聽見他不去，心裡想道：「他是好吃酒看戲的，今日反不去往他家，自然是因為昨兒氣著了。「再不然，他見我不去，他也沒心腸去。只是昨兒千不該、萬不該剪了那玉上的穗子。管定他再不帶了，還得我穿了他才戴。」因而心中十分後悔。

……那賈母見他兩個都生了氣，只說趁今兒那邊看戲，他兩個見了也就完了，不想又都不去。老人家急得抱怨說：「我這老冤家是哪世裡的孽障，偏生遇見了這麼兩個不省事的小冤家，沒有一天不叫我操心。真是俗語說的，『不是冤家不聚頭』。幾時我閉了這眼，斷了這口氣，憑這兩個冤家鬧上天去，我眼不見、心不煩也就罷了，偏又不嚥這口氣。」自己抱怨著也哭了。

……這話傳入寶、林二人耳內，原來他二人從未聽見過「不是冤家不聚頭」的這句俗語，如今忽然得了這句話，好似參禪的一般，都低頭細嚼此話的滋味，都不覺潸然淚下。雖不曾會面，然一個在瀟湘館臨風洒淚，一個在怡紅院對月長吁，卻不是人居兩地，情發一心？

……襲人因勸寶玉道：「千萬不是，都是你的不是。往日家裡小廝們和他們的姊妹拌嘴，或是兩口子分爭，你聽見了，還罵小廝們蠢，不能體貼女孩子們的心腸。今兒你也這麼著了。明兒初五，大節下，你們兩個再這麼仇人似的，老太太越發要生氣，一定弄得大家不安生。依我勸，你正經下個氣，陪個不是，大家還是照常一樣，這麼也好，那麼也好。」

那寶玉聽了不知依與不依，要知端詳，且聽下回分解。

◎第三〇回◎

寶釵借扇機帶雙敲[1]
齡官畫薔痴及局外

……話說林黛玉與寶玉角口[2]後，也自後悔，但又無去就他之理，因此日夜悶悶，如有所失。

紫鵑度其意，乃勸道：「若論前日之事，竟是姑娘太浮躁了些。別人不知寶玉那脾氣，難道咱們也不知道的。為那玉也不是鬧了一遭兩遭了。」

黛玉啐道：「妳倒來替人派我的不是。我怎麼浮躁了？」

紫鵑笑道：「好好的，為什麼又剪了那穗子？豈不是寶玉只有三分不是，姑娘倒有七分不是？我看他素日在姑娘身上就好，皆因姑娘小性兒，常要歪派[3]他，才這麼樣。」

林黛玉正欲答話，只聽院外叫門。紫鵑聽了一聽，笑道：「這是寶玉的聲音，想必是來賠不是來了。」

黛玉聽了道：「不許開門！」

紫鵑道：「姑娘又不是了。這麼熱天毒日頭地下，晒壞了他如何使得呢！」口裡說著，便出去開門，果然是寶玉。

一面讓他進來，一面笑道：「我只當寶二爺再不上我們這門了，誰知這會子又來了。」

寶玉笑道：「妳們把極小的事倒說大了。好好的，為什麼不來？我便死了，魂也要來一日兩三遭。」又問道：「大好了？」

紫鵑道：「身上倒好了些，只是心裡的氣不大好。」

寶玉笑道：「我曉得有什麼氣。」一面說著，一面進來，只見林黛玉又在床上哭。

……那林黛玉本不曾哭，聽見寶玉來了，由不得傷了心，止不住

1.機帶雙敲—意近「一語雙關」。

2.角口—鬥嘴，爭吵。

3.歪派—無理指責，故意找碴編派別人的意思。

滾下淚來。

寶玉笑著走近床來，道：「妹妹身上可大好了？」黛玉只顧拭淚，並不答應。

寶玉在床沿上坐了，一面笑道：「我知道妹妹不惱我。但只是我不來，叫旁人看著，倒像是咱們又拌了嘴了。等他們來勸咱們，那時，豈不咱們倒生分了？不如這會子，妳要打要罵，憑著妳怎著罷，可只是別不理我。」說著，又把「好妹妹」叫了幾十聲。

……林黛玉心裡原是再不理寶玉的，這會子見寶玉說別叫人知道他們拌了嘴就生分了似的這一句話，又可見得比別人原親近，因又撐不住哭道：「你也不來用哄我。從今以後，我也不敢親近二爺了，二爺也全當我去了。」

寶玉聽了笑道：「妳往哪裡去呢？」

黛玉道：「我回家去。」
寶玉笑道：「我跟了去。」
黛玉道：「我死了。」
寶玉道：「妳死了，我做和尚！」
黛玉一聞此言，登時將臉放下來，問道：「想是你要死了，胡說的是什麼！你家倒有幾個親姐姐、親妹妹呢，明兒都死了，你有幾個身子去作和尚？明兒我倒把這話告訴人去評評。」
寶玉自知這話說得造次了，後悔不來，登時臉上紅脹起來，低著頭不敢則一聲。幸而屋裡沒人。黛玉兩眼直瞪瞪的瞅了他半天，氣得一聲兒也說不出來。見寶玉憋得臉上紫脹，便咬著牙用指頭狠命的在他額顱上戳了一下，哼了一聲，咬牙說道：「你這……」剛說了兩個字，便又嘆了一口氣，仍拿起手帕子來擦眼淚。

…寶玉心裡原有無限心事，又兼說錯了話，正自後悔；又見黛玉戳他一下，要說又說不出來，自嘆自泣，因此自己也有所感，不覺滾下淚來。要用帕子揩拭，不想又忘了帶來，便用衫袖去擦。

黛玉雖然哭著，卻一眼看見了，見他穿著簇新藕合紗衫，竟去拭淚，便一面自己拭著淚，一面回身將枕上搭的一方綃帕子拿起來，向寶玉懷裡一摔，一語不發，仍掩面自泣。

…寶玉見她摔了帕子來，忙接住拭了淚，又挨近前些，伸手攙了林黛玉一只手笑道：「我的五臟都碎了，妳還只是哭。走罷，我同妳往老太太跟前去。」

黛玉將手一摔道：「誰同你拉拉扯扯的。一天大似一天，還是這麼涎皮賴臉的，連個道理也不知道。」

……一句沒說完，只聽喊道：「好了！」寶林二個不防，都唬了一跳，回頭看時，只見鳳姐了進來，笑道：「老太太在那裡抱怨天抱怨地，只叫我來瞧瞧你們好了沒有。我說不用瞧，過不了三天，他們自己就好了。老太太罵我，說我懶。我來了，果然應了我的話。

「也沒見你們兩個有些什麼可拌的，三日好了，兩日惱了，越大越成了孩子了！有這會子拉著手哭的，昨兒為什麼又成了烏眼雞呢！還不跟我走，到老太太跟前去，叫老人家也放些心。」說著拉了黛玉就走。

黛玉回頭叫丫頭們，一個也沒有。鳳姐道：「又叫她們作什麼？有我服侍妳呢。」一面說，一面拉了就走。寶玉在後面跟著出了園門。

……到了賈母跟前，鳳姐笑道：「我說他們不用人費心，自己就會好的。老祖宗不信，一定叫我去說合。及至我到那裡要說合，誰知兩個人倒在一處對賠不是了。對笑對訴，倒像『黃鷹抓住了鷂子的腳』，兩個都扣了環了，那裡還要人去說合。」說得滿屋裡都笑起來。

……此時寶釵正在這裡。那林黛玉只一言不發，挨著賈母坐下。寶玉沒甚說的，便向寶釵笑道：「大哥哥好日子，偏生我又不好了，沒別的禮送，連個頭也不得磕去。大哥哥不知我病，倒像我懶，推故不去的。倘或明兒惱了，姐姐替我分辯分辯。」

寶釵笑道：「這也多事。你便要去也不敢驚動，何況身上不好，弟兄們日日在一處，要存這個心倒生分了。」

寶玉又笑道：「姐姐知道體諒我就好了。」又道：「姐姐怎麼不看戲去？」

寶釵道：「我怕熱，看了兩齣，熱得很。要走，客又不散。我少不得推身上不好，就來了。」

寶玉聽說，自己由不得臉上沒意思，只得又搭訕笑道：「怪不得他們拿姐姐比楊妃，原也體豐怯熱。」

……寶釵聽說，不由得大怒，待要怎樣，又不好怎樣。回思了一回，臉紅起來，便冷笑了兩聲說道：「我倒像楊妃，只是沒一個好哥哥好兄弟可以作得楊國忠的！」

二人正說著，可巧小丫頭靛兒因不見了扇子，和寶釵笑道：「必是寶姑娘藏了我的。好姑娘，賞我罷！」

寶釵指她道：「妳要仔細！我和妳玩過？妳再疑我。和妳素日嘻皮笑臉的那些姑娘們跟前，你該問她們去。」說得靛兒跑了。

寶玉自知又把話說造次了，當著許多人，更比才在林黛玉跟前更不好意思，便急回身又同別人搭訕去了。

⋯⋯黛玉聽見寶玉奚落寶釵，心中著實得意，才要搭言，也趁勢取個笑，不想靛兒因找扇子，寶釵又發了兩句話，她便改口笑道：「寶姐姐，妳聽了兩齣什麼戲？」

寶釵因見黛玉面上有得意之態，一定是聽了寶玉方才奚落之言，遂了她的心願，忽又見問她這話，便笑道：「我看的是李逵罵了宋江，後來又賠不是。」

寶玉便笑道：「姐姐通今博古，色色都知道，怎麼連這一齣戲的名字也不知道？就說了這麼一串子。這叫《負荊請罪》。」

寶釵笑道：「原來這叫做《負荊請罪》！你們通今博古，才知道『負荊請罪』，我不知道什麼是『負荊請罪』！」一句話未說完，寶玉、黛玉二人心裡有病，聽了這話早把臉羞紅了。

⋯⋯鳳姐兒於這些上雖不通達，但見他三人形景，便知其意，便也笑著問人道：「你們大暑天，誰還吃生薑呢？」

眾人不解其意，便說道：「沒有吃生薑。」

風姐兒故意用手摸著腮，詫異道：「既沒人吃生薑，怎麼這麼辣辣的？」

寶玉黛玉二人聽見這話，越發不好過了。寶釵再欲說話，見寶玉十分慚愧，形景改變，也就不好再說，只得一笑收住。別人總未解得他四個人的言語，因此付之流水。

……一時寶釵、鳳姐兒去了，黛玉笑向寶玉道：「你也試著比我利害的人了。誰都像我心拙口笨的，由著人說呢！」寶玉正因寶釵多了心，自己沒趣，又見黛玉來問著他，越發沒好氣起來。待要說兩句，又恐黛玉多心，說不得忍著氣，無精打彩一直出來。

……※……※……※……

……誰知目今盛暑之時，又當早飯已過，各處主僕人等多半都因日長神倦，寶玉背著手，到一處，一處鴉雀無聞。從賈母這裡出來，往西走過了穿堂，便是鳳姐兒的院落。到她院門前，只見院門掩著。知道鳳姐兒素日的規矩，每到天熱，午間要歇一個時辰的，進去不便，遂進角門，來到王夫人上房內。只見幾個丫頭子手裡拿著針線，都打盹兒呢。

……王夫人在裡間涼榻上睡著，金釧兒坐在旁邊捶腿，也乜斜著眼亂恍。寶玉輕輕的走到跟前，把她耳上戴的墜子一摘，金釧兒睜開眼見是寶玉。

寶玉悄悄的笑道：「就困得這麼著？」

金釧兒抿嘴一笑，擺手令他出去，仍合上眼。寶玉見了她，就有些戀戀不捨的，悄悄的探頭瞧瞧王夫人合著眼，便自己向身邊荷包裡帶的香雪潤津丹掏了出來，便向金釧兒口裡一送。金釧兒並不睜眼，只管噙了。

寶玉上來便拉著手，悄悄的笑道：「我明日和太太討妳，咱們在一處罷。」

金釧兒不答。寶玉又道：「不然，等太太醒了我就討。」

金釧兒睜開眼，將寶玉一推，笑道：「你忙什麼！『金簪子掉在井裡頭，有你的只是有你的』，連這句話語難道也不明白？我倒告訴你個巧宗兒[4]，你往東小院子裡拿環哥兒同彩雲去。」

寶玉笑道：「憑他怎麼去罷，我只守著妳。」

……只見王夫人翻身起來，照金釧兒臉上就打著了個嘴巴子，指著罵道：「下作小娼婦！好好的爺們，都叫妳們教壞了。」寶玉見王夫人起來，早一溜煙去了。

這裡金釧兒半邊臉火熱，一聲不敢言語。登時眾丫頭聽見王夫

4. 巧宗兒——機會難得的好事。

人醒了，都忙進來。

王夫人便叫玉釧兒：「把妳媽叫來，帶出妳姐姐去！」

金釧兒聽說，忙跪下哭道：「我再不敢了。太太要打要罵，只管發落，別叫我出去就是天恩了。我跟了太太十來年，這會子攆出去，我還見人不見人呢！」

王夫人固然是個寬仁慈厚的人，從來不曾打過丫頭們一下，今忽見金釧兒行此無恥之事，此乃平生最恨者，故氣忿不過，打了一下，罵了幾句。

雖金釧兒苦求，亦不肯收留，到底喚了金釧兒之母白老媳婦來領了下去。那金釧兒含羞忍辱的出去了，不在話下。

且說寶玉見王夫人醒來了，自己沒趣，忙進大觀園來。只見赤日當空，樹陰合地，滿耳蟬聲，靜無人語。剛到了薔薇花架，只聽有人哽噎之聲。寶玉心中疑惑，便站住細聽，果然架下那邊有人。

如今五月之際，那薔薇正是花葉茂盛之時，寶玉便悄悄的隔著籬笆洞兒一看，只見一個女孩子蹲在花下，手裡拿著根綰頭的簪子，在地下摳土，一面悄悄的流淚。

……寶玉心中想道：「難道這也是個痴丫頭，又像顰兒來葬花不成？」因又自笑道：「若真也葬花，可謂『東施效顰』，不但不為新特，且更可厭了。」想畢便要叫那女孩子說：「妳不用跟著林姑娘學了。」

話未出口，幸而再看時，這女孩子面生，不是個侍兒，倒像是那十二個學戲的女孩子之內的，卻辨不出她是生旦淨丑哪一個角色來。寶玉忙把舌頭一伸，將口掩住，自己想道：「幸而不曾造次。上兩次皆因造次了，顰兒也生氣，寶兒也多心，如今再得罪了她們，越發沒意思了。」一面想，一面又恨認不得這個是誰。再留神細看，只見這女孩子眉蹙春山，眼顰秋水，面薄腰纖，裊裊婷婷，大有林黛玉之態。寶玉早又不忍棄她而去，只管痴看。只見她雖然用金簪劃地，並不是掘土埋花，竟是向土上畫字。

寶玉用眼隨著簪子的起落，一直一畫一點一勾的看了去，數一數，十八筆。自己又在手心裡用指頭按著她方才下筆的規矩寫了，猜是個什麼字。寫成一想，原來就是個薔薇花的「薔」字。寶玉想道：「必定是她也要作詩填詞。這會子見了這花，因有所感，或者偶成了兩句，一時興至恐忘，在地下畫著推敲，也未可知。且看她底下再寫什麼。」一面想，一面又看，只見那女孩子還在那裡畫呢，畫來畫去，還是個「薔」字。再看，還是「薔」字。

裡面的原是早已痴了，畫完一個又畫一個，已經畫了有幾十個「薔」。外面的不覺也看痴了，兩個眼珠兒只管隨著簪子動，心裡卻想：「這女孩子一定有什麼話說不出來的大心事，才這麼個形景。外面既是這個形景，心裡不知怎麼熬煎。看她的模樣兒這般單薄，心裡哪裡還擱得住熬煎。可恨我不能替妳分些過來。」

……伏中[5]陰晴不定，片雲可以致雨。忽一陣涼風過了，唰唰的落下一陣雨來。寶玉看著那女孩子頭上滴下水來，紗衣裳登時濕了。

寶玉想道：「這時下雨。她這個身子，如何禁得驟雨一激！」因此禁不住便說道：「不用寫了。妳看下大雨，身上都濕了。」那女孩子聽說，倒唬了一跳，抬頭一看，只見花外一個人叫她不要寫了，下大雨了。一則寶玉臉面俊秀；二則花葉繁茂，上下俱被枝葉隱住，剛露著半邊臉：那女孩子只當是個丫頭，再不想是寶玉，因笑道：「多謝姐姐提醒了我！難道姐姐在外頭有什麼遮雨的？」

5.伏中——指三伏期間。

一句提醒了寶玉，「噯喲」了一聲，才覺得渾身冰涼。低頭一看，自己身上也都濕了。說聲「不好」，只得一氣跑回怡紅院去了，心裡卻還記掛著那女孩子沒處避雨。

※……※……※

……原來明日是端陽節，那文官等十二個女子都放了學，進園來各處頑耍。可巧小生寶官、正旦玉官等兩個女孩子，正在怡紅院和襲人玩笑，被大雨阻住。大家把溝堵了，水積在院內，把些綠頭鴨、花鸂鶒[6]、彩鴛鴦，捉的捉、趕的趕，縫了翅膀，放在院內玩耍，將院門關了。襲人等都在遊廊上嘻笑。

寶玉見關著門，便以手扣門，裡面諸人只顧笑，哪裡聽得見。叫了半日，拍得門山響，裡面方聽見了，估量著寶玉這會子再不回來的。

襲人笑道：「誰這會子叫門？沒人開去。」

6. **鸂鶒**（音溪痴）——水鳥，似鴛鴦。

寶玉道：「是我。」

麝月道：「是寶姑娘的聲音。」

晴雯道：「胡說！寶姑娘這會子做什麼來。」襲人道：「讓我隔著門縫兒瞧瞧，可開就開，要不可開，叫他淋著去。」說著，便順著遊廊到門前，往外一瞧，只見寶玉淋得雨打雞一般。

襲人見了又是著忙，又是可笑，忙開了門，笑得彎著腰拍手道：「這麼大雨地裡跑什麼？哪裡知道爺回來了。」

寶玉一肚子沒好氣，滿心裡要把開門的踢幾腳，及開了門，並不看真是誰，還只當是那些小丫頭子們，便抬腿踢在肋上。

襲人「噯喲」了一聲。

寶玉還罵道：「下流東西們！我素日擔待妳們得了意，一點兒也不怕，索性拿我取笑兒了！」口裡說著，一低頭見是襲人哭了，方知踢錯了，忙笑道：「噯喲，是妳來了！踢在哪裡了？」

襲人從來不曾受過一句大話的，今忽見寶玉生氣踢她一下，又當著許多人，又是羞，又是氣，又是疼，真一時置身無地。待要怎麼樣，料著寶玉未必是安心踢她，少不得忍著說道：「沒有踢著。還不換衣裳去！」

寶玉一面進房來解衣，一面笑道：「我長了這麼大，今日是頭一遭兒生氣打人，不想就偏遇見了妳！」

襲人一面忍痛換衣，一面笑道：「我是個起頭兒的人，不論事大事小、事好事歹，自然也該從我起。但只是別說打了我，明兒順了手，也打起別人來。」

寶玉道：「我才剛也不是安心。」

襲人道：「誰說是安心了！素日開門關門，都是那起小丫頭子們的事。她們是憨皮慣了的，早已恨得人牙癢癢，她們也沒個怕懼兒。你原當是她們，踢一下子，唬唬她們也好。才剛是我淘氣，不叫開門的。」

說著，那雨已住了，寶官、玉官也早去了。襲人只覺肋下疼得心裡發鬧，晚飯也不曾好生吃。至晚間洗澡時，脫了衣服，只見肋上青了碗大一塊，自己倒唬了一跳，又不好聲張。

……一時睡下，夢中作痛，由不得「噯喲」之聲從睡中哼出。寶玉雖說不是安心，因見襲人懶懶的，也睡不安穩。忽夜間聽得「噯喲」之聲，便知踢重了，自己下床來，悄悄的秉燈來照。剛到床前，只見襲人嗽了兩聲，吐出一口痰來，「噯喲」一聲，睜開眼見了寶玉，倒唬了一跳道：「作什麼？」

寶玉道：「妳夢裡『噯喲』，必定踢重了。我瞧瞧。」

襲人道：「我頭上發暈，嗓子裡又腥又甜，你倒照一照地下罷。」

寶玉聽說，果然持燈向地下一照，只見一口鮮血在地。

寶玉慌了，只說「了不得了！」襲人見了，也就心冷了半截。要知端的，且聽下回分解。

國家圖書館出版品預行編目(CIP)資料

紅樓夢/孫家琦編輯. 一 第一版.
一 新北市 : 人人, 2015.04
冊 ; 公分. 一(人人文庫)
ISBN 978-986-5903-86-2(卷2:平裝).
857.49 104005348

【人人文庫】

紅樓夢

卷2

第一六回至第三〇回

題字・篆刻 / 羅時僖
書系編輯 / 孫家琦
書籍裝幀 / 楊美智
發行人 / 周元白
出版者 / 人人出版股份有限公司
地址 / 23145新北市新店區寶橋路235巷6弄6號7樓
電話 / (02)2918-3366(代表號)
傳真 / (02)2914-0000
網址 / www.jjp.com.tw
郵政劃撥帳號 / 16402311人人出版股份有限公司
製版印刷 / 長城製版印刷股份有限公司
電話 / (02)2918-3366(代表號)
經銷商 / 聯合發行股份有限公司
電話 / (02)2917-8022
第一版第一刷 / 2015年4月
定價 / 新台幣200元

※本書內頁紙張採敦榮紙業進口日本王子58g文庫紙